Contra el viento

Novela

Esta novela obtuvo el Premio Planeta 2009,
concedido por el siguiente jurado: Alberto Blecua,
Juan Eslava Galán, Pere Gimferrer,
Álvaro Pombo, Carmen Posadas, Carlos Pujol
y Rosa Regàs.

Ángeles Caso
Contra el viento

Premio Planeta 2009

Planeta

El papel utilizado para la impresión de este libro es cien por cien libre de cloro y está calificado como **papel ecológico**.

Avinguda Diagonal, 662, 6.ª planta. 08034 Barcelona (España)
www.planetadelibros.com

Ilustración de la cubierta: Tanner Productions / Corbis
Fotografía del autor: © Ricardo Martín
Primera edición en Colección Booket: octubre de 2011
Segunda impresión: febrero de 2012

Depósito legal: B. 5.059-2012
ISBN: 978-84-08-10599-2
Impreso y encuadernado en Barcelona por: blackprint A CPI COMPANY
Printed in Spain - Impreso en España

Biografía

Ángeles Caso nació en Gijón en 1959. Es licenciada en Historia del Arte. Ha trabajado en diversas instituciones culturales y medios de comunicación. Es autora de algunas de las novelas más leídas en España. Entre su obra narrativa destacan: *Elisabeth, emperatriz de Austria-Hungría o el hada maldita*, la historia de una gran mujer que desafió a su tiempo; *El peso de las sombras* (finalista del Premio Planeta 1994), un magistral relato de amores y frustraciones; *El mundo visto desde el cielo*, una parábola sobre el amor y la inspiración, y *El resto de la vida*, novela en la que se retratan las trampas de la identidad y la fuerza del deseo. *Un largo silencio* (Premio Fernando Lara 2000) se ha convertido en un hito en las novelas para la recuperación de la memoria histórica con numerosas ediciones. Ha resultado ganadora del premio Llanes de Viajes 2011 con un libro de viajes titulado *Las casas de los poetas muertos*. Ha escrito también las biografías *Elisabeth de Austria-Hungría: álbum privado* y *Giuseppe Verdi. La intensa vida de un genio*, así como el ensayo *Las olvidadas. Una historia de mujeres creadoras*. Su obra se completa con cuentos infantiles, guiones de cine y traducciones. Actualmente colabora en los diarios *La Vanguardia* y *Público*. Su última novela, *Contra el viento*, ganó el Premio Planeta en 2009.

A Janick le Men y Alejandro Vargas,
por su viejo cariño

El nacimiento, la muerte, y entre ambos, la fragilidad.

IAN MCEWAN, *Expiación*

La cuestión es qué hace cada uno con las cartas que le han tocado.

AMOS OZ, *Una historia de amor y oscuridad*

MI MADRE

Siempre he envidiado a quienes sienten que tienen el control de sus vidas. A quienes pueden afirmar, llenos de satisfacción, que ellos mismos han ido construyendo su existencia, paso a paso, colocando los aciertos junto a los errores, depositándolos muy unidos, las buenas experiencias al lado de las malas, la felicidad sobre el dolor, como si levantasen una sólida fortaleza allá en lo alto de las rocas, inexpugnable y firme. Una existencia dominada por los propios designios y una férrea voluntad, fluyendo por las venas como sangre. Y, dentro de las tripas, la entereza.

Para mí en cambio la vida es algo exterior. Algo semejante a una neblina que fluye a mi alrededor, marcando su propio ritmo, obligándome a comportarme de una manera determinada, sin que yo pueda apenas tomar ninguna decisión. No doy pasos conscientes, regidos por la razón y un luminoso objetivo a lo lejos, parpadeando en el futuro como un faro hacia el que dirigirme. No sigo ningún camino, ningún arroyo, ni siquiera una senda escarpada y dura, a través de peñascos agudos como puñales. Simplemente floto ahí dentro, y agito los brazos cuanto puedo para no ahogarme. No hay nada más. Sí, a

veces, por un momento, hay un cielo azul, y árboles verdes, y deliciosas mariposas de colores que juguetean entre las flores. Y en la noche, una multitud de estrellas que se despliegan para mí, como millones de ofrendas de benevolencia. Pero sé que el espejismo durará un instante. Respiro hondo. Respiro. Respiro. Y esa bruma fría y perfecta me envuelve de nuevo a su antojo.

Siempre he sido una cobarde. Miedosa, asustada, cobarde. Siempre. Desde pequeña. Creo que la culpa la tiene mi padre. Fue un hombre muy cruel, uno de esos seres que pasan por la vida dejando la marca del pavor grabada a fuego en la piel de los otros. No es que nos golpease: no le hacía falta. Era suficiente su presencia, de la que emanaba una tensión repulsiva y helada. Era suficiente su voz, chillona e hiriente, y también que te mirara con aquellos ojos pequeños y oscuros, dos diminutos ojillos de reptil que parecían azotarte, causándote un dolor mucho peor que el de un latigazo. Cuando él llegaba a casa, todos los días a las siete y veinticinco en punto, nuestro mundo humano, poblado de cosas vulgares, se detenía, como si un hechizo nos convirtiera en piedra. Era la hora del miedo. En cuanto oía el ruido de su coche aparcando ante la verja del jardín, mi madre quitaba inmediatamente la radio que la había acompañado durante la tarde. Su cuerpo se encogía, se volvía diminuto y quebradizo. Los juegos de mis hermanos quedaban en suspenso. Los deberes del colegio nos resultaban de pronto incomprensibles, las letras y los números se ponían a volar ante nuestros ojos sin que pudiéramos alcanzarlos. La propia casa entraba en un proceso de silencio compulsivo. Las cosas callaban, se quedaban paradas, como si no existiera nada más que la presencia omnipo-

MI MADRE

Siempre he envidiado a quienes sienten que tienen el control de sus vidas. A quienes pueden afirmar, llenos de satisfacción, que ellos mismos han ido construyendo su existencia, paso a paso, colocando los aciertos junto a los errores, depositándolos muy unidos, las buenas experiencias al lado de las malas, la felicidad sobre el dolor, como si levantasen una sólida fortaleza allá en lo alto de las rocas, inexpugnable y firme. Una existencia dominada por los propios designios y una férrea voluntad, fluyendo por las venas como sangre. Y, dentro de las tripas, la entereza.

Para mí en cambio la vida es algo exterior. Algo semejante a una neblina que fluye a mi alrededor, marcando su propio ritmo, obligándome a comportarme de una manera determinada, sin que yo pueda apenas tomar ninguna decisión. No doy pasos conscientes, regidos por la razón y un luminoso objetivo a lo lejos, parpadeando en el futuro como un faro hacia el que dirigirme. No sigo ningún camino, ningún arroyo, ni siquiera una senda escarpada y dura, a través de peñascos agudos como puñales. Simplemente floto ahí dentro, y agito los brazos cuanto puedo para no ahogarme. No hay nada más. Sí, a

veces, por un momento, hay un cielo azul, y árboles verdes, y deliciosas mariposas de colores que juguetean entre las flores. Y en la noche, una multitud de estrellas que se despliegan para mí, como millones de ofrendas de benevolencia. Pero sé que el espejismo durará un instante. Respiro hondo. Respiro. Respiro. Y esa bruma fría y perfecta me envuelve de nuevo a su antojo.

Siempre he sido una cobarde. Miedosa, asustada, cobarde. Siempre. Desde pequeña. Creo que la culpa la tiene mi padre. Fue un hombre muy cruel, uno de esos seres que pasan por la vida dejando la marca del pavor grabada a fuego en la piel de los otros. No es que nos golpease: no le hacía falta. Era suficiente su presencia, de la que emanaba una tensión repulsiva y helada. Era suficiente su voz, chillona e hiriente, y también que te mirara con aquellos ojos pequeños y oscuros, dos diminutos ojillos de reptil que parecían azotarte, causándote un dolor mucho peor que el de un latigazo. Cuando él llegaba a casa, todos los días a las siete y veinticinco en punto, nuestro mundo humano, poblado de cosas vulgares, se detenía, como si un hechizo nos convirtiera en piedra. Era la hora del miedo. En cuanto oía el ruido de su coche aparcando ante la verja del jardín, mi madre quitaba inmediatamente la radio que la había acompañado durante la tarde. Su cuerpo se encogía, se volvía diminuto y quebradizo. Los juegos de mis hermanos quedaban en suspenso. Los deberes del colegio nos resultaban de pronto incomprensibles, las letras y los números se ponían a volar ante nuestros ojos sin que pudiéramos alcanzarlos. La propia casa entraba en un proceso de silencio compulsivo. Las cosas callaban, se quedaban paradas, como si no existiera nada más que la presencia omnipo-

MI MADRE

Siempre he envidiado a quienes sienten que tienen el control de sus vidas. A quienes pueden afirmar, llenos de satisfacción, que ellos mismos han ido construyendo su existencia, paso a paso, colocando los aciertos junto a los errores, depositándolos muy unidos, las buenas experiencias al lado de las malas, la felicidad sobre el dolor, como si levantasen una sólida fortaleza allá en lo alto de las rocas, inexpugnable y firme. Una existencia dominada por los propios designios y una férrea voluntad, fluyendo por las venas como sangre. Y, dentro de las tripas, la entereza.

Para mí en cambio la vida es algo exterior. Algo semejante a una neblina que fluye a mi alrededor, marcando su propio ritmo, obligándome a comportarme de una manera determinada, sin que yo pueda apenas tomar ninguna decisión. No doy pasos conscientes, regidos por la razón y un luminoso objetivo a lo lejos, parpadeando en el futuro como un faro hacia el que dirigirme. No sigo ningún camino, ningún arroyo, ni siquiera una senda escarpada y dura, a través de peñascos agudos como puñales. Simplemente floto ahí dentro, y agito los brazos cuanto puedo para no ahogarme. No hay nada más. Sí, a

veces, por un momento, hay un cielo azul, y árboles verdes, y deliciosas mariposas de colores que juguetean entre las flores. Y en la noche, una multitud de estrellas que se despliegan para mí, como millones de ofrendas de benevolencia. Pero sé que el espejismo durará un instante. Respiro hondo. Respiro. Respiro. Y esa bruma fría y perfecta me envuelve de nuevo a su antojo.

Siempre he sido una cobarde. Miedosa, asustada, cobarde. Siempre. Desde pequeña. Creo que la culpa la tiene mi padre. Fue un hombre muy cruel, uno de esos seres que pasan por la vida dejando la marca del pavor grabada a fuego en la piel de los otros. No es que nos golpease: no le hacía falta. Era suficiente su presencia, de la que emanaba una tensión repulsiva y helada. Era suficiente su voz, chillona e hiriente, y también que te mirara con aquellos ojos pequeños y oscuros, dos diminutos ojillos de reptil que parecían azotarte, causándote un dolor mucho peor que el de un latigazo. Cuando él llegaba a casa, todos los días a las siete y veinticinco en punto, nuestro mundo humano, poblado de cosas vulgares, se detenía, como si un hechizo nos convirtiera en piedra. Era la hora del miedo. En cuanto oía el ruido de su coche aparcando ante la verja del jardín, mi madre quitaba inmediatamente la radio que la había acompañado durante la tarde. Su cuerpo se encogía, se volvía diminuto y quebradizo. Los juegos de mis hermanos quedaban en suspenso. Los deberes del colegio nos resultaban de pronto incomprensibles, las letras y los números se ponían a volar ante nuestros ojos sin que pudiéramos alcanzarlos. La propia casa entraba en un proceso de silencio compulsivo. Las cosas callaban, se quedaban paradas, como si no existiera nada más que la presencia omnipo-

tente de aquel hombre, cayendo con todo su peso sobre nosotros y lo nuestro.

No saludaba a nadie. Subía a su cuarto, se desvestía, tiraba la ropa por los rincones —de donde la recogería mi madre inmediatamente después—, se ponía el pijama y el batín y bajaba a la sala, a ver la televisión. Mamá se encerraba en la cocina, disimulando el malestar con su actividad entre los pucheros y las sartenes. Nosotros nos quedábamos aterrados en las habitaciones, fingiendo que aún éramos capaces de entender los logaritmos o de aprendernos la historia de la Armada Invencible, y esperando sus gritos. Porque cada tarde, después de su llegada, mi padre gritaba el nombre de alguno de nosotros. Entonces teníamos que comparecer enseguida ante él, sintiéndonos como ratas a punto de ser golpeadas por la azada. Sin molestarse ni siquiera en bajar el volumen del televisor, nos preguntaba por las notas del colegio, que nunca eran para él lo suficientemente brillantes, o por la herida que teníamos en la rodilla después de la última caída en el patio, o por un nuevo desconchón en alguna pared. Cualquier cosa con tal de echarnos la culpa de algo, decir unas cuantas frases desagradables y mandarnos al cuarto de los trastos. Luego había que permanecer allí durante mucho tiempo, a veces incluso mientras los demás cenaban, hasta que enviaba a mi madre a buscarnos.

Muchas tardes de mi infancia las pasé en medio de aquella oscuridad, muerta de miedo, oyendo crujir las maderas de los armarios, restallar las cajas que guardaban los adornos navideños y los restos de vajillas desparejadas, crepitar la escayola del techo. Estaba segura de que algún día un hombre monstruoso —quizás un pájaro enorme y negro— saldría de alguno de aquellos armarios, donde vivía escondido desde hacía años y años, y se abalanzaría sobre mí para llevarme hacia una oscuridad aún mayor. Quería llorar y gritar, pero no podía, porque mi padre me hubiese oído y entonces el encierro habría durado más. Me agarraba a lo único que era capaz de hacer: me acurrucaba en un rincón, miraba fijamente la luz de la cocina, que llegaba a lo largo del pasillo y se filtraba a través de la diminuta rendija bajo la puerta, y musitaba en voz muy baja, casi sin respiración, todas las canciones que conocía. Las que cantaba con mis amigas jugando al corro o a la comba y las que oía vociferar a la abuela en la casa de la aldea, mientras fregaba los cacharros o hacía las camas, con aquella voz destemplada y temblorosa de la que ella sin embargo tanto presumía, lanzándola a los aires al menor pretexto.

A fuerza de cantar, los latidos del corazón parecían calmarse, aunque, de vez en cuando, un nuevo crujido de maderas me provocaba un sobresalto. Y el tiempo pasaba, lento, lento, deslizándose en las sombras, hasta que se abría la puerta muy despacio, y la silueta de mi madre, pequeñita y redonda, aparecía en el umbral. Y entonces, sin decir nada, me conducía de nuevo hacia la vida normal, las luces encendidas, las voces lejanas y suaves de mis hermanos en sus habitaciones, el sonido de la televisión ante la que mi padre dormitaba en la sala, el buen olor de la carne que se guisaba despacio en el fuego.

Yo agarraba muy fuerte la mano de mi madre, llena de agradecimiento, y sentía por un instante su pulso agitado junto al mío ahora al fin tranquilo, e iba a sentarme cerca de ella en la cocina, conformándome con tenerla ante mis ojos, aunque fuera en medio de aquel silencio triste que siempre la rodeaba, como un aura perniciosa que la mantuviera alejada del mundo. Mi madre llevaba la tristeza encima, igual que la piel, resignada y brillante. Pero yo la veía moverse de un lado para otro, revolver los pucheros, pelar las patatas, planchar cuidadosamente las camisas de mi padre y la ropa de mis hermanos y la mía, y aquella normalidad, aquel latido apaciguado de la vida, la propia melancolía que emanaba de ella, me hacían sentir algo que se parecía mucho a la felicidad. Allí, a su lado, en medio de las cosas comunes y luminosas, estaba a salvo. Ya no volvería a ver a mi padre hasta el momento de darle las buenas noches, pues los niños cenábamos solos en la cocina. Aquello era un alivio para él y también para nosotros. Aunque fuese siempre en voz muy baja, sin hacer apenas ruido para no ser escuchados, podíamos permitirnos decir tonterías, darnos patadas por debajo de la mesa, poner cara de asco ante el hígado encebollado o devorar con ansia las fuentes de patatas fritas.

Al terminar de cenar, colocábamos los platos en la pila e íbamos los cinco juntos al comedor. Mi padre tomaba el café y una copa de coñac, y fumaba un puro cuyo olor repugnante flotaba por toda la casa, en vaharadas profundas. Buenas noches, papá, le decíamos por turno. Y él contestaba: Buenas noches. Que durmáis bien. Eso era todo. Ni un beso, ni una caricia, ni siquiera una sonrisa para animarnos a mantener apartada la posible negrura de los sueños.

No recuerdo que mi padre nos diera nunca besos. Sin embargo, nunca los eché de menos. Jamás los deseé. Lo cierto es que no lo quise. Crecí temiéndolo, eso era todo lo que me unía a él, el terrible malestar ante su presencia. Pero nunca añoré quererle, como si ese cariño no formara parte del círculo de ternuras necesarias que componen nuestras vidas. Amores, amigos, familia. La relación con cada uno de esos seres a los que de alguna manera queremos constituye una corriente que va y viene entre sus cuerpos y los nuestros, entre sus mentes y las nuestras, como una poderosa energía que nos rodea y da forma al mundo, que no podemos imaginar sin su existencia. Pero yo puedo imaginar cualquier cosa sin la existencia de mi padre. Puedo imaginar, sobre todo, una vida más feliz.

Cuando estaba a punto de morirse, se lo dije. No fue por venganza: ni siquiera le odiaba. El miedo que me daba de pequeña había pasado a expandirse con los años a la vida entera, y por él acabé sintiendo tan sólo indiferencia. No sé qué me ocurrió. No lo había planeado, pero sucedió, como si todos aquellos a los que él había causado dolor me hubieran designado silenciosamente a mí para hacérselo saber en el momento final. Estaba acompañándole en la habitación del hospital. Era mi turno. Él dormía. De pronto se despertó y me miró, y hubo una infinita expresión de desprecio en aquella mirada, igual que si yo fuese una hormiga a la que él podía arrancar las patas, cortar la cabeza, pisotear impune y orgullosamente. Incluso entonces, pensé, cuando estaba a punto de morirse, tenía que mirarme así. Bajé los ojos para evitar los suyos y vi las blancas manos diminutas que siempre me repugnaron recortándose encima del embozo de la sábana, como dos manchas de baba. No se las cogí, no le besé la frente, no acaricié su mejilla ni le susurré al oído, como hacen los hijos amantes con sus padres moribundos. Pero tampoco grité, ni escupí, ni maldije su nombre. Simplemente, algo explotó dentro de mi cabeza, algo frío y duro, igual que un pedazo de hielo que se hiciera trizas, y le hablé como si hablara de la película que había visto el día anterior:

—Nunca nos has querido —le dije—, ni a mamá ni a nosotros. Nos has hecho infelices a todos. No te debemos nada. No creas que vamos a llorar por ti.

Me he arrepentido miles de veces, durante todo el resto de mi vida, de aquellas palabras. He lamentado siempre haberme dejado vencer por aquel arrebato de crueldad, haber empujado a mi padre hasta las puertas de la muerte completamente solo, con esa terrible idea latiéndole en la cabeza, mientras se apagaban los latidos de su corazón: había pasado por la vida como una sombra absurda, y nadie le echaría de menos. Pero entonces lo único que sentí, por unos instantes, fue un alivio inmenso.

No sé qué sintió él. Las pupilas se le dilataron, y me pareció percibir un ligero estremecimiento en su cuerpo. Unas décimas de segundo de temblor. Nada más. Enseguida se recuperó, y me habló con la misma tranquilidad con la que yo le había hablado a él:

—La vida es dura. Esto es lo que hay. No creas que lamento que no vayáis a llorar. Nunca lo hubiera pretendido.

Me fui de la habitación y le dejé solo. Y sí que lloré. Lloré muchísimo, hasta el amanecer. Lloré por lo que le había dicho pero, sobre todo, lloré porque a él no le hubiera importado. Lloré por la soledad y el miedo al que me había condenado, por la muerte enganchado a una jeringuilla de mi hermano Ernesto, por los problemas con el alcohol de Antonio, por las rupturas sentimentales de Miguel. Y por la tristeza incurable de mi madre.

Ella no siempre fue triste. Eso al menos contaba mi

abuela. Había sido, decía, una niña cantarina como ella misma, y alegre, que trepaba a los árboles igual que un mono, correteaba por los prados y llamaba a voces a las vacas por sus nombres mientras daba enormes zancadas monte arriba. Hubiera sido feliz junto a cualquier hombre de la zona, afirmaba, trabajadora y cariñosa como una mujer y resistente como un muchacho. Pero un verano, cuando tenía dieciséis años, apareció él, mi padre, cerca ya de los treinta, con su buena ropa y sus fajos de billetes ganados en los negocios en México, adonde se había ido de crío con la familia. Había vuelto para montar una ferretería en la ciudad y para fundar una familia. Y decidió fundarla con mi madre.

La razón por la que aquel hombre tan serio —un amargado, decía mi abuela— eligió a la chica más alegre del lugar fue un misterio para todos. Quizá no soportase su alegría y quisiera acabar con ella, asesinarla como se asesina un pájaro que molesta con sus cantos en el jardín. Hay seres tan envenenados que detestan a quienes irradian fortaleza y contento y, en lugar de limitarse a alejarse de ellos, les tienden las redes y los cazan y los sepultan bajo toneladas de tierra por darse la perversa satisfacción de ver cómo muere lentamente todo aquello que odian. Quizá fuera eso.

Pero más misterio aún fue que mi madre lo aceptara. ¿Por qué lo hizo? No lo sé. No creo que se casara por amor. Una chica de dieciséis años a la que le gusta bailar en las verbenas, bañarse en el río y lanzarse en bicicleta cuesta abajo como una loca, no se enamora de un tipo como mi padre, que andaba por la aldea vestido de traje y corbata, gruñendo a la gente en lugar de saludarla y mirándolos a todos desde la dureza como de granito de sus ojos. Ni siquiera hubo lo que mi abuela llamaba un cortejo. Ni flores, ni risas, ni supuestos paseos casuales hasta la casa y charlas de horas bajo el corredor, viendo caer el sol al otro lado de los montes o deslizarse la lluvia como un manto sobre la huerta. Dos o tres conversaciones junto a la iglesia, un par de romerías y, de repente, él se presentó para pedir la mano de mi madre. Mis abuelos trataron de convencerla de que no aceptase. No les gustaba el ricachón americano, a pesar de sus fajos de billetes. Pero ella ya se había decidido, y no hubo manera de que cambiara de opinión.

¿Fue por el dinero? Nunca me ha parecido que le importe mucho. No la han atraído los lujos ni las comodidades. Ha vivido siempre en una casa grande y buena, sí, la que mi padre había comprado en lo que entonces aún eran las afueras de la ciudad al volver de México, pero renunció a cualquier ayuda para cuidar de ella y de nosotros. Nunca tuvo criadas, ni asistentas, ni joyas, ni abrigos de pieles. Incluso después de heredar ha seguido viviendo como siempre, sola ya en la casa, sin permitirse ningún gasto más allá de los imprescindibles. Pero es posible que no le interese el dinero porque un día lo deseó y eso la hizo desgraciada. Quizá sea verdad que fue eso lo que quiso. Puede que mi padre le hablara al oído de una vida bonita y agradable. Tal vez le dijera que no tendría que ordeñar nunca más las vacas, ni dar de comer a las gallinas, ni escardar la huerta, ni recoger las manzanas, ni preparar las morcillas después de la matanza. Quizás ella tenía alguna ambición oculta, y quería ponerse vestidos elegantes y zapatos de tacón, pintarse los labios e ir todas las semanas a la peluquería. Acaso deseara viajar, recorrer el mundo, ver todo lo que había más allá de las montañas verdes que circundan su aldea, los mares inmensos, las ciudades deslumbrantes, las estepas con sus planicies infinitas y sus resecas tierras anaranjadas... ¿Quién sabe qué tonterías se le pueden pasar por la cabeza a una cría de dieciséis años?

Supongo que nunca me lo dirá. Jamás he hablado con ella de mi padre. Él se murió y ella se vistió de negro —sin llorar, como yo había predicho— y asistió a las misas imprescindibles. Limpió los armarios, resolvió el papeleo, puso en venta la ferretería, pero nunca volvió a mencionarlo. Es como si no hubiera existido, o como si todo aquello fuera un secreto que no deseara compartir con nadie: qué ilusiones sintió, qué creyó que podía darle aquel hombre, cuándo se fueron apagando las luces de colores que aquel verano debieron de encenderse de alguna manera en su cabeza. Y cómo aprendió a resignarse al fracaso, el que fuese, y a vivir dentro de aquella burbuja de pena, ella que había sido una niña alegre y cantarina.

Nunca he sabido si es más duro no poseer jamás la gloria o haberla conocido por un momento y perderla después. Cuando Pablo me abandonó y el mundo se derrumbó a mis pies, maldije la fiesta en la que Elena nos presentó, la noche deslumbrante en que nos besamos por primera vez, el día en que decidimos casarnos. Hubiera dado lo que fuese por no haber vivido todo aquello para no tener que echarlo de menos. Mi pasado habría sido silencioso y limpio, aséptico como una tranquila sala de hospital. Sin ilusión ni emociones. Entonces no habría desgarro, y aquel gran pájaro negro que me perseguía no se hubiera abalanzado contra mí, haciéndome sentir que corría aterrada a través de los páramos. Habría llevado una vida solitaria y aburrida, pero no hubiera conocido ese dolor. Durante mucho tiempo me aferré a la idea de que los años que había pasado junto a él habían sido años perdidos. Que toda mi vida a su lado, todo mi amor por él eran un enorme fracaso, un edificio fallido del que sólo quedaban algunas ruinas apestosas, llenas de orines y excrementos y hierbajos. Algo que nunca hubiera debido nacer.

Pero ahora, cuando ya me he acostumbrado a saberlo lejano y ajeno, cuando el dolor ya no revolotea a mi alrededor envolviéndolo todo, sino que se ha posado, dejando una gruesa capa de cenizas bajo las cuales, aunque aún me cueste, puedo respirar, me alegro de haber vivido lo que viví. Incluso a veces, por un instante, me siento orgullosa de mis sentimientos. Como si un inmenso marco dorado resaltase la grandeza de mi amor por él. Ahora, muchas noches, al meterme en la cama y percibir todavía su ausencia, esa desoladora frialdad que marcará para siempre su abandono en ese lado del colchón, el suyo, que nunca ocupo, ahora pienso que tuve suerte de haberle conocido y haberle querido y haber sido querida por él. Y entonces, en medio de la terrible añoranza, deseo que su recuerdo vuelva a mí en el momento final, y que su rostro, riéndose, mirándome, acercándose ansioso para besarme, su rostro joven y amado sea lo último que vea en mi vida.

No sé si a mi madre la ha ayudado el haber sido una niña feliz. O si, por el contrario, todos los extraordinarios momentos de su infancia y su adolescencia, la alegría que debió de sentir en aquellos años dichosos, han significado una nostalgia definitiva, un peso excesivo, como una piedra que llevara atada al cuello y que tirase de ella sin cesar hacia el fondo de su sima. Acaso haya lamentado siempre haberle dicho que sí a mi padre aquel verano, tal vez se haya imaginado mil veces habiéndose casado con algún campesino de la zona, o quizá con nadie, soltera para siempre, viviendo entre el barro pegajoso de los caminos y el esplendor del sol llameando sobre las cumbres, con un delantal ajado y unas botas de goma perennes en los pies, levantándose antes del amanecer para ordeñar el ganado y acostándose exhausta, en medio de olores a abonos y a pesticidas, pero canturreando despreocupada por los montes, llamando orgullosa a las vacas por su nombre, chapoteando como una ninfa torpe en las aguas transparentes de la poza...

Es tan fácil arrepentirnos de la decisión que tomamos en un momento, del error que cometimos en aquel instante crucial que marcó para siempre nuestra vida. No es que lo hiciéramos sin reflexionar, no. Pensamos mucho. Pusimos en marcha todas nuestras neuronas. Nos tumbamos en la cama durante días, atentos al menor sonido en nuestra cabeza, a la vibración de nuestra sangre, al más leve síntoma de temor o de entusiasmo. Lo decidimos meditadamente, imaginando la secuencia de hechos que ocurrirían después de nuestra elección, pasos firmes y claros que nos conducirían a un lugar luminoso y estable: acepto casarme con este hombre porque le quiero y le querré siempre, estudiaré esta carrera porque podré ganar mucho dinero, rechazo ese trabajo porque debo mudarme de ciudad y no quiero perder este aire ni la perpetua visión de los mismos edificios y los mismos árboles creciendo tímidos sobre los alcorques de la calle ni la compañía cálida de mis amigos cada noche en el mismo bar.

Pensamos, medimos las consecuencias, imaginamos. O no. O tomamos la decisión guiados por un impulso, un arrebato repentino que nos pone el cuerpo en tensión, la sacudida inesperada de los nervios, un pálpito brutal en el pecho, una opresión en la boca del estómago. Una luz que se nos enciende refulgente en el cerebro y lo ilumina todo. No importa. Lo más probable es que nos equivoquemos. La vida seguirá su curso al margen de nuestros planes, como si un grupo de dioses burlones entretuvieran su absurda eternidad en las alturas soplando sobre nosotros, enredando las cosas, complicando las situaciones, retorciendo los sentimientos. El hombre al que jurábamos querer para toda la vida terminará por convertirse en un ser inmundo al que detestamos. La profesión para la que nos preparamos esforzadamente habrá pasado de moda cuando hayamos acabado nuestros estudios. La ciudad que no queríamos abandonar se transformará a toda velocidad, hasta que no la reconozcamos, y nuestros amigos se irán para siempre y el bar cerrará sus puertas y desaparecerá su recuerdo, como si nunca hubiera existido.

La vida tomará su propio impulso, girará sobre sí misma, dará volteretas, irá arriba o abajo repentinamente, enloquecida, brutal, y nos empujará a su capricho, hacia el paraíso o el abismo, al margen de nuestro esfuerzo y nuestros méritos. Es mentira todo lo que cuentan: nuestros actos no tienen consecuencias. Sólo son un derroche de energía, una salpicadura de patéticos intentos por aferrarnos a algo perdurable, la satisfacción, el bienestar, la comodidad... Creamos familias, construimos casas, levantamos negocios, nos dejamos la piel en cada gesto, y todo se desmorona en un instante, sin que podamos hacer nada por retenerlo. O, por el contrario, vemos cómo surge a nuestro alrededor un espacio bendito sin que nosotros hayamos movido un dedo a su favor, partiendo de la nada y sostenido en nuestra nada interior, en nuestra desidia o nuestra maldad que resbalan sobre el mundo, como si a él no le importase en absoluto nuestra manera de acariciarlo o de agredirlo.

¿Qué habría sido de mi madre si se hubiese quedado en la aldea? Quizás habría acabado en el mismo punto, en el mismo rincón sombrío de su tristeza. Mi abuela decía que lo de mi madre era el mal de los niños. Esa desazón, ese no poder con la vida que se les instala a algunas mujeres en el alma después de dar a luz. Cuestión de hormonas, simplemente. Una depresión postparto que empezó después del nacimiento de mi hermano mayor. Algo muy fácil de remediar con los medicamentos actuales. Pero entonces no existían. Ni siquiera se hablaba de esas cosas. La gente se limitaba a asumir sus negruras. O terminaba tirándose un día por la ventana. Los demás susurraban en voz baja, al ver los ojos vacíos, las manos temblorosas, el profundo desaliento que envuelve a los deprimidos, que estaban enfermos de los nervios. Con piedad o con desprecio, pero sabiendo en cualquier caso que nadie podía librarlos de aquel mal. Sólo el destino o las oraciones.

Mi abuela, en cambio, creía en ciertos remedios antiguos. Había heredado de su madre, y ésta de la suya, y así hasta muchas generaciones atrás, el conocimiento de las plantas y sus misterios. A veces, cuando paseaba conmigo por el monte, me iba señalando hojas y frutos, descubriéndome raíces y tubérculos que surgían como poderosos milagros de la tierra que ella removía con sus propias manos. La ruda de los muros, que calma la tos. El culantrillo, que limpia el hígado. La clemátide, cuyos emplastos curan las llagas. El brezo, que suaviza las inflamaciones de la vejiga...

Cuando nació Miguel, mi hermano mayor, mi abuela no pudo estar con mi madre. Ella quería, por supuesto que quería. Todas las madres que conocía habían estado con sus hijas en el momento del parto, sosteniéndoles la mano y limpiándoles la frente y tranquilizándolas y animándolas. Todas habían ayudado durante las primeras semanas de vida del bebé, preparándoles caldos nutrientes a las parturientas, despertándolas suavemente en plena noche para dar de mamar a las criaturas, enseñándoles a cuidar de ese nuevo cuerpo desvalido. Pero a ella mi padre no la dejó. Tras su enésima carta ofreciéndose a acudir a la ciudad, tras las muchas evasivas de mi madre, que no debía de saber muy bien qué decirle, mi padre le escribió haciéndole saber fríamente que no la necesitaban. Ella se quedó muy compungida. Lloró mucho y luego, a última hora de la tarde, bajo el aguacero, recorrió a toda velocidad los tres o cuatro kilómetros que la separaban de la ermita, con un hermoso ramo de perejil envuelto en papel de periódico, vació de hierbas secas el jarrito que siempre estaba junto a la imagen de san Pancracio, lo llenó de agua de lluvia, colocó sus ramas frescas y se arrodilló a los pies del santo. Le rezó para que todo saliera bien y los dolores del parto fuesen leves, y el niño o la niña tuviera todo lo que tenía que tener. Y después añadió en voz alta, rápidamente, un ruego malvado: que mi padre se quedase calvo. Fue todo lo que se le ocurrió. Que no le pasara nada grave, pero que se quedara calvo, que perdiera rápidamente aquella mata de pelo oscuro y rizado, siempre alisado con apestosa gomina, que mi padre tenía en la cabeza, lo único digno de mención de todo su aspecto físico. Era su modesta venganza por haberla alejado del parto de su hija, por impedirle ayudarla y contemplar los primeros minutos de vida de su nieto.

San Pancracio no debió de prestarle mucha atención aquel día, porque lo cierto es que mi padre murió con su mata de pelo intacta y sin una cana. A mi madre, en cambio, se le puso la cabeza blanca enseguida. Yo al menos siempre la he conocido así. Desde que la recuerdo —y aún no había cumplido los treinta años—, tenía el pelo salpicado de manchas pálidas, de las que yo tironeaba sin ningún cuidado cuando jugaba a peinarla en la cocina, ella sentada en la sillita baja de enea y yo arrodillada en un taburete, a su espalda, pasándole el peine una y otra vez por aquellos mechones tiesos y torturándola sin que se quejase.

Mi madre nunca se ha quejado. No sé si lo haría al principio, cuando Miguel nació y ella empezó a sentirse mal y perdió definitivamente su alegría. Pero lo dudo. No logro imaginármela protestando, susurrando un lamento, alzando la voz o el ánimo contra nada. Ha aprendido a convivir con su tristeza, a cargar con ella sin mencionarla jamás en voz alta. Pero no hacía falta que se quejara para que mi abuela se diese cuenta de lo que le ocurría. En cuanto la vio bajarse del coche a la puerta de la casa de la aldea, cuando mi hermano tenía ya dos meses y los días se habían hecho largos y la templanza veraniega permitía que una criatura tan pequeña fuese a vivir a un lugar tan remoto, ella se dio cuenta de que tenía el mal de los niños. Lo había visto en otras mujeres recién paridas, la mirada desvaída, la boca flácida, el aparente desapego hacia el bebé, seguido de largas crisis de lágrimas envueltas en la culpa de no ser una buena madre.

Mi abuela no dijo nada mientras mi padre permaneció allí. Pero en cuanto se marchó al día siguiente, satisfecho de dejar atrás por unas semanas aquella tara de languideces de hembra y berridos de niño, lo organizó todo para ocuparse de la enferma. Se hizo cargo de Miguel día y noche, entregándoselo a mi madre tan sólo para que le diera el pecho o lo acunase un ratito cuando la veía más animada. Sacó de un armario sus mejores sábanas y una colcha de ganchillo, amarillento resto de su ajuar de novia, para hacerle con ellas la cama. Le llenó su pequeña habitación de flores, hortensias y calas que crecían pegadas a las paredes de la casa, húmedas y hermosas. La arropó y la besó todas las noches. Le permitió dormir todo lo que quiso. Le preparó sus comidas favoritas. Y, sobre todo, le dio el mejor remedio que conocía para su mal: las florecitas amarillas de la hierba de San Juan, las más frescas del valle, cogidas por ella misma en medio del bosque del Soto, allí donde más les daba el sol mágico del amanecer, y maceradas en orujo. Tres buenos tragos al día.

Aquello había curado la pena de la tía Estilita cuando su novio se fue a Cuba y ella no paraba de llorar, sabiendo que nunca volvería a verlo. Había aliviado mucho a la pobre Josefina cuando se quedó viuda a los treinta y dos años con cinco hijos. Y cuando a Manolo, el del cruce, le había dado por meterse en la cama y no querer salir, un día de repente, después de que se empeñara en que la noche anterior había visto a una compaña de muertos rondando su casa y llamándolo por su nombre, era la hierba de San Juan la que lo había sacado de la postración y el miedo y lo había convertido de nuevo en el borrachín despreocupado que siempre había sido.

La hierba y los cuidados de mi abuela ayudaron mucho a mi madre. Poco a poco, fue recuperando el apetito y empezó a visitar las casas de las amigas, que los primeros días habían acudido a verla y se habían llevado un gran disgusto al encontrarla tan mustia. De Miguel iba ocupándose cada vez más, y con más ganas. A veces, si el tiempo era bueno, se pasaba la tarde entera dormitando con él debajo de uno de los manzanos de la huerta, tendida encima de una manta, abrazando al niño, sonriendo al sentir su carne tibia y su olor tan dulce, y pensando que iría creciendo poco a poco hasta llegar a ser un hombre, un hombre que la querría siempre mucho y al que ella amaría como nunca había amado a nadie. Entonces debía de parecerle que ante ella se desplegaba un largo futuro de satisfacción y bienestar, y que la negrura que se le había metido repentinamente en el alma se desvanecería para siempre. La vida volvería a ser aquella sensación gozosa de la hierba fresca, los rayos del sol colándose entre las hojas del árbol, la brisa paseándose suavemente sobre la superficie del mundo, como una amistosa palmada en la espalda.

Pero entonces, cuando parecía que todo recuperaba su ritmo normal y mi madre dejaba atrás la depresión, se presentó mi padre en la aldea para recogerlos a ella y al niño. Habían pasado seis semanas, y debió de parecerle que la decencia aconsejaba que volviesen a casa. Un poco más y habrían empezado los comentarios entre los vecinos y los conocidos. Y mi padre no estaba dispuesto a dar nada que hablar sobre su intachable moralidad, su práctica perfecta de todos los sagrados preceptos que marcaba la sociedad. Su vida pública siempre se ajustó con disciplina férrea a la imagen que debía dar una persona decente y honrada. Se pasaba todo el día en la ferretería y, en cuanto cerraba, regresaba a casa, como un padre y esposo amantísimo. Su único rato de ocio era la breve tertulia que compartía después de comer con un grupo de amigos, todos comerciantes igual que él. Los domingos nos llevaba a la catedral, donde teníamos que confesarnos uno tras otro, precedidos siempre por él mismo, y asistir luego a la misa de doce, a la que acudían todas las personas importantes de la ciudad. Antes de entrar, nos daba a cada uno una moneda que debíamos depositar en el cepillo, junto a su ostentoso billete. Siempre rezaba en voz muy alta, apagando con su acento mexicano el susurro débil de mi madre, se daba grandes golpes de pecho y hundía la cabeza entre las manos durante un largo rato después de la comunión, como si estuviese orando fervorosamente por la salvación del mundo.

A la salida nos dirigíamos a una cafetería de la calle principal, él llevando a mi madre enganchada a su brazo, cabizbaja y vacilante, y nosotros cinco detrás, resistiendo la atroz tentación de echar a correr y hacer carreras como las que hacíamos camino del colegio. A esa hora, la cafetería estaba llena de familias que se parecían mucho a la nuestra: padres orondos, niños con chaqueta y corbata, niñas vestidas con sus mejores ropas y relucientes zapatos de charol. Lo único que a mí me parecía diferente eran las madres. Las otras madres llevaban abrigos de pieles en invierno y vestidos muy elegantes en verano, y muchas joyas de oro y collares de perlas. Se pintaban los labios y olían a perfumes caros. Se saludaban las unas a las otras con besos sonoros, repasaban juntas las revistas de la semana, riéndose a ratos alegremente, y mantenían desde lejos el control sobre los hijos, mientras los maridos charlaban juntos acodados en la barra.

Yo miraba a mi madre, pequeñita, regordeta, canosa, desvaída bajo su ropa siempre oscura y sin adornos, y observaba aquella sonrisa triste que nunca le alcanzaba los ojos y con la que daba los buenos días a quienes se molestaban en fijarse en ella. Sabía que las demás la despreciaban, que se reían para sus adentros de su aspecto, del silencio con el que se instalaba en un rincón, ignorada por todas ellas, que cotilleaban entretanto en voz muy alta sobre el noviazgo de la actriz de moda o el nuevo modelito de la hija de Franco. Y entonces me entraba una pena tremenda y sentía unas ganas enormes de llorar. Me sentaba a su lado y le cogía la mano por debajo de la mesa, porque quería cuidarla, quería decirle que ella era la mejor de las madres, protegerla de la mezquindad de aquellas mujeres enjoyadas, de la indiferencia de mi padre que hacía tertulia en la barra, ajeno por completo a su desamparo. Aquél era para mí el peor momento de la semana. Sorbía un refresco insulso, sosteniendo la mano de mamá y observándole todo el tiempo a él, mientras esperaba que llegase el instante en que se despidiera de sus amigos y se dirigiera a nosotros para irnos, el instante de sacar a mi madre de aquella jaula en la que parecía, más que nunca, un pobre pájaro desplumado.

Mis padres y Miguel volvieron a casa después del verano en la aldea. La abuela, conteniendo los sollozos, le dio a su hija un par de botellas de su mejunje contra el mal de los niños, y le aconsejó que las escondiera de su marido y siguiera tomándolo a sus espaldas. Ella las guardó en lo más hondo de la alacena, detrás de las latas de aceite. Pero una noche, una noche en la que mi padre entró inesperadamente en la cocina antes de irse a la cama, la pilló tomándose su remedio. Por supuesto, preguntó, indagó, amenazó, y mi madre se lo contó. Al menos en parte. Le dijo que desde el nacimiento del niño no se encontraba bien, que andaba inapetente y cansada, y que la abuela le había dado unas hierbas para animarla.

Él vociferó: aquello era cosa de brujas. A saber qué ensalmos habría hecho la vieja, qué oraciones al demonio. Él no quería tener nada que ver con esas malas artes. Era un buen cristiano, un hombre decente, y no iba a permitir que en su casa se hiciesen ritos de magia y aquelarres. Le prohibió terminantemente a mi madre que siguiera tomando el bebedizo y llevó en persona las botellas hasta las bolsas de la basura que ya estaban en la calle. Luego, la hizo sentarse en la sala y le dijo que no tenía ningún derecho a quejarse. Poseía todo lo que cualquier mujer deseaba: un buen marido con dinero, un hijo sano y una casa hermosa. A ella no le quedó más remedio que darle la razón, aunque tenía los ojos llenos de lágrimas y se sentía el corazón muy pequeño, como si le hubiese menguado de repente y le temblara dentro del pecho, y sabía que su sufrimiento no tenía nada que ver con la fortuna que ella hubiera podido encontrarse en la vida y con la desdicha de los demás. Se trataba de una enfermedad. Pero era imposible que aquel hombre comprendiese nada de su tristeza.

—No quiero verte llorar nunca más. Ni oír que te

quejas. No quiero lamentaciones en mi casa. Te lo prohíbo.

Mi madre se atrevió a replicar:

—Si no me quejo...

—Por si acaso, ni se te ocurra. O hago que te declaren loca. Y además, que sepas que no volverás a ver a tu madre.

Eso mismo le dijo a mi abuela por carta: desde ese momento, no irían nunca más a la aldea. Y si llegaba a enterarse de que, a pesar de todo, se las arreglaba de alguna manera para seguir dándole a su hija sus pócimas de bruja, acudiría al juez y a mi madre la declararían loca y le quitarían al niño. Y ya se ocuparía él de que no volviera a salir nunca más del manicomio.

Mi abuela entendió que tenía que tomarse en serio la amenaza. Se mordió fuertemente los puños para no ponerse a gritar y desearle la muerte a aquel malnacido, pero esta vez ni siquiera fue a rezarle a san Pancracio. El destino de su hija le parecía lo suficientemente desdichado como para dirigirse directa y humildemente a Dios, sin pasar por sus santos. Y cada noche le rezaba para que le diera a su niña una vida tranquila y para que regresase de vez en cuando a casa. Por lo menos de vez en cuando. Que a ese hombre malvado se le pasara el enfado y las dejase volver a estar juntas, ella cuidándola y mimándola y sintiendo como siempre sentía que estaba haciendo lo que mejor sabía hacer en la vida. Como si todo aquel amor fuese la única cosa verdadera, la razón por la que la habían puesto en el mundo.

No se vieron hasta muchos meses después, cuando nació Antonio. Mi padre debía de estar de nuevo harto de los berridos de otro bebé, y decidió anteponer su descanso al castigo que les había impuesto a su mujer y a su suegra. Mamá había pasado la peor época de su vida, creyendo que nunca más vería las nubes chocando contra lo alto de las cumbres y rompiéndose en jirones blanquecinos, las flores de los manzanos surgiendo de los capullos como alhajas diminutas, las truchas nadando ligeras y saltando para cebarse. Nunca más oiría el sonido burlón de las hojas al moverse en el viento, el golpeteo rítmico de las piedras afilando las guadañas, las largas charlas de los petirrojos en los árboles del monte, y el poderoso ulular de la lechuza por las noches, cuando clamaba como la reina de los bosques. Ni sentiría todos aquellos olores que formaban parte de su cuerpo, el de la hierba y el musgo, el de las piedras húmedas, el de las boñigas que humeaban penetrantes sobre la tierra, el perfume dulzón de las flores. Y, sobre todo, el olor de su madre, aquella mezcla inaudita de leche recién ordeñada y jabón, y la caricia de sus manos en su pelo, y la tierna blandura de su pecho lleno de calidez. Nunca más vería a su madre, ni hablaría con ella, ni podría acurrucarse en sus brazos y dejarse besar, sintiéndose de nuevo como una niña, tan leve y tan débil como una criatura y, a la vez, tan protegida por su fortaleza inquebrantable.

Debieron de abrazarse durante mucho tiempo. La abuela trataba de sostener aquel cuerpo que se había vuelto diminuto, inestable, como si la tristeza fuese devorándolo desde dentro y lo dejase sin apoyos, sin la suficiente consciencia de sí mismo como para moverse firmemente por el mundo. Ambas sabían, sin necesidad de hablar, lo que estaba ocurriendo. Y también sabían que esta vez la hierba de San Juan no serviría de remedio. Mi padre, dispuesto a cualquier cosa con tal de que ninguna sospecha de heterodoxia pudiese recaer sobre su familia, indiferente al sufrimiento de mamá, le hizo jurar a la abuela sobre un crucifijo que no probaría con ella ninguna de sus recetas mágicas. No contento con eso, inspeccionó toda la casa, cada uno de los armarios y alacenas y viejos arcones carcomidos, y hasta el establo y el pajar, detrás de cada piedra, de cada lata de leche, de cada vara almacenada de hierba. Y amenazó luego con presentarse en cualquier momento, sin avisar, y pillarlas por sorpresa si volvían a dedicarse a sus juegos demoníacos. Y de lo que sucedería después, ya estaban avisadas.

Tuvieron que atenerse a sus normas. La abuela rodeó a mi madre de todo el cariño y los cuidados de que fue capaz, pero no se atrevió a darle en aquellas semanas ni una simple tisana de manzanilla. Mamá mejoró un poco, lentamente. Las mejillas se le sonrosaron por las horas pasadas al aire libre, y a ratos, durante unos segundos, mientras observaba los juegos de Miguel o las siestas de Antonio, mientras contemplaba a los milanos volando en lo alto y lanzando sus gritos de feroces dominadores de los aires, mientras miraba desde la cocina el aguacero que descargaba con toda su fuerza sobre los campos, o trabajaba en la huerta bajo el sol, escardando las malas hierbas, o escuchaba los cantos destemplados de su madre, en esos instantes, la antigua lucecilla que de niña le brillaba en los ojos volvía a aparecer durante unos segundos, el breve rastro de lo que podía haber sido.

Pero a medida que se acercaba la fecha en la que mi padre debía ir a buscarla, todo aquel atisbo momentáneo de fulgor fue desvaneciéndose, dejándola de nuevo inapetente y temblorosa, sentada muda en un rincón, pensando sin duda en la vida que la esperaba en la casa de la ciudad, una vida que la asustaba. Tenía miedo de él. Él y sus órdenes, él y sus gritos, él y su mirada pétrea, él y su cuerpo repulsivo agitándose como un lagarto sobre el suyo, mientras ella contenía las náuseas para no vomitar allí mismo, encima de las sábanas bordadas de su ridículo ajuar de ridícula novia equivocada. Aquella presencia oscura dominándolo todo, como una divinidad malhumorada y caprichosa.

Y también estaba la soledad. ¿Cómo iba a enfrentarse sola a su malestar, a la sensación de incapacidad que padecía? Estaban los niños, claro, pero ante los niños tenía que hacerse la fuerte, ocuparse de ellos a cada minuto y protegerlos. Sin embargo, ¿quién la protegería a ella? ¿Quién le acariciaría el pelo cuando le diese por llorar? ¿Quién prepararía por ella la comida cuando no supiese qué hacer? ¿Quién escucharía sus quejas, esa pena que sentía y que no sabía nombrar y que necesitaba echar fuera, como si expulsase un veneno? ¿A quién le contaría todo eso?

Desde entonces fue cuando a mi madre se le quedó dentro la tristeza. No hubo ya manera de espantar aquella negrura que la había recubierto. Pero siguió adelante, arrastrando la vida tras ella como una carga. Enseguida nació Ernesto, y luego Javier. Y luego yo. Biberones, comidas, pañales, ropas, deberes... Ella se ocupaba de todo. Y siempre procuraba darnos lo mejor de sí misma, la poca fortaleza que aún le quedaba, el diminuto resto de alegría que, a ratos, podía todavía aparecer desde su alma asolada. Sobre todo, las temporadas que pasábamos en la aldea, los largos veranos de casi tres meses lejos de mi padre, libres y felices, dedicados tan sólo a correr, chapotear en el río, trepar a los árboles, robar cerezas, hacer cabañas y cuidar de los cachorros que nacían en los alrededores. En esas semanas, mi madre parecía ir resucitando lentamente, hasta que se convertía en otra persona. Una mujer que nos llamaba a gritos por los caminos —ella que en la ciudad jamás levantaba la voz—, que charlaba largas horas con sus amigas y que incluso, en algunas ocasiones, bailaba pasodobles en las verbenas.

Durante todo el año, nosotros esperábamos impacientes la llegada del verano y el traslado a la aldea. Parecía que vivíamos de los recuerdos, explicándonos los unos a los otros mil veces las aventuras de las últimas vacaciones y escribiendo cartas a los amigos de allí, que nos informaban del estado de salud de los perros, las vacas, los burros, los caballos y hasta de las ranas del estanque que había detrás de la iglesia. Contábamos los meses que faltaban, y luego las semanas, y por último los días, tachándolos uno a uno cada noche, antes de cenar, en el calendario colgado en la cocina. Pero no era tan sólo nuestro propio placer lo que anhelábamos, el descanso y los juegos sin fin y la lejanía de nuestro padre. Era también el paréntesis en la vida de mamá, aquel inexpresable alivio de saberla animada y tranquila por una temporada.

Porque el amor que no éramos capaces de sentir por nuestro padre, lo habíamos concentrado en ella. Todos procurábamos portarnos bien para que no se pusiera triste, hacerla reír con nuestras tonterías, protegerla de la rabia sorda de su marido, cuidar de ella. Sí, todos éramos un poco la madre de nuestra madre. Nadie nos había explicado nada —la abuela sólo nos hablaría del mal de los niños cuando fuimos mayores—, pero éramos conscientes de su tristeza y su debilidad. Nosotros sabíamos de su lucha por sobrevivir a diario, de su esfuerzo por levantarse cada mañana de la cama mientras el ánimo permanecía constantemente dormido, la fatigosa batalla consigo misma para comportarse como una esposa y madre normal. Conocíamos como si fuéramos expertos psiquiatras aquella enfermedad que no tenía nombre y que yo llamaba silenciosamente la enfermedad de las sombras. Porque eso es lo que era mi madre durante la mayor parte del año, poco más que una sombra, apenas un hálito de vida del que emanaban sin fuerza gestos, acciones y palabras. Una sombra que adorábamos, y a la que anhelábamos infundir vigor.

Siempre me he preguntado si mi vida habría sido distinta de no haber sido mi madre una mujer deprimida. Supongo que sí. Tal vez las neuronas se hubieran formado de otra manera dentro de su vientre, y sus conexiones serían diferentes, y las hormonas y las proteínas hubieran fluido con otro ritmo. Tal vez, si la hubiera visto de pequeña reír y cantar, el mundo no me parecería este lugar lleno de cosas temibles. Acaso habría sido una mujer valiente y decidida. Una aventurera, por ejemplo, una de esas mujeres que escalan el Everest, asfixiándose por la falta de oxígeno, corriendo siempre el peligro de colocar mal un pie o retorcerse ligeramente el dedo de una mano y caer por el precipicio, jugándose la vida en cada paso, alguien capaz de superar todos los riesgos y llegar a la cumbre, al lugar más alto de la tierra, y divisar el mundo diminuto y vencido bajo ella. Habría atravesado los desiertos, respirando arena y ardor, observando en las noches las estrellas junto a una fogata y sintiéndome diminutamente prescindible y tranquila en medio de esa inmensidad. Habría cruzado las selvas, debatiéndome contra la feracidad de la tierra y disfrutando de los colores y los sonidos, la luz mecida por las hojas inmensas, el canto de los pájaros desconocidos, el potente aullido del mono araña. Habría caminado sobre los polos, oyendo el ulular de los vientos y el crujir de los hielos, impasible y segura de mí misma en medio de esa nada atroz y desbordante. Habría visto ruinas perdidas de civilizaciones sin nombre, y animales desconocidos, y ríos de violencia inaudita, y ciudades permanecidas en el pasado, polvorientas y mudas. Habría amado a muchos hombres como si cada uno de ellos fuera el único. Habría hecho muchos trabajos, y conocido muchas lenguas, y aprendido la sabiduría misteriosa de las partículas y la energía, el extraordinario caminar de los astros en el universo.

He vivido en cambio encerrada, ensimismada en mis miedos, casi muda y sorda, haciendo todo lo posible para no tener que enfrentarme a la ansiedad de los cambios, a la angustia del riesgo. Rígida y pálida igual que una estatua. Como si mi sangre fuera sólida. Sucios pedazos de piedra que impiden cualquier movimiento.

Por eso admiro a São. Porque ella ha sido capaz de vivir todo lo que yo he sofocado, apagado, mantenido cubierto bajo capas de tierra. Sí, de todas las personas que conozco en el mundo, São es a la que más admiro.

SÃO

Carlina parió a São sola. Era su segundo parto y fue tan rápido, tan repentino, que no le dio tiempo a avisar a nadie. Tan sólo sintió aquella humedad entre las piernas, un fuerte chorro de líquido que se deslizaba caliente por la piel hasta el suelo, y el peso de algo duro y resistente que luchaba por salir de su vientre. Sabía bien lo que ocurría. Apenas pudo coger la manta del camastro y colocarla a sus pies. Se acuclilló, empujó fuerte lanzando un pequeño grito, volvió a empujar, dos, tres veces, y allí estaba la criatura. La miró, incrédula y jadeante. Era una niña, y en apariencia estaba bien. Se revolvía como un gusano, apretando fuerte los puños, agitándolos desesperadamente contra el aire, y trataba de abrir los ojos, con el esfuerzo de alguien que regresa después de un sueño muy largo. Cuando lo logró, rompió a llorar. Un llanto agudo y seco, apagado por el ruido brutal de la tromba de agua que descargaba en aquel momento sobre la casa y la aldea.

Carlina mordió con rabia el cordón y consiguió desgarrarlo. Luego esperó un rato hasta que expulsó la placenta y entonces envolvió el cuerpecillo en la parte limpia de la manta y salió al camino. De la tierra roja de las colinas recalentada por el sol, que había brillado toda la mañana, surgía vaho. En las huertas, los árboles se agitaban en medio del vendaval, como espíritus que se burlaran de ella y de su apuro. Los pies descalzos se le hundían en el barro. Eso es lo que más recordaría de aquella mañana, la visión de sus pies, que se levantaban fatigosamente, viscosos y como ensangrentados, para volver a desaparecer en medio del fango. Tardó algunos largos minutos en llegar a casa de Jovita, que había cerrado la puerta a cal y canto. La empujó con todas sus fuerzas.

Jovita se puso en pie de un salto, asustada por el ruido y la irrupción de aquella figura empapada que llevaba una manta entre los brazos. Se había pasado la mañana esperando a que escampase, sentada en su mecedora, la que su hijo Virgilio le había comprado en Vila da Ribeira Brava la última vez que había ido a verla, cuatro años atrás. Cuando llegaban los vientos alisios descargando la lluvia y no podía quedarse a la puerta de casa fumando su pipa y observando el lento crecimiento de las judías y los tomates, el vuelo de los pájaros de árbol en árbol, el paso de los vecinos que solían pararse con ella a charlar durante mucho rato o los juegos ruidosos de los niños, Jovita se sentaba dentro de la casa, en su mecedora, y se ponía melancólica. No le gustaba la lluvia. Se aburría, aunque sabía que tenía que darle gracias al Señor por aquella agua que permitiría que las judías y los tomates siguieran creciendo y que la fuente del Monte Pelado, de la que todos bebían, no se secase. Sabía que la lluvia era buena, pero se aburría, allí sola en la penumbra, sin poder hablar con nadie ni regañar a los niños, ni hacerles trenzas en la cabeza a las crías cuyas madres estaban trabajando, pegándoles tirones para que empezasen a saber pronto lo que era la vida: un cúmulo de amarguras y dolores, el dolor de las hambrunas cuando las viejas sequías, con las tripas retorciéndose en medio de la nada y aquella debilidad que se esparcía por todo el cuerpo y latía imparable dentro de la cabeza, el dolor de los once partos, el de los cuatro hijos muertos y los siete que se habían ido a Europa y no venían nunca, el de las palizas de sus hombres cuando se emborrachaban...

No había tenido mucha suerte con sus maridos. El único bueno había sido el tercero, el pobre Sócrates, que trabajaba de sol a sol con las frutas y los pescados y se ocupaba además de la huerta y de ir a buscar la leche de las cabras allá arriba, en el monte, debajo del drago, y que la trataba como una reina y le aguantaba las riñas y sus propias borracheras y hacía todo lo que ella le mandaba. Véteme a por agua. E iba. Ráscame la espalda. Y se la rascaba. Dame placer esta noche. Y se lo daba. Ah, sí, el placer, el sexo. Eso había sido lo mejor de la vida. Siempre le había gustado mucho el sexo, aquella cosa tan agradable de apretarse fuerte contra alguien y sentir su sudor, y perderse del mundo durante un rato, ofuscada en su satisfacción, sin hacer caso de los niños que lloraban o del maíz que hervía al fuego, y la tranquilidad después, la agradable laxitud del cuerpo, la alegría feroz de la mente con una pizca de ternura vibrando bajo toda esa luminosidad.

También en eso Sócrates había sido aún mejor que los demás, porque a él no le importaba hacer todo lo que ella quería, al contrario que los otros, que sólo se preocupaban por sí mismos y la dejaban sola en la búsqueda del goce. Pero Sócrates estaba muerto desde hacía muchos años. Se había quedado dormido para siempre una noche, el maldito de él, antes de cumplir los cincuenta. Una vez a la semana, todos los lunes, iba a verlo al cementerio. Le limpiaba la lápida. Solía llevarle ramas de los ceibos que tanto le gustaban, floridas como rojas llamas. Y siempre le echaba una larga regañina, parecida a las de los mejores tiempos de su relación, por haberse muerto tan pronto. Y por no molestarse en volver.

Jovita, que había heredado de su madre la obligación de cerrar los ojos y arreglar a todos los que se morían en la aldea y sabía mucho del más acá y el más allá, estaba convencida de que la gente se moría cuando quería. Incluso los niños. Nadie decía en voz alta que deseaba morir, claro. La mayor parte de las personas ni siquiera se daban cuenta. Pero los espíritus que todo el mundo tenía dentro de la cabeza, y que a veces se volvían malvados y envidiosos de la felicidad de los vivos, se lo susurraban al oído una y otra vez, hasta que las convencían: Hala, vámonos ya, que ya has vivido bastante. ¿Para qué vas a estar más tiempo aquí si sólo te quedan por soportar desgracias? Y si las personas no estaban lo suficientemente atentas al embate incesante de las voces o no eran lo bastante fuertes como para resistirlas, se dejaban persuadir sin ni siquiera darse cuenta. Y entonces se morían. Ella había oído a los espíritus llamándola muchas veces. Pero no estaba dispuesta a irse todavía al otro mundo. Y no porque se sintiera especialmente ligada a la vida, que le parecía bien poca cosa —y aún mucho menos desde que ya no tenía un cuerpo junto al cual gozar—, sino porque no estaba muy segura de si se había ganado el cielo o quizás el Señor la mandaría al purgatorio. Al infierno no, eso sí que lo tenía claro. No había hecho nada para merecer arder eternamente en una caldera, padeciendo dolores infinitos. Al fin y al cabo, había cuidado bien de sus hijos, había mantenido siempre su casa limpia y, en los buenos momentos, hasta había compartido la comida con alguno de los miserables que de vez en cuando cruzaban la aldea, huyendo de la sequía a alguna otra zona de la isla. Pero tampoco había sido excesivamente virtuosa: se había emborrachado demasiadas veces, a base de largos tragos de aguardiente de caña que le calentaban el cuerpo y la volvían salvaje, obligándola a bailar como una posesa, o a pegar a los niños, o a arrastrarse por el suelo, o a romper cosas sin ninguna razón. Y luego estaba el sexo, que tanto le había gustado. Además de sus tres hombres, cuando era joven había tenido muchos amantes de un momento, algunos incluso casados, cuerpos deseados por un instante con los que solía encontrarse a escondidas, entre los matorrales del camino que bajaba hacia la costa o detrás de la ermita del Monte Pelado. Y ya hacía falta ser viciosa para ir a acostarse con hombres justo detrás de la imagen de la Virgen...

No sabía si el Señor le perdonaría todo aquello. El cura solía decirle, cuando se confesaba con él y le presionaba para que le asegurase que iría al cielo, que en un caso como el suyo no era fácil de saber. Estaba en pecado mortal por tanta lujuria, y todo dependería del humor del que se encontrara Dios el día que le tocase presentarse ante él. Porque Dios también tenía días buenos y malos. ¿Acaso no contaban los libros que después de crear el mundo se había visto obligado a descansar de tanto agotamiento? Pues eso, que algunos días estaba cansado, o aburrido, o harto de la eternidad. Y, según su estado de ánimo, así se sentía de misericordioso. De manera que lo suyo estaba en manos de la suerte. Y la idea de que la suerte se inclinase a favor del purgatorio le daba mucho miedo. Se lo imaginaba como un lugar muy oscuro, donde llovía todo el tiempo, el agua te llegaba hasta los tobillos, soplaba el viento y hacía frío, y no le apetecía nada acabar en un sitio así. Claro que del purgatorio se podía salir, pero para eso hacía falta que rezasen mucho por ti. ¿Y quién iba a rezar por ella? No tenía dinero para dejar encargadas por lo menos un centenar de misas que le garantizasen la salvación, como había oído decir que solían hacer los ricos. Y en cuanto a sus hijos, tenía muchas dudas de que ahora que estaban en Europa y poseían tantas cosas, coches y pisos y ropa cara, y hasta muchos pares de zapatos para cambiárselos según el tiempo que hiciera o la manera como se hubieran vestido, siguieran acordándose de Dios y de ir a rezar a la iglesia. Si ni siquiera se acordaban de ella, y sólo le escribían por Navidad, aquellas cartas breves que solía leerle alguno de los vecinos que habían ido a la escuela, y cuatro de ellos no habían vuelto nunca más a Cabo Verde desde que se habían ido. No, en sus hijos no debía confiar.

Lo único que podía hacer era continuar viviendo tanto como pudiera, sin alcohol y sin sexo, y tener la suerte de que a Dios se le olvidase su vida anterior. Con tanta gente en el mundo, era poco probable que el bueno del Señor guardase memoria de todo. Si se pasaba los últimos años de su vida sobria y casta y se presentaba así ante él, fingiendo que siempre se había comportado de la misma manera, era posible que la creyese. Por si acaso, siempre avisaba a su madre de sus propósitos:

—Diles a tus amigos que me dejen en paz, que no les voy a hacer caso, y que no pienso morirme hasta que de verdad me apetezca a mí, y no a ellos. Como hiciste tú.

La madre volvía todas las noches de luna nueva. Entraba por la puerta con su vestido rojo, el que había llevado los domingos durante años y con el que había sido enterrada, el que tenía grandes volantes en la falda y flores bordadas en el escote generoso. Se paraba a los pies de la cama y la observaba atentamente durante un largo rato. Jovita, que la esperaba desde hacía mucho pero fingía dormir por darle ese gusto, abría entonces muy despacio los ojos y se ponía a hablar con ella:

—Hola, madre. ¿Qué tal por ahí? Por aquí, todo bien. Ha hecho mucho calor, pero a mí el calor ya sabe que no me molesta. Lo único malo es que me duele una muela. Voy a tener que ir a Vila al dentista, pero estoy esperando a que me llegue el dinero de Europa, porque ya casi no me queda nada. Bueno, para comer sí, todavía tengo, no se preocupe. El otro día Carlina me trajo un buen sargo. Lo preparé con patatas y pimientos y tomate, y unas hojas de laurel, como solía hacerlo usted. Estaba muy bueno. Hacía tiempo que no comía sargo, dicen que cada vez hay menos y que es muy difícil pescarlo. Pero había habido una tempestad muy fuerte, y debieron de juntarse en algún sitio ahí cerca de la costa por protegerse, porque Carlina me dijo que pescaron muchos. ¿Se acuerda de cómo le gustaba el sargo, madre...? Casi no nos dejaba ni probarlo, se lo comía usted todo... El niño de Paulina, el pequeño, estuvo muy malito el mes pasado, después de que viniera usted. Le dio una fiebre tremenda y, en mitad de la noche, Paulina se lo llevó en brazos hasta Fajã, al médico. No sé cómo pudo. Tantos kilómetros por esos caminos de Dios, a oscuras, y con el precipicio ahí pegado... Era una noche muy negra, y la pobre casi se mata varias veces, porque no veía nada. Llegó con los pies deshechos, llenos de sangre, que se los estuvimos curando con emplastos varios días. Pero consiguió salvar al niño con las medicinas que le dio el doctor. Menos mal, porque si no, cuando vuelva el marido de Europa, la mata a golpes... Cinco niñas y ése es el único varón. El hombre está como loco con él, dice que se lo va a llevar a Italia a jugar al fútbol, y que serán muy ricos... ¿Ya se va, madre? Cuídese mucho. Hasta pronto. Y dígales a los otros que no se molesten en venir, que no les voy a hacer caso...

La madre no hablaba. Se limitaba a mirarla, muy seria, escuchando atentamente todo lo que Jovita le contaba. Pero ella no pronunciaba ni una sola palabra, como si la muerte le hubiese arrebatado, junto con el latido de la sangre, la voz. A su hija le daba mucha rabia. Los espíritus solían tener largas charlas con los vivos. Y, en aquellas conversaciones, daban consejos y avisaban del porvenir. Su propia madre había sabido en vida todo lo malo que le iba a ocurrir, y había conocido la muerte de sus familiares y hasta la de los vecinos antes de que sucedieran gracias a los diversos fantasmas que la visitaban a menudo y se lo contaban todo, a veces para que evitase las desgracias, otras simplemente para que las conociese de antemano y estuviera preparada. Pero, por alguna razón que Jovita no alcanzaba a comprender, en el otro mundo se había quedado muda. Quizá fuera porque en éste había hablado mucho, demasiado, cotilleando sin cesar, lanzando infundios sobre unos y otros y explicando con toda clase de detalles hasta los secretos más íntimos, de los que estaba informada por las visitas del más allá, y aquel silencio fuese una especie de castigo que Dios le había impuesto por su imprudencia.

A ella le hubiera gustado mucho que su madre le hablara y la previniera de las cosas. Se habría evitado mucho sufrimiento. Habría conocido de antemano las épocas de sequía, y habría guardado todos los alimentos que hubiese podido para evitar las hambres terribles. Habría estado informada de la muerte de Sócrates, y no se hubiera puesto a gritar como una loca, con el corazón saliéndosele del pecho y la vida arruinada repentinamente, al encontrarlo aquella mañana rígido y frío. Habría sabido que los otros dos hombres iban a pegarle a menudo sin piedad, y probablemente no se hubiera juntado con ellos. O, de haberlo hecho, los hubiese tratado de otra forma. Y habría estado informada de que iban a abandonarla con todos los niños, y entonces no habría dejado que la embarazasen tantas veces. El primero desapareció precisamente porque se hartó de aquel zafarrancho de criaturas y se largó con una muchacha muy joven. El segundo, porque fue ella la que se hartó de sus malos tratos y, una noche, lo esperó en la oscuridad con un cuchillo en la mano hasta que llegó borracho como una cuba, lanzando gritos que despertaron como siempre a los críos y los hicieron romper a llorar, y ella entonces, antes de que empezase a pegarle, se abalanzó contra él y, entre los muchos golpes que trató de asestarle, logró clavarle por dos veces el cuchillo en un brazo. Salió de la casa aullando y chorreando sangre, y nunca más se le volvió a ver.

Para entonces tenía ocho hijos —dos ya se le habían muerto porque no pudo pagar el médico para atenderlos cuando enfermaron—, y estaba acostumbrada a trabajar duro para sacarlos adelante. Todas las mañanas, al amanecer, llenaba una cesta enorme de frutas y verduras, de su propia huerta y de las de los vecinos: cargaba guayabas, mangos, papayas, lechugas, tomates o pimientos.

Se colocaba la cesta encima de la cabeza e, hiciera sol o lloviese, recorría a toda prisa los seis kilómetros que la separaban de la costa, sintiendo cómo el peso de la mercancía se le iba clavando en el cráneo y en la columna, menguándola, volviéndola cada vez más pequeña, hasta que llegaba a Carvoeiros encogida y empapada del sudor o de los chubascos. Allí vendía los productos en la plaza, arrimada al cobijo de la iglesia que la protegía tanto del viento como del sol desnudo de la media mañana. Ésa era la única parte del trabajo que le gustaba: las mujeres venían y le contaban muchas cosas, narrándole todos los chismes del pueblo. Se quedaban hablando durante horas de temas muy diferentes, de salud y hombres y niños y vestidos y recetas de cocina, riéndose mucho en los buenos momentos y también llorando por los amores acabados o los familiares muertos.

Luego, al mediodía, cuando su cesta ya estaba vacía y las barcas de los pescadores comenzaban a llegar al puerto y tocaban las sirenas, se acercaba al muelle y entonces compraba pescados, sardinas, pulpo, calamares y pedazos de atún, que cargaba de nuevo sobre la cabeza para subir entre jadeos y ayes el largo camino hasta la aldea, donde los vendería.

Fue en el puerto donde conoció a Sócrates. Él navegaba en una barca llamada *Amada*, pintada de rojo y verde. El nombre resultó ser profético. Desde que apareció por allí, procedente de la isla vecina, siempre se la quedaba mirando, aunque no decía nada. A ella la atraía aquel hombre bajo y fornido, con su cabeza pequeña, los labios gruesos y los ojos levemente achinados y brillantes, como ascuas que revoloteasen en su cara, y enseguida empezó a sonreírle. Un día se ofreció a acompañarla, y fue con ella hasta las alturas de Queimada. Le contó su vida. Había nacido en São Vicente, y era pescador desde los doce años. Sólo había tenido una mujer, pero había ocurrido una gran desgracia. No habían podido tener hijos. Lo intentaron durante años, pero no hubo nada que hacer. Ella se quedó vacía por dentro, mustia y apagada, mientras veía cómo a todas las amigas y las vecinas les nacía un crío cada poco. Se sentía como si no fuera una mujer de verdad, decía. Pensaba que si no paría y lograba dejar un buen montón de descendientes por el mundo, varones que emigrasen y mandasen dinero y tuvieran una vida mejor que la suya, hembras hermosas y alegres que cuidasen de ellos cuando fueran mayores y les dieran un puñado de nietos, su cuerpo no tenía ningún valor.

Hicieron todo lo que pudieron. Incluso fueron a la ermita de Santa Lucía, caminando descalzos durante seis días y durmiendo bajo las estrellas. Depositaron a sus pies un muñeco de cera en forma de bebé que habían comprado en Mindelo, rezaron varias veces todo lo que sabían y ella bebió el agua de la fuente que manaba detrás de la iglesita y que alimentaba milagrosamente aquel oasis de palmeras en medio del desierto de lava. Todo el mundo decía que si una mujer peregrinaba a Santa Lucía y cumplía con los ritos, se quedaba embarazada de inmediato. Pero a ellos algo debió de fallarles, porque no hubo nada que hacer. Entonces recurrieron a la brujería. Se desplazaron a Craquinha, donde vivía una vieja maga que tenía mucha fama. Les cobró una fortuna, todo el dinero que él ganaba en un mes de pesca. Su mujer tuvo que matar un gallo y luego embadurnarse el cuerpo entero con la sangre y lamerle el corazón, sin poder evitar las náuseas, mientras la anciana susurraba palabras misteriosas y de vez en cuando lanzaba gritos. Después encendió una pipa y comenzó a echar el humo al aire y a observarlo atentamente. Y les dijo que los conductos del cuerpo de María habían estado obturados por porquerías diversas, pero que ahora ya estaban limpios, y que les nacerían seis hijos, cuatro niñas y dos niños, y que todos tendrían una gran vida.

Volvieron al pueblo llenos de esperanza, convencidos de que aquella predicción sería verdad. Pero pasaron dos años y no ocurrió nada. Y María se fue poniendo cada vez más triste. Él había intentado convencerla de que el hecho de no tener hijos no era tan grave. Lo que de verdad le importaba era estar con ella, y se quedaría a su lado a pesar de eso. Incluso le había repetido un montón de veces que tal vez fuese mejor así. Se habían librado de muchos problemas y mucha esclavitud. Podían hacer lo que quisieran, juntos y solos. Pero todo había sido inútil. Un día María no se levantó de la cama. No le dolía nada. Simplemente, decía, no tenía fuerzas para ponerse en pie. Dos semanas después estaba muerta. De pena, creía él, aunque el médico que fue a verla una vez dijo que era un cáncer de ovarios. No habían tenido dinero para más consultas.

Tras la muerte de María, se había ido a São Nicolau, porque São Vicente estaba lleno de demasiados recuerdos, y él no quería vivir en la nostalgia, igual que un perro que se ha quedado sin amo y husmea la puerta de su casa y el camino por donde se han perdido sus pasos. Había pensado en emigrar a Europa, como la mayor parte de sus hermanos y sus amigos, pero le había dado demasiada pereza: tanto esfuerzo, conseguir el permiso, ahorrar el dinero para el billete, buscar trabajo, aprender un idioma nuevo, acostumbrarse a otros hábitos... Él era caboverdiano, y caboverdiano quería morir, respirando aquel aire y viendo aquel cielo transparente y el mar tan verde, y las mujeres como ella, que no existían en ninguna otra parte del mundo... —Y Jovita sonrió e hizo un mohín, como una niña pequeña—. Ahora buscaba una familia, una buena esposa e hijos ruidosos y entusiastas. Le gustaban mucho los niños ruidosos, con su inagotable alegría.

—¿Tú tienes familia?

—Ocho hijos. Y te aseguro que hacen mucho ruido. ¡Te gustarían!

—¿Y hombre no tienes?

—El último se fue hace meses.

—¿Quieres que me quede contigo? Dejaré la pesca y trabajaré en el campo y os cuidaré a ti y a los niños.

Jovita se imaginó a aquel hombre en su vida, acostarse con él por las noches, y disponer de sus brazos fuertes para la huerta y para arreglar la casa, y aquella idea iluminó de pronto un futuro que últimamente le había empezado a parecer más bien sombrío, con tanto trabajo y tan poco placer. Pero no sabía quién era, debía tener cuidado. Quizá la estaba engañando y trataba de seducirla para luego maltratarla, como los otros.

—¡Si no te conozco...!

—Sí me conoces. No hay nada más que conocer. No bebo ni pego a las mujeres. Soy buen trabajador y gasto poco. Eso es todo.

—¿Y yo te gusto?

—Mucho. Desde que te vi la primera vez. Me gustan tus caderas, y la hendidura que se te forma debajo del cuello, y la manera firme y descarada que tienes de tratar a los pescadores, como si supieras muy bien lo que te traes entre manos...

Jovita se rió: aquel hombre la había entendido con sólo mirarla, y parecía que la aceptaba tal como era. Decidió arriesgarse:

—Está bien. Ven en cuanto puedas dejar el trabajo. Lo intentaremos. Y ahora da la vuelta. No quiero que mis hijos te vean antes de que les hable de ti.

Así había llegado Sócrates. Y, con él, la mejor época de su vida. Años teniendo un hombre bueno y fácil para ella sola. Como un milagro. Incluso había podido dejar de trabajar. Aquel penoso esfuerzo con las frutas y los peces había desaparecido de su existencia, igual que desaparece la lluvia de la superficie de la tierra cuando el sol se pone a brillar. Era Sócrates el que se había hecho cargo de la tarea y se ocupaba, además, de la huerta, que multiplicó su rendimiento. Él había sido su sol.

Cuando apareció muerto, ya estaba demasiado vieja para volver a retomar el camino a Carvoeiros con todo aquel peso encima de la cabeza. Los hijos mayores se habían ido a Portugal o a Italia, y le mandaban dinero, el suficiente para sobrevivir. Decidió quedarse a la puerta de casa fumando su pipa y viendo crecer las judías y los tomates. Y fue Carlina quien la sustituyó en la tienda ambulante.

Carlina tenía por entonces unos veinte años y un niño muy pequeño. El padre se había marchado a Europa dejándolos a los dos en aquella aldea en la que acababan de instalarse y donde no tenían ninguna familia. Al principio llegaron un par de cartas y algo de dinero.

Y luego nada. Pasaban los meses y no se sabía si estaba vivo o muerto, hasta que alguien que fue a pasar unas vacaciones en la zona contó que lo había visto allá en Milán, que trabajaba en una fábrica y que se había juntado con otra mujer. Carlina no lo echó de menos, aunque lo maldijo por haberla abandonado con una criatura y deseó que todos sus hijos, el que ya tenía y los que pudiera tener en el futuro, le volviesen la espalda. Que se viera solo cuando fuera viejo. Que se muriese solo y pobre, eso era lo que se merecía.

Por suerte para ella, fue en ese momento cuando a Sócrates le dio su silencioso ataque al corazón, o lo que quiera que fuese que se lo llevó en una sola noche. Alguien tenía que ocuparse de traer los pescados a la aldea y bajar a la costa los productos de las huertas, así que decidió dedicarse ella al asunto. Cargó la cesta encima de su cabeza y se acostumbró, como Jovita antes, a recorrer cada día los doce kilómetros de ida y vuelta entre rocas oscuras y tierras rojas, sin un solo árbol que la protegiera del sol o de los aguaceros, con el mar allá abajo, brillante como un objeto de plata, cada vez más grande a medida que se acercaba a él, más vivo y ruidoso.

Igual que a Jovita, le gustaba el bullicio de la plaza, el trajín de las mujeres que iban y venían mirando, charlando y comprando, la competencia con las otras vendedoras, con las que se peleaba a voces y, en alguna ocasión —cuando una de ellas atravesaba un mal momento y bajaba demasiado los precios—, también físicamente, aunque aquellas peleas nunca llegasen más allá de algunos tirones de pelo y un par de patadas rápidas, enseguida interrumpidas por el gentío, que se lanzaba a separar a las combatientes y mantenerlas alejadas hasta que, a fuerza de gritar, los humos se apaciguaban. La verdulera que unos minutos antes ofrecía sus productos demasiado baratos terminaba por subirlos un poco, y las otras menguaban otro poco la oferta de los suyos, y las cosas volvían a la normalidad, voces pregonando, mujeres revoloteando por todas partes con sus vestidos como alegres manchas de colores danzarinas, niños que jugaban y correteaban de un lado a otro. Y los pocos hombres que se atrevían a atravesar la plaza, casi siempre azorados ante aquel poder femenino que parecía haber acaparado el espacio por unas horas, que los rechazaba y los alejaba de su mundo de risas y parloteos y bebés que mamaban enganchados a los pechos fértiles, de aquella exhibición de olores y sabores que luego se mezclarían paciente y mágicamente en los pucheros, en el rito cotidiano del fuego del que ellas eran las sacerdotisas.

Heraclio tan sólo tenía siete meses cuando ella comenzó a trabajar. Se lo llevaba sujeto con un gran pañuelo a su espalda, tranquilo, acunado por el bamboleo de su madre durante el largo trayecto. Pero de semana en semana, se iba convirtiendo en un peso enorme. Y en cuanto empezó a caminar, fue un verdadero problema. Era un niño revoltoso y aventurero, que no se asustaba ante nada. Durante buena parte del camino no paraba de dar patadas y agitar los brazos y lloriquear, empeñado en andar por sí mismo, hasta que se quedaba dormido. Pero apenas llegaban a las primeras casas del pueblo, ya se despertaba, como si incluso en sueños estuviera vigilando el trayecto. En la plaza no le quedaba otro remedio que soltarlo, y él correteaba de un lado a otro, persiguiendo a los niños mayores, que solían acabar empujándolo y dejándolo luego solo, o se sentaba en el suelo a jugar con otros críos de su edad, a los que tiraba piedras y mordía, hasta que las madres tenían que separarlos por un rato. A Carlina aquel ajetreo le complicaba mucho el trabajo. Tenía que estar todo el tiempo pendiente de él, y a veces perdía a alguna clienta mientras lo atendía. Sin embargo, no quería dejarlo en la aldea. Algunas vecinas le habían propuesto cuidar de él a cambio de unas raciones de pescado. Pero ella se resistía. A pesar de todas las molestias, le gustaba notarlo cerca, oír sus palabras torpes, darse cuenta de cómo iba durmiéndose a su espalda, dejando que el sueño se tragara su rabieta. Le parecía que, mientras estuvieran juntos, ambos estaban seguros. Era como si cada uno de ellos protegiese al otro. Tenía miedo de dejarlo solo y que entonces le ocurriera algo malo. A veces, de vuelta en casa, lo miraba mientras dormía, y le entraba una angustia que no tenía nombre pero que le cerraba por unos instantes la boca del estómago. Como si pudiera oír las voces de los espíritus que susurraban ya al oído del crío, llamándolo.

La catástrofe sucedió un domingo, mientras todos los vecinos estaban en misa en la ermita del Monte Pelado. El cura canturreaba en un idioma desconocido, mezcla de latín y criollo, y ellos contestaban de la misma manera. Las moscas zumbaban por toda la iglesia y se acercaban con ganas a la nariz de san Antonio, al que le daba el sol en plena cara. Por detrás de los cánticos y los rezos, se oían las voces de los niños pequeños, los que aún no habían tomado la comunión, que siempre se quedaban fuera, vigilados por una de las niñas de más edad, a la que se eximía de la obligación de asistir a la misa. Las madres se dieron cuenta de que en el *Padrenuestro* se les dejó de oír. Debían de haberse alejado en busca de aventuras. Algunas de ellas, las que tenían los hijos más revoltosos, se sintieron intranquilas. Pero no se atrevían a salir, pues el padre Virgilio se enfadaba mucho si alguien abandonaba la liturgia por la razón que fuese.

Carlina intentó seguir rezando. Pero a los pocos minutos tuvo que interrumpirse. Le parecía que una fuerza misteriosa estaba tirando de ella, una extraña energía que parecía bajar del cielo y que le puso todo el cuerpo en tensión, como un animal cuando intuye que está a punto de ser atacado. Supo que algo le había sucedido a Heraclio. Apartó de un manotazo a las mujeres que le tapaban la salida del banco, y se abalanzó hacia la puerta, mientras el cura la miraba con las cejas alzadas y las oraciones en suspenso.

Al llegar a la pequeña explanada delante de la ermita, vio cómo se le acercaba corriendo, medio enloquecida, la niña a la que aquel día le había tocado cuidar de los pequeños.

—¡Ayuda! ¡Ayuda! —gritaba.

—¿Es Heraclio...? ¿Qué le ha pasado? ¿Dónde está?

Pero la niña no dijo nada. Sólo la cogió de la mano y la arrastró hacia la montaña rocosa que se alzaba detrás de la iglesia. Comenzaron a trepar entre las piedras. Todos los vecinos, y hasta el cura, habían interrumpido la misa al oír los gritos, y algunos subían ya detrás de ellas. A pesar del gentío, había un silencio extraño. Sólo se oían los graznidos de un grupo de grandes pájaros carroñeros que sobrevolaban la montaña allá en lo alto, como preparándose para acometer una hazaña. Y el jadeo al borde de la asfixia de Carlina, que apenas podía respirar.

Doblaron un recodo, bajo una enorme roca negra y vacilante que parecía a punto de precipitarse en cualquier momento. Allí, al otro lado, sobre el suelo rojo, estaba Heraclio tendido boca abajo. Carlina se acercó a él caminando ahora muy despacio. Le dio la vuelta. El niño estaba rebozado en tierra, que le había entrado incluso dentro de los ojos abiertos, fijos en algún lugar del cielo. No tenía ni una herida, ni una mancha de sangre, ni siquiera un arañazo. Pero no respiraba: la caída desde la roca había sido brutal, había machacado su pequeño cuerpecillo deshecho ahora por dentro, como una fruta delicada que se hubiera abalanzado desde lo alto de un árbol, deshaciéndose al chocar contra el suelo.

Tres días después, Carlina volvió al trabajo, con el paso vacilante por la falta de sueño y unas enormes ojeras que debilitaban el aire de fortaleza y decisión habitual en ella. Después de recibir los besos y las condolencias de sus clientas, que ya se habían enterado de lo sucedido, y de vender sus frutas y sus hortalizas, en vez de ir al puerto se dirigió a una taberna. Los hombres que la ocupaban, ruidosos y animados, callaron por un momento y la miraron con mal humor, frunciendo los ceños, susurrándose cosas los unos a los otros, reprochándole a aquella mujer que tuviera el atrevimiento de entrar en un sitio como ése, y para colmo, sola. Pero ella se les enfrentó con la mirada, irradiando un valor y una autonomía que pronto hicieron que todos la dejasen en paz y volvieran a enfrascarse en sus charlas, sus bebidas y su juego del ouril, dándole la espalda a aquella hembra que debía de estar loca y a la que decidieron no prestar atención. Pidió un aguardiente de caña. Y otro. Y otro. Deseaba salir de sí misma, desaparecer detrás de la borrachera, lograr que una nube de olvido y ligereza cubriera todo el dolor que la precipitaba incesantemente hacia el lado insoportable de la vida, hacia una zona oscura y reptante que no llegaba ni siquiera a ser vida, tan sólo un encadenamiento de gestos y movimientos, las piernas que se movían, los pulmones que respiraban, la boca que se abría para pronunciar palabras cuyo sentido no le interesaba nada, y aquella pesadumbre tremenda con la que tenía que levantarse y acostarse y andar por el mundo, fingiendo que le importaban las cosas que sucedían a su alrededor, que aún creía en las oraciones y la misericordia divina, y que sería capaz de construirse un futuro a espaldas de la pequeña tumba —una simple cruz de madera sobre el diminuto túmulo de tierra— donde descansaba para siempre Heraclio. ¿Descansaba...?

Se gastó todo el dinero que había ganado por la mañana. Al quinto vaso de grogue, ya no sabía cómo se llamaba. Se había sentado a una mesa y permanecía allí meciendo la parte superior del cuerpo, con las piernas separadas, el escote abierto sobre los pechos magníficos, las manos perdidas en el regazo y una mirada vacía y acuosa, como la de los peces cuando van ahogándose lentamente fuera del agua.

En la taberna no quedaba nadie. Todos los clientes se habían ido a comer, mirándola al pasar a su lado con desdén y soltando comentarios soeces y grandes carcajadas a las que ella no prestó la menor atención. El tabernero se le acercó. Era un hombre robusto y sucio, que apestaba a alcohol y al vinagre con el que aderezaba algunos pescados y limpiaba el mostrador y las mesas, frotando sobre ellas un paño mugriento. Le había gustado aquella mujer desde que la vio entrar, con los pezones marcándose por debajo del vestido fino y las piernas rotundas. Ahora, borracha como estaba, quizá podría aprovechar para pasar un buen rato.

—¿Dónde vives? —le preguntó.

Carlina hizo un gesto torpe con el brazo indicando la lejanía.

—Voy a cerrar. Es la hora de comer. Te llevaré a mi casa.

Ella asintió con la cabeza.

El hombre se acercó a la puerta y la empujó, sonriendo, sintiendo cómo la sangre comenzaba a circular veloz y cálida por su sexo. Luego se acercó a ella, la agarró por la cintura y la hizo subir escaleras arriba, hasta el cuarto que ocupaba encima de la taberna. Allí la tendió en el camastro, se desvistió, le arrancó las bragas y la penetró violentamente, con el ansia de un animal. Ella se dejó hacer, ausente, perdida en el inmenso refugio de su borrachera como en una gruta fría donde resonasen a lo lejos ecos confusos de voces y jadeos.

Durmió hasta la mañana siguiente. Cuando se despertó, no sabía dónde estaba. La luz entraba ya a través de la ventana, iluminando un cuarto que desconocía. Oyó los ronquidos del hombre a su lado, y sintió la tibieza viscosa de su cuerpo. Entonces se asustó. Se incorporó en la cama de un salto y, durante unos segundos, trató de recordar. La última imagen que se le venía a la cabeza era la de la taberna, todos aquellos hombres mirándola, el olor acre que despedía el vaso de alcohol delante de ella. Todo lo demás se lo imaginó. Miró al hombre, que seguía durmiendo, echándole encima su aliento fétido. Sintió ganas de vomitar. De pronto, como si una luz se iluminara en su cabeza, recordó a Heraclio, y Queimada, y los pescados que no había llevado. Se levantó muy despacio, sin hacer nada de ruido, y se fue hacia la aldea sintiendo asco y vergüenza, y de nuevo el dolor, que había vuelto silenciosamente, como una serpiente que hubiera reptado hasta envolverla por completo.

Dos meses después, cuando la regla se negó a bajar por segunda vez, y los pechos ya se le habían hinchado, y la cintura estaba desapareciendo mientras su vientre se preparaba para acoger el feto que crecía dentro de ella, supo que estaba embarazada. No deseaba aquella criatura. No quería que nadie sustituyese el olor de la piel de Heraclio, sus balbuceos y su calidez, que la había inundado como el sol del amanecer. Tampoco quería otro hijo sin padre. Pero era ya demasiado tarde. No iba a deshacerse del niño —el cura decía que las mujeres que abortaban iban al infierno sin remedio— y sólo le quedaba prepararse para aceptarlo. Dios se lo había mandado, él sabría por qué.

Apenas Carlina apareció en la casa, con la sangre corriéndole por las piernas, mezclada con el agua de la lluvia, y el bulto envuelto en la manta entre las manos, Jovita se dio cuenta de que había dado a luz. Salió de inmediato al patio en busca de agua caliente. Cuando volvió, la mujer se había echado en el camastro. La niña estaba a su lado, llorando y agitándose. Encendió un par de velas y se ocupó de ella. La limpió a fondo, frotándola con una toalla, y le anudó el cordón con cuidado. Le dijo a Carlina que su hija era hermosa y redonda como una manzana. Pero ella se mantuvo acurrucada sobre el colchón, con los ojos cerrados, sin querer mirarla. Sentía un tremendo dolor en el vientre, como si la hubieran golpeado con un martillo. Tan sólo quería dormir. Dormir mucho y, al despertar, que la niña hubiera desaparecido. No deseaba que muriese, eso no, pero sí que se la llevara alguien, alguien que no tuviera hijos y la cuidase. Ella no podía. No estaba preparada para cargar con toda aquella fragilidad, para soportar su dependencia, la necesidad de alimentarla, limpiarla, llevarla a la espalda, enseñarle sus primeras palabras, cogerla firmemente de la mano cuando comenzase a caminar, vigilarla para que no rodase al pie de una roca, reventada y muerta. Ansiaba no verse obligada a enternecerse con la alegría inocente que pronto estallaría dentro de ella en forma de sonrisas y balbuceos y suaves caricias. Definitivamente, no quería quererla.

Jovita se la llevó hasta la cama, envuelta en una vieja sábana limpia. Se la colocó encima, y le apartó el vestido para que su pecho quedara al aire. La niña pareció comprender lo que debía hacer. Cabeceó con fuerza mientras abría y cerraba la boca y pronto, empujada por las grandes manos de la vieja, agarró el pezón con sus labios y comenzó a chupar enérgicamente. Sus ojos estaban abiertos, grandes, pesados, y su mirada parecía detenida con exactitud en la mirada entristecida de su madre, que giró la cabeza hacia la pared para no verla.

Jovita se sentó al borde del camastro.

—¡Dios mío! —exclamó—. Esta criatura no es normal. Va a ser una mujer muy valiente. Muy valiente.

UNA NIÑA VALIENTE

São se crió en la aldea. Carlina sólo la llevó con ella a Carvoeiros mientras le dio de mamar, hasta que cumplió los seis meses. Era una niña tranquila como una persona adulta, que apenas se movía, aguardaba pacientemente el momento de alimentarse y, cuando estaba despierta, parecía contemplarlo todo con un enorme interés, igual que si realmente estuviera fijándose en el comportamiento ajeno y tratase de entenderlo, fingiendo hacia él una muda indiferencia. A pesar de todo, a su madre la molestaba. Sentía que llevaba un peso enorme a sus espaldas, que acarreaba un mundo entero, con sus guerras y sus sosiegos, algo ajeno a ella misma y de lo que no quería ser responsable.

En cuanto le pareció que estaba lo suficientemente fuerte y sana, escribió a una de las hijas de Jovita que vivía en Portugal, metió en el sobre un par de billetes y le pidió que le mandase un biberón. Cuando llegó, acostumbró sin problemas a la cría a tomar leche de cabra rebajada en agua. Entonces habló con la vieja:

—Necesito que se quede con São mientras yo trabajo. No puedo andar cargando con ella todo el día. Usted sabe lo que es eso, que ha tenido muchos hijos. Cada día que pasa me duele más la espalda. Y, en cuanto empiece a caminar, me volverá loca. Tendré que perseguirla por todas partes y no podré atender a las clientas. Si me la cuida, le daré pescado gratis todos los días.

A Jovita le pareció que era una buena propuesta: así podría guardar el dinero que le enviaban de Europa para cuando llegasen de nuevo los malos tiempos, que estaba segura de que llegarían. Vendría la sequía y agostaría las huertas. O el harmatão, el viento que sopla a veces desde África, caería furibundo y ardiente sobre la aldea y depositaría su carga letal de arena en los sembrados y los frutales, arrasándolo todo. Sus hijos se casarían con mujeres despiadadas que les prohibirían seguir ayudando a la madre olvidada ya para siempre en aquel rincón del océano. Y las hijas serían abandonadas por sus maridos y tendrían que pagar los estudios de los niños y las consultas con los médicos si se les ponían enfermos, y no les sobraría ni un céntimo. Debía ahorrar para cuando estuviese sola y vieja, le dolieran los huesos y necesitase medicinas, porque para entonces nadie se acordaría de ella.

Además, le gustaba aquella niña, con su independencia y su tranquilidad, y no le importaba cuidarla. Pero intentó sacar todo el provecho posible, así que fingió rechazar la propuesta:

—No puedo. Ya no estoy yo para estar pendiente de una cría tan pequeña. Soy demasiado vieja, me agoto enseguida. Tu hija se va a poner a caminar dentro de unos meses, y acabará conmigo. ¿Tú me imaginas persiguiéndola por la aldea...? ¡Ya no tengo edad!

Carlina la miró atentamente, mientras reflexionaba. Debía de tener unos sesenta años. Estaba gorda, de tantas horas como se pasaba sentada, sin apenas moverse. Pero gozaba de una salud extraordinaria —nadie recordaba haberla visto nunca enferma— y seguía teniendo una mirada aguda, llena de energía y de firmeza. Había criado bien a sus hijos, y la antigua simpatía por el alcohol y los hombres parecía haber desaparecido con la edad. Le parecía que, de todas las mujeres de la aldea que podían hacerse cargo de la niña, ella era la más adecuada. Se dio cuenta de que tenía que negociar y aumentar su oferta, aunque eso significase para ella una pérdida importante:

—Mil escudos a la semana y el pescado.

Jovita fingió reflexionar mientras observaba las huertas al otro lado del camino. Una bandada de pájaros pequeños, amarillos y gritones, trataba de acercarse a picotear las guayabas, que colgaban ya, con su delicada piel rosácea, de los arbolillos brillantes, y luego, al encontrarse con el espantapájaros, revoloteaban asustados hacia el monte, para regresar a los pocos minutos. Le dieron ganas de echarse a reír: también ella había logrado asustar a Carlina y cogerla después en su trampa. Mil escudos a la semana más el pescado estaba bien. Sería un buen ahorro para el futuro. Y, mientras tanto, se entretendría cuidando de São y haciéndole pequeñas trenzas en el pelo, preparándola para las amarguras del futuro. Sí, aceptaría el trato.

Así fue como São se quedó con Jovita. Por mucho tiempo. Porque cuando Carlina conoció a un hombre que vivía en Italia y la convenció para casarse e irse con él a Europa, las dos mujeres estuvieron de acuerdo en que era mejor dejar allí a la niña, que ya había cumplido los seis años.

Había toda clase de razones para no llevarla: en Italia los inviernos eran muy fríos. São debería incorporarse a la escuela nada más llegar sin hablar ni una palabra de aquel idioma endemoniado. Y, sobre todo, en cuanto su madre encontrase trabajo, no tendría con quién dejarla. Carlina esgrimió esos motivos ante los demás como si estuviera exhibiendo una tela preciosa, algo cuyo valor nadie podría discutirle. No estaba triste: al fin y al cabo, no sentía gran cosa hacia aquella niña a la que se había limitado a cuidar mecánica y fríamente por las noches, sin desbordarse de ternura, sin ligarse a ella por los feroces lazos de dependencia que la habían unido a Heraclio. En el fondo, pensaba, la vida había sido generosa con ella después de la muerte de su hijo, y, al impedirle querer a São, la había librado del dolor de la separación. Ella había visto cómo otras madres que se iban al extranjero y tenían que dejar a sus niños en casa sufrían y languidecían en la lejanía, sintiéndose para colmo culpables del abandono. Eran mujeres mutiladas, seres desdichados sometidos a una injusta tortura. Madres rotas por la ausencia que, allá lejos, en los países a los que llegaban, cuidaban de los hijos de otras mujeres, los lavaban y los peinaban, les preparaban la comida, los cogían firmemente de la mano por la calle, les cantaban canciones, los arropaban en sus camas, jugaban con ellos, los besuqueaban y los regañaban cuando era preciso. Y lo hacían sabiendo que entre ellas y aquellas criaturas se establecía un cariño tan profundo como vacilante, una superficie pantanosa de afectos que desaparecería cualquier día abruptamente, cuando fuesen expulsadas de la casa o encontraran un trabajo mejor. Y bajo esa agua tan cálida bullía aquella capa turbia de pesadumbre, la ruptura segura en el futuro, y también todo lo que habían dejado atrás, sus propios hijos a los que no podían atender, que se educaban guiados por manos ajenas, a menudo indiferentes o incluso hostiles y, otras veces, demasiado condescendientes. Definitivamente, ella era afortunada.

La única persona que no estaba de acuerdo con la propuesta era la propia São. Y no porque no quisiera separarse de su madre. Su cariño hacia ella era ligero y alegre, como una lluvia menuda de primavera, y en él no cabía ningún drama, ni siquiera el de la separación. Tampoco era porque no deseara quedarse con Jovita: se había acostumbrado a la rudeza de aquella mujer egoísta y brusca, igual que se había acostumbrado a la frialdad de su madre, y aún no tenía edad de preguntarse si había otras maneras diferentes de querer a una niña, otros gestos posibles que tuvieran que ver con la dulzura, inexistente todavía en su concepción de la vida.

Pero la palabra Italia despertaba su imaginación. Un par de meses atrás, una pareja de la aldea había venido a pasar sus vacaciones desde Nápoles, donde vivían, y habían traído con ellos a su hija. Noli tenía nueve años. Era una niña presumida y alegre, que enseguida se había convertido en la jefa de todos los críos de la aldea. Había llevado consigo una muñeca preciosa, con el pelo muy largo y ropas para cambiarla. También algunos libros llenos de dibujos en los que se podían leer historias maravillosas, y cuadernos y lápices de colores con los que se pasaba las tardes dibujando y que sólo dejaba a quien le caía muy bien. Tenía muchos vestidos diferentes, y pantalones y camisetas como los de los chicos, y un buen montón de zapatos que exhibía a diario, sabiendo lo mucho que llamaban la atención. Hablaba sin parar de todas las cosas extraordinarias de Italia: las calles llenas de coches y autobuses con los que se podía viajar a cualquier lugar, la luz eléctrica que iluminaba la oscuridad como si fuera de día, los ascensores de los grandes edificios, la escuela en la que estudiaba con la idea de llegar a ser enfermera, los caramelos y los helados que su madre le compraba todos los domingos, la televisión donde seguía por las tardes los dibujos animados y los programas para niños...

São no entendía la mayor parte de lo que Noli contaba. Pero su pequeña mente vibraba con aquellas historias de dulces, juguetes, viajes y proyectos para cuando fuese mayor. Nunca había pensado en la posibilidad de ser mayor. Como todos los niños pequeños, se había ido dejando vivir día a día, sin darse cuenta de que iba creciendo y que alcanzaría otras edades, momentos en los que tendría que hacer planes y tomar decisiones. Tampoco sabía hasta ese instante que existía un mundo más allá de la aldea y de Carvoeiros, adonde había ido una vez con su madre y de donde conservaba el recuerdo de un lugar enorme, lleno de casas y de gentes, y la visión fantástica e hipnotizadora del mar, con su inmensa frialdad.

De pronto, todo aquello de lo que Noli hablaba cristalizó en su imaginación. Palabras e imágenes confusas: hacerse mayor, estudiar, viajes, el otro lado del mar, Italia... Se vio a sí misma como su amiga, a punto de cumplir los diez años, poseedora de una muñeca y libros y cuadernos, hablando de lo que haría más adelante, y caminando sola por un lugar que era igual que Carvoeiros, pero lleno de tiendas repletas de caramelos de muchos colores —como los que Noli había traído en una bolsa enorme— en las que ella entraba y cogía todo lo que deseaba. Y en ese mismo instante supo que quería irse allí, a Italia, donde la existencia de los niños no consistía sólo en caminar hasta la fuente en busca de agua, corretear entre las huertas o subir a la ermita del Monte Pelado, sino que había muchas cosas para elegir, juguetes, chucherías, escuelas, dibujos que hablaban y se movían, y también innumerables zapatos. Además de un futuro por proyectar, algo que llegar a ser en la vida, una ambición que se desarrollaría y se extendería y habría de convertirse en realidad, igual que las crisálidas inmóviles terminan por convertirse en hermosas mariposas que despliegan las alas y embellecen el mundo.

Aún no sabía cuál era su ambición. Pero lo supo poco después, cuando su amiga Renée enfermó y se murió. Renée era una niña muy alegre, que no paraba de jugar, correr, trepar a los árboles y rebozarse de tierra. Pero una mañana, São se la encontró sentada en mitad del camino que cruzaba la aldea, como desplomada. Tenía la cabeza inclinada hacia el suelo y, cuando alzó los ojos para mirarla, brillaban igual que si fueran brasas. Le dijo que estaba muy cansada, que le dolía la cabeza y no tenía ganas de moverse. A São le dio mucha pena. Se sentó a su lado en medio del polvo y estuvo haciendo dibujos en el suelo con una piedra durante un largo rato, en silencio. Luego Renée se fue a su casa, caminando muy despacio, vacilante, y ya no volvió a salir.

A la mañana siguiente, Jovita le dijo que su amiga estaba muy enferma. Tenía mucha fiebre, y a pesar de que le habían frotado todo el cuerpo con savia de drago y le habían dado a beber infusiones de barbas de maíz, la calentura no terminaba de pasársele. Transcurrieron un par de días raros. Los mayores andaban apresuradamente de un lado para otro, hablando en voz muy baja. Las mujeres entraban y salían de casa de Renée, y algunas subían a horas inusitadas, a pleno sol, hasta la ermita. Los hombres se alejaron de la aldea para jugar al ouril y comenzaron a hacerlo casi en silencio, sin lanzar aquellos gritos con los que solían animarse o desafiarse entre ellos.

A los críos los mandaron a las huertas, con la orden de que no hicieran ruido porque a Renée le dolía mucho la cabeza. Dos de las niñas mayores, las más responsables, faltaron aquellos días a la escuela y se ocuparon de mantener el orden. Se comportaban con mucha severidad, cumpliendo con su papel de adultas prematuras y anticipándose al final esperado del drama. De vez en cuando, una de ellas se acercaba a la aldea y volvía con noticias que le cuchicheaba a la otra al oído. São se daba cuenta de la gravedad de la situación, aunque nadie quería explicarle nada. Tan sólo que Renée seguía muy enferma. Ella insistía en preguntar si se iba a morir, pero la gente a la que interrogaba miraba entonces hacia otro lado y se ponía a hablar de cualquier cosa. Hasta que el segundo día, a las cinco de la tarde, una de las mujeres de la aldea fue a explicarles que Renée se había ido al cielo.

El sol comenzaba a ponerse. Un puñado de nubes blancas lo rodeaban en ese momento, y él resplandecía tras ellas. Sus rayos poderosos se lanzaban a través de aquella superficie móvil, llenándola de rojos y azules deslumbrantes y expandiéndose alrededor como una vacilante corona de luz. São se sentó al pie de un mango, buscando un refugio para la repentina pesadumbre, y observó durante un largo rato el cielo. Le pareció que el alma de Renée viajaba en aquellas nubes, ascendiendo entre el esplendor hacia el trono de Dios. ¿Qué habría allí? ¿Echaría de menos la aldea, a su madre y sus amigos y las carreras feroces a lo largo del camino en las que siempre ganaba? Se sentía asustada y frágil. Nunca se había parado a pensar en la muerte. Y ahora de pronto descubría que podía llegar así, en unas horas, y derribar inesperadamente a alguien que tan sólo un par de días antes jugaba y gritaba como si la vida entera, toda la fuerza del universo, estuviera albergada para siempre en su cuerpo. ¿A qué había que aferrarse entonces, cuál era la certidumbre sobre la que se podía sostener de ahora en adelante?

A la mañana siguiente, todos los niños de la aldea fueron llevados a ver el cadáver de Renée antes del funeral y el entierro. Estaba preciosa, con su vestido rosa lleno de puntillas, que aún no había estrenado, y un ramo de olorosas flores de jazmín entre las manos. A São la tranquilizó verla así, como dormida, plácida e incluso, parecía, alegre a pesar de su quietud. Quizás el cielo era tan bueno como todos decían y ahora se lo estaba pasando muy bien allá arriba, tan bien como se lo pasaba en la aldea.

La madre de Renée permanecía sentada junto a la cabecera del féretro, rodeada de varias mujeres y llorando desconsoladamente. São se dio cuenta de que repetía una y otra vez la misma frase. Al principio no logró entenderla a causa de los llantos. Se quedó de pie delante de ella durante un buen rato, observando su desconsuelo y pensando si su propia madre lloraría de esa manera si ella se muriese. Y de pronto comprendió lo que decía:

—Si hubiéramos tenido dinero para llamar a un médico y pagar las medicinas, mi pobre niña no se hubiera muerto...

Eso era. Eso era lo que había sucedido. Renée no se

había muerto porque Dios la hubiera llamado a su lado, como todo el mundo repetía desde el día anterior. Se había muerto porque no habían podido pagar a un doctor. São sintió que algo se le rompía por dentro, y toda la pena que hasta entonces había tenido anudada en el estómago estalló en aquel mismo instante. Comenzó a llorar y salió corriendo de la casa. No paró de correr hasta que llegó a la ermita del Monte Pelado. Se tiró al suelo boca abajo jadeando, mojando la tierra con sus lágrimas. Al cabo de un rato, los sollozos fueron calmándose. Al fin se sentó, se limpió la cara embarrada con la falda del vestido y, apretando las rodillas contra el pecho, como si tratara de abrazarse a sí misma, contempló el paisaje, las pobres casas de Queimada, las huertas raquíticas, las montañas resecas que iban cayendo hacia el mar, como una rojiza cascada de piedra que se desplomase abruptamente, y allá abajo, la mancha confusa y lejana de Carvoeiros, con su bullicio y su alegría, tan ajena al día triste de la aldea.

Entonces se dio cuenta. La gente que vivía en las casas grandes de Carvoeiros tenía dinero suficiente para avisar a los médicos cuando se ponía enferma. Y la gente de Italia, con sus calles llenas de coches y su luz eléctrica y sus mil escuelas. Si tenías dinero, no te morías. Al menos, no a los seis años. Y ella quería conseguir que las niñas de seis años no se tuviesen que morir. Sería médica, y atendería a personas sin dinero que viviesen en aldeas rodeadas de rocas. Quería ser médica. Eso era lo que anhelaba hacer con su vida, el deseo a seguir, la certeza a la que debía agarrarse. Le pareció que, de repente, había comprendido esa cosa inexplicable que los mayores llamaban el mundo.

Un mes después, São empezó a ir a la escuela. Los niños de Queimada se ponían en marcha todas las mañanas muy temprano y caminaban los cinco kilómetros que los separaban de Fajã de Baixo, recorriendo aquel sendero serpenteante al borde del precipicio, con los cuadernos y la tartera con la comida a cuestas. Al principio solían ir medio dormidos, callados, dando trompicones, tropezándose algunos incluso en las piedras sembradas a lo largo del camino. Pero al cabo de un rato, todos empezaban a despejarse, y comenzaban las bromas y los cantos y, al final, también las carreras para ver quién llegaba primero a la puerta del edificio verde que se levantaba en medio de la plaza del pueblo, a la sombra de las plataneras, abrazado por grandes buganvillas con flores de color fucsia que doña Natercia cuidaba amorosamente.

Doña Natercia era la maestra de São. Era una mujer cercana a los cuarenta años, hermosa y dulcemente enérgica. Adoraba a los niños, aunque ella misma no tuviera hijos. Tenía la piel muy clara. Sus padres eran mulatos, descendientes de antiguos colonos europeos que en el pasado habían tomado como amantes a mujeres negras. Las cosas no les habían ido mal: poseían una pensión en Praia, en la capital del país, y con el dinero que ganaban habían podido mandar a su única hija a un colegio de monjas portuguesas, donde solían educarse las niñas más acomodadas de las clases populares. Había también algunas crías de familias desgraciadas, que estudiaban tuteladas por la orden. Toda su vida en el colegio estaba marcada por la diferencia: entraban por una puerta distinta, más pequeña y menos adornada que la principal;

llevaban un uniforme mucho más modesto; se sentaban al final de la clase, en los bancos del fondo, y no regresaban a comer a sus casas, sino que lo hacían en el comedor del convento, después de las hermanas, alimentándose con las sobras que ellas dejaban. La pobreza las rodeaba atenazándolas, como una cadena que las sujetara contra la esquina del mundo donde se acumulan la miseria y la marginación, de las que difícilmente lograrían salir sin sentir al menos el estigma marcado para siempre en sus frentes. Sus progenitores —alcohólicos, pordioseros, prostitutas— eran parásitos, cucarachas que no deberían existir, y ellas llevaban en la sangre su rastro inmundo, su olor a podredumbre, y estaban condenadas a luchar denodadamente contra un ángel maligno que las acompañaba desde el nacimiento, que las derribaría una y otra vez y las aplastaría bajo su peso insoportable.

Casi ninguna de las niñas del colegio les dirigía la palabra. Salvo Natercia, que las había observado atentamente desde el primer día y había sentido de inmediato una intensa compasión. Tenía una imaginación muy viva y casi estuvo a punto de llorar cuando las demás se pusieron a cuchichear en el patio mirándolas de reojo y contando las noticias sobre ellas que les habían transmitido las mayores. Le dio por pensar cómo habría sido su vida si, por una misteriosa decisión divina, ella hubiese nacido en una de esas familias y tuviera un padre desconocido y una madre que hacía cosas horribles e innombrables con los hombres.

A la mañana siguiente, robó en casa una manzana y, a la hora del recreo, se acercó a una de las niñas que permanecía aislada de las otras, apoyada contra las plataneras, como si buscase refugio en ellas para que nadie la

atacara. Aquel día había aparecido despeinada y sucia, con la cara llena de churretones, y la madre María del Socorro se la había llevado al convento para lavarla, después de darle un fuerte cachete que no pareció causarle ninguna impresión.

Natercia le sonrió:

—¿Cómo te llamas?

La cría la miró enfurruñada, pero tal vez la sonrisa de Natercia la animó a contestar:

—Ilda.

—Yo soy Natercia. Mira lo que te he traído.

Y le dio la manzana. Ilda la miró con los ojos asustados, como si aquel regalo fuese una trampa tras la cual se escondiera un pozo muy negro.

—Es para ti, la cogí de mi casa. Tómala...

La niña se decidió al fin y cogió la fruta. Pero atemorizada ante la idea de que alguien pudiera verla y pensar que la había robado, se giró para comerla de espaldas al patio. Estaba acostumbrada a las palizas de su padrastro y a la indiferencia de su madre, y trataba de ocultar cualquier cosa que pudiera hacer parecer que estaba portándose mal, como un cachorro que se esconde debajo de la mesa muerto de miedo cuando sabe que le va a caer una regañina. En realidad, Ilda era igual que un cachorro desamparado y tembloroso. Natercia se acercó a ella y le dio un beso rápido en la mejilla. Luego echó a correr y se incorporó a su grupo de amigas, que habían estado observándola y la interrogaron ásperamente. Pero ella supo salir del apuro haciendo uso de la autoridad materna:

—La manzana me la dio mi madre para que se la diera a alguna de las niñas pobres. Dice que tenemos que portarnos bien con ellas y cuidarlas, que ellas no tienen la culpa de lo que les pasa.

Desde entonces, Natercia se convirtió en la protectora de las crías desdichadas, y especialmente de Ilda. Les llevaba comida de casa muy a menudo, y también la ropa que ya había dejado de ponerse. Las ayudaba a hacer los deberes durante el recreo. Se preocupaba por cómo estaban ellas y sus familias. Sin embargo, nunca logró que se rompiera del todo el muro de aislamiento que las rodeaba. Algunas se negaban incluso a aceptar su ayuda y se burlaban de ella, llamándola blancucha y tonta. Era su manera de mostrar su rechazo a un mundo que les cerraba la puerta, de probar que podían salir adelante solas en el sombrío rincón de la tierra que les había tocado ocupar. Sólo consiguió tener una verdadera amistad con Ilda y, aun así, ella jamás le contó lo que vivía a diario, las palizas del padrastro siempre borracho, la vergüenza de encontrarse a su madre mendigando a la puerta de la catedral, la bazofia de su choza en los suburbios, entre ratas y porquería, las largas noches durmiendo en el suelo, sobre la tierra, acurrucada junto a sus cuatro hermanos, la humillante búsqueda de restos de comida en las cajas de basura de las casas ricas, el dolor en las tripas del hambre, la penuria de saber que lo único que podía hacer en la vida era sobrevivir, sin ninguna esperanza más allá del deber elemental —ligado por un nudo inextricable a la vida misma— de permitir que su corazón siguiera latiendo.

Las niñas pobres fueron dejando poco a poco el colegio. A unas cuantas las obligaron a quedarse en casa para cuidar de los hermanos pequeños mientras las madres salían a trabajar. Otras encontraron empleo como criadas o ayudantes en alguna tienda. Ilda se fue a los diez años. Iba a empezar a fregar platos en una taberna. Quería ahorrar dinero para marcharse de la isla y alejarse para siempre de su madre y su padrastro. Natercia le pidió que se mantuviera en contacto con ella. La invitó a ir a visitarla a su casa siempre que quisiera. Sin embargo, no volvió a verla hasta dos años después, cuando, al salir un día del colegio, se la encontró esperándola en la plaza.

Apenas había crecido. Seguía pareciendo un cachorrito hambriento, con sus grandes ojos asustados y su esqueleto diminuto. Se abrazaron con alegría. Ilda le contó que había ido a despedirse de ella:

—Mañana cogeré el barco para Maio, le dijo. He conseguido ahorrar lo suficiente. Mi madre creía que le daba todo el dinero que estaba ganando, pero yo fui guardando un poco cada semana. Lo fui metiendo en una botella vacía que tenía enterrada en el monte. Todos los domingos, cuando me pagaban, iba hasta allí y dejaba quinientos escudos. Ya tengo bastante para el viaje y para vivir unos días mientras encuentro trabajo.

Natercia sintió una pena tremenda. Ella seguiría volviendo cada tarde a su preciosa casa pintada de amarillo, con sus pequeñas habitaciones alegres mirando al mar y el oloroso jazmín trepando por la fachada. Su madre la besaría y le preguntaría qué tal había ido el día en la escuela. Ella le contaría todas las pequeñas cosas, la discusión con Fátima, su diez en lengua, el enfado de la madre María de las Angustias. Luego subiría a su cuarto, se quitaría el uniforme, se pondría un vestido cómodo y haría los deberes durante un rato. Cuando llegase el padre, se instalarían en la mesa del rincón del comedor, saludarían a los clientes que fuesen llegando, y cenarían todo lo que quisieran, un rico pescado con patatas, un plato de xerém de maíz, un buen vaso de leche. Y entonces se iría a dormir a su cama cómoda, arropada por la colcha de colores que la abuela le había hecho al nacer, oyendo el sonido acunador de las olas que rompían en la playa. Ella seguiría viviendo cada día en su pedacito de mundo protegido y lleno de cosas hermosas, lanzándose hacia el futuro como un pájaro que vuela veloz en busca del agua. Entretanto, Ilda vagaría sola por las calles, pasaría hambre, entraría en todas las tiendas y las tabernas en busca de un empleo agotador y mal pagado, y dormiría en el pórtico de alguna iglesia, desprovista de todo lo que le daba calidez a la vida, la ternura y las risas, un lugar agradable en el que recogerse, el proyecto de llegar a ser una buena persona feliz. Quería arrancarla de toda aquella penuria y soledad, mantenerla junto a ella para poder infundirle un poco del soplo ligero que la acompañaba en su existencia:

—Quédate aquí. Mi madre te dará trabajo en la pensión. Siempre necesita gente. Quédate. Nos veremos todos los días. Mi madre es muy buena, ya lo verás.

A Ilda le pareció que era un magnífico proyecto, tener una amiga y un empleo decente. Estaba ya a punto de aceptar cuando de pronto algo muy turbio borró de su mente la idea y todo lo que significaba. Agachó la cabeza y, por una vez, los ojos se le llenaron de lágrimas:

—No puedo quedarme. Mi madre y mi padrastro me encontrarían. Me obligarían a darles el dinero, y él seguiría tocándome siempre que pudiera. Ahora, cuando voy a casa y mi madre no lo ve, me toca, y quiere que lo bese. Ya sé lo que va a pasar. Tengo que irme.

Natercia comprendió que estaba sola con su compasión. Era un sentimiento tan invasor como inútil, una nube negra que entristece el mundo pero que no es capaz de derramar sobre él el agua benéfica. La realidad era mucho más poderosa que su ansia de hacer algo por su amiga. La abrazó con tristeza:

—Está bien, vete, pero no te olvides de que estoy aquí si necesitas algo. Escríbeme, por favor, escríbeme pronto para contarme cómo te va todo.

Anotó rápidamente su dirección en una hoja de su cuaderno, la arrancó y se la dio a Ilda. Ella la cogió e hizo un enorme esfuerzo para sonreír, como si estuviese luchando contra un peso insoportable que tuviera que quitarse de encima. Luego echó a correr y se perdió al doblar la esquina de la catedral. Natercia observó cómo desaparecía su frágil espalda, que parecía luchar esforzadamente por hacerse un hueco en medio de la hostilidad del aire, y tuvo la impresión de que nunca más volvería a saber de ella. Ilda, en efecto, se desvaneció de su vida para siempre en aquel mismo instante.

Pero, de alguna manera, dejó una marca profunda: al terminar el liceo, Natercia decidió estudiar magisterio. Quería ser capaz de hacer por otras niñas parecidas a su amiga lo que no había podido hacer por ella. Ayudarlas a salir de la miseria, enseñarles que, a través del aprendizaje y el esfuerzo, sus vidas podían ser mejores, que podían llegar a convertirse en mujeres que se respetasen a sí mismas, alejadas de las atrocidades que acarrea la pobreza extrema. Darles esperanza y recursos, y hacer que tuvieran deseos y luchasen por ellos.

Nada consiguió ya alejarla de su vocación. Mientras estudiaba, tuvo un novio que quería casarse. Aníbal era el dueño de una de las mejores pensiones de Praia, y se encaprichó con ella durante las visitas a su padre, buen amigo suyo. Enseguida obtuvo el permiso para proponerle el noviazgo. Ella lo aceptó con tranquilidad, sin pasión ni deseo: el amor no formaba parte de sus fantasías. Era demasiado formal para ello, demasiado contenida y realista. Suponía que algún día tendría que casarse, pero tan sólo aspiraba a que el marido fuera un hombre bueno y trabajador, alguien que la rodease de respetabilidad y decencia. No soñaba con efusiones ni arrebatos. Aníbal le pareció un buen candidato: era diez años mayor que ella y, al menos desde que estaba en la isla con su negocio en marcha, no se le conocían escándalos con mujeres ni veleidades alcohólicas. Fue un noviazgo aburrido y previsible, pero sólido. La madre de Natercia enseguida empezó a preparar el ajuar de toallas y sábanas, y él le hablaba de cómo arreglarían su dormitorio, con una gran cama y un tocador ante el que ella pudiera sentarse a peinarse, como hacían las damas de las películas.

Pero todo se truncó por causa del trabajo de Natercia. Era un atardecer, y estaban sentados sobre los cantos de la playa. Faltaban seis meses para que ella terminase sus estudios, y Aníbal le dijo que quería organizar la boda inmediatamente después. Ella lo miró muy seria, un poco amedrentada por lo que tenía que decirle:

—No va a ser posible. El primer año de maestra me mandarán fuera de Praia, a alguna aldea en cualquier isla. Habrá que esperar hasta que vuelva. Con suerte, el curso siguiente ya estaré aquí.

Él se puso en pie, enfadado, y casi gritó:

—¿Piensas trabajar...?

—¿Cómo que si pienso trabajar...? Por supuesto que sí. ¿Para qué estoy estudiando entonces?

El enfado del hombre fue creciendo:

—¡Yo no voy a permitir que mi mujer trabaje fuera de casa! ¡Y mucho menos que te vayas a no sé dónde sola! ¡Hay trabajo de sobra en la pensión!

Natercia comprendió que los separaba un inmenso malentendido, algo de lo que nunca habían hablado y que los dos habían dado por supuesto. Aníbal esperaba que ella terminase sus estudios y se los colgara encima como un adorno del cual presumir —mi mujer es maestra, ¿sabe usted?, aunque, por supuesto, no ejerce—, mientras que ella ansiaba pelearse con los niños, aunque fuera en el fin del mundo, y extraer lo mejor de cada uno de ellos. Era su más intenso deseo, y nadie iba a alejarla de él. Ni siquiera un buen marido.

Se levantó. Aníbal la miraba enfurruñado, con los brazos en jarras y los ojos muy abiertos, expectante. Ella se acercó a él:

—Creo que no nos hemos entendido. Deberíamos haber hablado de esto antes. Yo quiero dar clases, y no voy a dejar de hacerlo por nada del mundo. Es mejor que nos separemos ahora. —Le extendió la mano, que él sacudió torpemente, anonadado—. Te agradezco tu bondad todo este tiempo, y te deseo lo mejor.

Y se alejó, caminando firme y lentamente sobre los cantos, sabiendo que, en el fondo de sí misma, aunque tuviera que fingir cierta tristeza ante los demás, se sentía liberada y feliz. Ninguna otra obligación ni placer la alejaría ya de su único afán.

São y Natercia se gustaron desde el primer día. A la niña le atrajo la dulzura de su maestra, su manera suave y envolvente de decir las cosas, pero también la energía que se desprendía de ella, como si nadase imperturbable contra las olas, y todos los maravillosos conocimientos que contenían sus palabras. A Natercia le llamó la atención el ansia por escuchar y aprender de São, su carácter tranquilo bajo el que parecía esconderse una gran exaltación, y aquella preciosa sonrisa con la que contemplaba el mundo.

Durante los seis años que permaneció en la escuela, fue una magnífica alumna. Se agarraba al aprendizaje como si fuese la red que había de salvarla de las penurias, y a la maestra no dejaba de sorprenderle aquel precoz entendimiento de la vida en una cría nacida en una aldea remota, que parecía sin embargo haber crecido rodeada de estímulos. Un día, al poco de empezar las clases, a Natercia se le ocurrió preguntar a los niños qué querían ser de mayores. La mayoría ni siquiera se habían parado a pensar que pudiesen tener elección. Casi todos daban por supuesto que harían lo mismo que sus padres: serían campesinos, o vendedores, o trabajarían en una fábrica en Europa o limpiarían casas. Alguno que había llegado a ver el puerto de Carvoeiros soñaba con ser pescador, y una niña dijo que quería tener una taberna para cocinar cosas muy ricas. São en cambio poseía su propio sueño, un afán gigantesco como una inmensa montaña sobre la cual refulgiera la luz del sol:

—Yo quiero ser médica para curar a los niños pobres, afirmó con su pequeña vocecita serena.

A Natercia estuvieron a punto de saltársele las lágrimas. Pero no por la compasiva ambición de su alumna, que tanto se parecía a la suya, sino porque comprendió lo difícil que sería que aquel proyecto pudiese ser llevado a cabo. A la hora del recreo, llamó a la niña para que la ayudase en el cuidado de las plantas que crecían en el minúsculo jardín de la escuela.

—Me parece muy buena idea que quieras ser médica —dijo, y São asintió, feliz al comprobar que la maestra estaba de acuerdo con su idea—. Pero sabes que tendrás que estudiar mucho. Los estudios cuestan un montón de dinero, tanto que sólo pueden pagarlo los ricos. La única manera de que no tengas que pagar nada es que saques muy buenas notas, y entonces unos señores que viven en Praia decidirán que te mereces estudiar gratis, y te enviarán a Portugal para que allí te hagas médica.

—¿Portugal es lo mismo que Italia?

—No, son dos países diferentes, aunque los dos están en Europa.

—Pero yo quiero ir a Italia, como mi madre y como Noli.

—Bueno, tal vez lo consigas. En cualquier caso, Portugal es muy bonito. Te gustará. De momento piensa que tendrás que sacar las mejores notas. Las mejores.

—Sí, doña Natercia, las sacaré, se lo prometo.

Y así fue. São se convirtió enseguida en la primera alumna de su clase, y puede que incluso de toda la escuela. Aprendió rápidamente a leer y a escribir, y las nociones elementales de aritmética, y todos los mapas. Le entusiasmaban los mapas. Se pasaba horas observándolos, contemplando la ubicación de Cabo Verde y de Portugal y de Italia, midiendo la distancia que la separaba de esos dos países hacia los que se proyectaba su futuro, un dedo entero para llegar a Portugal, y casi otro más hasta alcanzar Turín, donde vivía su madre. Los viernes por la tarde, cuando llegaba de vuelta a la aldea, subía hasta la ermita del Monte Pelado, desde donde se divisaba el mar. La maestra le había explicado en qué dirección quedaban aquellos lugares. Se sentaba sobre una roca, miraba hacia el nordeste y pensaba en su vida allí, cuando estudiaría cómo se cura la tos que no te deja dormir por las noches, qué hay que hacer para quitar la fiebre de un cuerpecillo tembloroso, o la manera de acabar con las temibles diarreas. Su mente viajaba hacia un espacio hecho de libros y cuadernos de muchos colores, un aula gigantesca donde una maestra como doña Natercia le enseñaría cada una de las dolencias del cuerpo y sus remedios, y una pequeña habitación siempre llena de luz donde ella haría sus deberes durante horas y horas sin fatigarse nunca. Toda su existencia iba dirigida en aquel único sentido, igual que si estuviera siguiendo una gran senda alfombrada que la condujera hacia un paraíso, hacia un territorio lleno de tesoros al alcance de la mano. Entonces cantaba una vieja morna, ¿Quién te enseñó ese camino que lleva tan lejos, ese camino hasta São Tomé? Nostalgia, nostalgia de mi tierra, São Nicolau. Y se echaba a reír. Sabía que ella no sentiría nostalgia cuando se fuera lejos, porque regresaría llevando con ella todo el bien posible.

Pero aquel sueño enorme se desvaneció como una blanca nubecilla esponjosa un día de julio, cuando São acababa de terminar el último curso de primaria, recién cumplidos los doce años, y comenzaba las vacaciones. El curso siguiente se matricularía ya en el liceo, para iniciar sus estudios de secundaria. Tendría que irse a vivir a Vila, y buscar allí una habitación en alquiler. Esa misma tarde se había despedido con mucha pena de doña Natercia, que la besó repetidamente y le dijo una y otra vez que debía seguir adelante, que ella la apoyaría siempre. Y que esperaba que, cuando fuera viejecita, São fuera su médica, la mejor médica de Cabo Verde.

Llegó a casa llena de orgullo, con la banda azul y el certificado que acreditaban sus estudios de primaria. Jovita estaba preparando la cena en el patio. Parecía nerviosa. Aunque apenas se movía ya de la puerta, ese día había ido a la huerta a buscar las mejores hortalizas, había matado una gallina, había molido el maíz de la manera más fina posible, y ahora estaba intentando preparar una rica cachupa. Pero el fuego se le apagaba por más que ella soplase y le diera aire con un viejo abanico, la harina se hacía grumos, las hortalizas estaban a punto de deshacerse y desaparecer, englutidas por el caldo, y la carne, en cambio, no acababa de cocerse. Aquello no iba bien. Era como si nunca hubiese cocinado, como si jamás hubiera preparado ese plato que siempre había marcado los días de fiesta, las fechas de Navidad, la llegada de aquellos de sus hijos que alguna vez habían regresado de Europa a pasar las vacaciones.

Claro que el momento era especialmente difícil. Jovita no era una mujer muy sentimental, pero su afecto hacia São era inquebrantable. Aunque la tratase con rigor, quería a aquella niña tal vez más de lo que había querido nunca a sus propios hijos, quizá porque sabía que ella era su última compañía en la vida. Cuando São se apartase de su lado, cuando se fuera a vivir a otro lugar, ella se quedaría sola para siempre. Era la definitiva oportunidad para gozar de una pizca de ternura, el último lazo con los fatigosos cuidados cotidianos —mantener arreglada la casa y la ropa, procurarse comida, cocinar— sin los cuales, le parecía, su existencia sería mucho más aburrida e inmóvil. Porque cuando São desapareciese, sólo le quedarían los espíritus. Y a los espíritus no les importa que la tierra del suelo esté bien barrida, la cocina libre de cenizas y las sábanas limpias.

Jovita estaba enormemente disgustada. A ella le hubiera gustado que la niña no se moviera nunca de Queimada pero, al mismo tiempo, entendía sus proyectos. El mundo era muy diferente, por lo que oía decir. La gente viajaba con mucha mayor facilidad, y cambiaba rápidamente de pueblo, de isla, de país y hasta de continente. Antes había que caminar largas jornadas a pie y coger barcos de trayectos interminables para llegar a cualquier sitio. Ahora había coches y autobuses en muchas partes, y veloces aviones que llevaban a las personas al fin del mundo en unas cuantas horas.

Y luego estaba el asunto de las mujeres. Había oído contar que en los países de Europa muchas mujeres estudiaban igual que los hombres, y llegaban a tener profesiones que todavía en Cabo Verde eran inimaginables. En Italia y Portugal había muchas médicas, por lo que ella sabía, y el hecho de que São quisiera serlo le parecía extraño, asombroso, pero no malo. No acababa de comprender muy bien cómo sería la vida de una doctora. Se preguntaba si encontraría hombres que quisieran estar con una mujer tan lista, y cómo se las apañaría con los hijos cuando los tuviese. Pero aceptaba que el hecho de que ella no lograra imaginarlo no significaba que no fuera posible. A decir verdad, la probabilidad de que São llegase a ser una mujer importante, alguien que salvase vidas y a quien todo el mundo tuviera que tratar de usted, la llenaba de admiración. Muchas noches, mientras la cría aprendía pacientemente a leer y escribir, inclinada sobre su cuaderno a la luz de la vela, ella había sentido envidia, y a veces se había preguntado si su propio destino habría sido diferente de haber podido ir a la escuela. Le parecía que aquellos trazos marcados sobre el papel formaban parte de un rito mágico, una ceremonia que sin duda hacía cambiar las cosas del mundo, creando energías diferentes y abriendo puertas hacia espacios que, sin la posesión de toda esa sabiduría, permanecían cerrados para siempre.

Y ahora tenía que decirle que su camino hacia aquella vida sin duda mejor se había terminado, que había sido bloqueado por un cataclismo, un inesperado derrumbe que se interponía como una muralla entre São y el porvenir. Dos meses atrás, había recibido una carta de Carlina. Normalmente, cuando llegaban las cartas —cinco o seis al año—, Jovita esperaba a que la niña volviese de la escuela y leyera las noticias en voz alta. Pero en aquella ocasión, un raro presentimiento la llevó a hacer las cosas de otra manera. Acudió en busca de uno de los vecinos que sabían leer. Y entonces se enteró de la desgracia: Carlina había perdido su empleo. Durante seis años, había estado trabajando como interna en una casa, cuidando de tres niños y haciendo todas las faenas domésticas. Pero la situación había cambiado: se había quedado embarazada por error, y al cuarto mes, cuando ya no pudo disimular por más tiempo su estado, la señora la había echado a la calle. Por supuesto, no le dijo que era a causa de su embarazo. Le explicó que sus hijos ya eran mayores y que había dejado de necesitarla, pero ella sabía que ésa no era la verdad. Lo peor era que ahora, con su barriga y sus varices hinchadas, no encontraba trabajo. Eso significaba que no podía seguir enviando dinero. Lo que ganaba su marido en la fábrica apenas les daba para pagar el alquiler y mantenerse. Se veían obligados a reducir gastos, lo cual era muy complicado justo cuando estaban a punto de tener un bebé. Le pedía por favor que mantuviera a São unos meses hasta que ella diera a luz y consiguiese un nuevo empleo.

Después de que le leyeran la carta, Jovita se sentó a la puerta de su casa y reflexionó profundamente. Estaba segura de que lo que le contaba Carlina era verdad: había conocido otras historias semejantes. Quizá fuera que en Europa las mujeres se volvían débiles cuando estaban embarazadas y no sirvieran ya para trabajar. En cualquier caso, también estaba segura de que nunca más le llegaría ningún dinero desde Turín. Si Carlina conseguía arreglárselas para encontrar un trabajo con su hijo a cuestas, necesitaría todo lo que ganase para cuidar de él. Y además, al cabo de unos meses se habría acostumbrado a la idea de que ella seguía haciéndose cargo de São sin recibir nada a cambio, y daría por supuesto que las cosas podían seguir igual. Pero incluso si al final cumplía su palabra, durante una larga temporada ella y la niña no dispondrían de más fondos que los que pudiesen mandarle sus hijos. Y cada vez eran menos. El liceo costaba mucho. Había que pagar la estancia, la matrícula, y un montón de cuadernos y libros. Si se gastaba esas cantidades en la educación de la cría, no le quedaría casi nada para su vejez. Debía tomar una decisión. Y era una decisión importante, en la que se enfrentaban su conciencia y su bienestar, su futuro y el futuro de São. Antes de decirle nada a ella, tenía que consultarlo con Sócrates.

Hacía ya varios años que Sócrates se había dignado venir por fin a visitarla. Había aparecido un domingo de repente, al amanecer, echado junto a ella en el camastro. Jovita, todavía medio dormida, sintió el calor de su cuerpo y percibió claramente su aliento en la nuca. Al darse la vuelta, lo vio allí, sonriente, con sus gruesos labios entreabiertos y una profunda mirada de felicidad. Aquel reencuentro había sido uno de los momentos más dichosos de su vida. Además, al contrario que su madre, Sócrates sí que le hablaba, y mucho, durante el ratito que se quedaba con ella, en medio de la luz acuosa y dorada de la mañana, hasta que desaparecía justo en el momento en que los rayos del sol comenzaban a golpear firmemente los cristales de la ventana y todas las cosas recuperaban su sombra y los pájaros rompían a cantar con entusiasmo, después de los primeros balbuceos tímidos del alba. Entonces se desvanecía en unos segundos, dejando el rastro de su olor entre las sábanas.

Jovita se había acostumbrado a sus conversaciones con él. Venía cada domingo, y se hablaban el uno al otro al oído, en voz muy baja para no despertar a São, que todavía dormía. Sócrates no la avisaba de las cosas malas, como solían hacer otros espíritus. Pero esos silencios se debían en realidad a su amor por ella: no quería asustarla. A cambio, la consolaba en los momentos difíciles, la tranquilizaba si estaba nerviosa, la animaba los días bajos y la aconsejaba siempre con prudencia. Y también se reía mucho con ella y le decía un montón de cosas picantes que la hacían sentirse aún deseable. La pena era que, evidentemente, no podían tocarse.

Esperó ansiosa hasta el domingo. Esa noche ni siquiera logró dormir, y cuando él llegó estaba sentada en la cama, con los ojos enrojecidos y un intenso dolor de cabeza latiéndole en las sienes. Apenas le dio tiempo para que se apareciese del todo:

—¿Ya sabes lo que ha pasado con Carlina?, le preguntó de inmediato, cuando todavía casi ni se distinguía su forma.

—Claro que sí.

—¿Qué debo hacer? Si me gasto el dinero en São, no podré ahorrar para mí. Pero si no me lo gasto, estropearé sus planes. Es un terrible dilema.

Sócrates respiró hondo y le habló muy despacio, con mucha claridad, como si tuviese miedo de que no le entendiera bien:

—Tienes que pensar en ti. Ella crecerá y, mejor o peor, tendrá su propia vida. Se irá de aquí y te dejará sola. Tú necesitarás dinero para cuidar de ti misma. A lo mejor algún día tienes que ir al hospital. O a ese asilo para ancianos que hay en Vila. Y tendrás que pagar.

—¿Quieres decir que me pondré enferma?

—No, no quiero decir eso. No sé qué va a pasarte dentro de tanto tiempo. Sólo me imagino cómo pueden ser las cosas. Sé egoísta. Piensa en ti. Pero deja que la niña termine este curso. Ya tendrás tiempo para darle las malas noticias después. Hoy estás muy guapa...

Jovita se atusó el pelo:

—¡Si no he dormido nada...!

—¿Te acuerdas de los primeros tiempos, cuando pasábamos las noches sin dormir? Aquel insomnio también te sentaba muy bien... Te levantabas tan preciosa como una guayaba recién madura. Así estás hoy.

—¡Eres un zalamero...!

Jovita terminó de preparar su maltrecha cachupa. São ya había puesto la mesa. No se había quitado la banda azul, que cruzaba radiante su vestido amarillo. Se sentaron, y la niña comenzó a servir el guiso, dándole las gracias por haber hecho aquel plato tan especial para celebrar el final de su escuela primaria.

La vieja la miró. La cría sonreía llena de alegría y entusiasmo, con su linda carita redonda y sus ojos enormes. Jovita decidió no esperar más:

—No podrás matricularte en el liceo. No tengo dinero. Tu madre ya no trabaja y no puede mandarme nada.

La cuchara de São cayó en el plato. El caldo de la cachupa saltó, ensuciando la banda con decenas de manchas de grasa que en unas décimas de segundo se habían vuelto imborrables sobre el brillante tejido de nailon. La niña las miró atónita, concentrando toda su atención en aquellas diminutas gotas parduscas que acababan de desgraciar para siempre el mejor día de su vida y habían terminado de golpe con su orgullo y su ansia, igual que la riada destroza en un momento el trabajo de muchos años, anega casas y deshace recuerdos y arranca jardines, y se lleva por delante todo el esfuerzo que la gente ha puesto en construirse un hogar, la ilusión de gozar de un refugio contra la ferocidad del mundo. Rompió a llorar desesperadamente:

—¡Mi banda...! ¡Se me ha estropeado la banda...!

EL DESPERTAR DEL SUEÑO

São pasó el siguiente año dentro de una esfera de cristal. Estaba allí, encogida y rígida, y la vida transcurrió por encima de ella, con sus amaneceres y sus crepúsculos, sus juegos y sus obligaciones, sus risas y sus pequeños berrinches. La vida normal de una niña de doce años que vive en una aldea remota de Cabo Verde y que ya no va a la escuela. Pero ella no conseguía atraparla. El hilo que la sujetaba a todo lo que debía ser se había roto aquella tarde de julio, cuando Jovita le hizo saber que no podría seguir estudiando, y no acababa de encontrar la manera de volver a anudarlo. Era aún demasiado pequeña para poder entenderlo, pero lo cierto es que se había quedado sin una parte importante de sí misma, la que habría de desarrollarse en el futuro, la que tendría que surgir del pequeño brote donde todavía estaba recluida, y desplegarse con toda su fortaleza, proyectando una sombra poderosa y benéfica sobre el mundo.

Cada mañana se levantaba sintiendo un vacío profundo. Añoraba desesperadamente la escuela, el largo paseo hasta llegar a Fajã en medio del amanecer esplendoroso, el silencio de los otros niños durante las clases y su bullicio en los recreos, el tacto áspero de los libros, el placer de ir rellenando poco a poco su cuaderno, el olor profundo de las tizas, las gomas y los lápices. Añoraba los conocimientos en los que había aprendido a zambullirse como el sediento que busca alivio en el agua fresca. Y la presencia tibia y estimulante de doña Natercia.

A menudo iba a visitarla, caminando hasta la escuela a primera hora de la tarde, para esperar su salida al final de las clases. La maestra solía invitarla a su casa. Se sentaban juntas en el pequeño jardín, rodeadas de buganvillas y grandiosas estrelicias, mientras *Homero*, el perro, se agazapaba a los pies de São, esperando lleno de ansiedad que se deslizase hasta el suelo alguna gota del delicioso helado de mango, que él se apresuraba a lamer.

Natercia lamentaba mucho la situación de su antigua alumna. Comprendía mejor que ella misma la amplitud de su fracaso y las dramáticas consecuencias que tendría sobre su existencia, condenándola a desempeñar empleos subalternos y mal pagados, a tener que emigrar a países ajenos, tal vez incluso a soportar como tantas otras la presencia de hombres que la dejarían embarazada una y otra vez sin ninguna consideración, que se emborracharían y la maltratarían mientras ella se deslomaba trabajando y cuidando de los hijos, y que la abandonarían luego, cuando se cansasen del sexo demasiado familiar. Tenía miedo de que se convirtiese en una más de las muchas mujeres desprotegidas y esclavizables del mundo.

Después de que São le comunicase la noticia, se pasó un buen puñado de noches sumando y restando, tratando de cuadrar los números para hacerse ella cargo de los estudios de la niña. Pero era imposible: su sueldo de maestra era pequeño. Y hacía años además que se veía obligada a enviar la mitad a sus padres. Su madre había tenido un ataque cerebral, y desde entonces estaba impedida. Con ella en esas condiciones y el padre desanimado y dedicado a cuidarla muchas horas al día, la pensión se había ido viniendo abajo poco a poco, hasta que se vieron obligados a cerrarla. Ahora necesitaban mucho dinero para pagar los médicos y las medicinas de la madre, y, aunque poseían sus propios ahorros, les era también imprescindible la ayuda de su hija. Con lo que le quedaba, Natercia se las arreglaba para pagar el alquiler de su casita y llevar una vida muy austera, sin poder realizar los muchos viajes a Europa con los que siempre había soñado, sin disfrutar apenas de ninguna de las comodidades y pequeños lujos que había conocido en su niñez y su juventud. Tan sólo se permitía dos caprichos: comer carne una vez a la semana y, de vez en cuando, comprarse algún libro, que encargaba por correo a la librería de Vila y que recibía siempre con el corazón agitado como ante la llegada de un amigo querido. Hubiera estado dispuesta a renunciar a esos dos gastos pero, por muchas cuentas que hiciera, aquello no bastaba para pagar matrículas, materiales y alojamiento.

Así pues, lo único que podía hacer por São era apoyarla y aconsejarla. Siempre que se veían, le decía que no se desanimase, que tal vez si encontraba un buen trabajo en la ciudad podría seguir estudiando en los cursos nocturnos. Quería que mantuviese la esperanza, que sintiera deseos de luchar por esa posibilidad y no se dejase atrapar definitivamente por la resignación, peligrosa como un pantano, en la que había visto ahogarse a tantas criaturas a lo largo de sus años como maestra: conformarse con sobrevivir, arreglárselas simplemente para no morirse de hambre. La rutina y la desidia moral, el convencimiento de que era imposible abandonar la desnuda y asfixiante jaula de la pobreza, la aceptación del implacable destino, las confiadas plegarias nocturnas a la espera de que una fiebre vulgar, un agua contaminada o una simple gripe te llevase por delante abriéndote al fin el paso hacia el mundo de las campiñas eternamente verdes, las fuentes imperecederas y el descanso perpetuo.

Sin embargo, Natercia se preguntaba muchas veces si lo que estaba haciendo era justo. Sabía que las posibilidades de que la niña siguiese estudiando eran muy remotas. Aunque encontrase un empleo como criada en una casa, fregona en una taberna o aprendiza en un taller, lo más probable era que su horario de trabajo fuera demasiado extenso como para permitirle asistir a clase y estudiar. Y casi con total seguridad el sueldo no le daría para hacer frente a los gastos imprescindibles. Tendría que tener mucha, muchísima suerte para lograr mantener su empeño. Era algo terriblemente difícil. Y si no lo lograba después de que ella hubiera estado alimentando su esperanza, ¿cómo se sentiría? La frustración y la pena se verían multiplicadas tras un segundo fracaso, arrastrándola tal vez al total abandono de sí misma. Pero ¿y si lo conseguía? ¿Y si alguna divinidad generosa estaba contemplándola y se sentía dispuesta a extender hacia ella sus brazos, colmándola de dones, colocando a sus pies una mullida alfombra que la llevase directamente hasta un porvenir luminoso?

La maestra se debatía en medio de esas dudas. Muchas noches, cuando el sueño ya la estaba atrapando y la mecía en ese estado en el que la realidad se convierte en una neblina vaga, en algún rincón de su mente se activaba su sentido de la responsabilidad, impidiéndole quedarse dormida. A menudo acababa sentándose en el suelo junto a *Homero*, que colocaba la cabeza sobre sus piernas, esperando que ella se la acariciase distraídamente. Y en esos momentos de incertidumbre, se alegraba de no haber tenido hijos a los que guiar y aconsejar, influyendo para siempre en sus vidas y empujándolos tal vez a la catástrofe.

Cuando el sol empezaba a salir e iluminaba las fotografías que tenía pegadas en la pared, las contemplaba una a una. Eran postales que le habían ido enviando amigos y antiguos alumnos a lo largo de los años desde diversos sitios de Cabo Verde, de África, Europa y hasta América. Reproducían algunos de los lugares hermosos a los que con toda probabilidad ella nunca llegaría. Visto así, en aquel tiempo suspendido y lleno de formas y colores asombrosos —el azul de los cielos, los diferentes grises de los mares, el verde de los bosques, el dorado de las piedras levantadas una a una en tiempos remotos, el blanco de las nieves en las montañas, el rojizo de los tejados que cobijaban la vida de tantos seres—, el mundo parecía un lugar prometedor y emocionante. Entonces volvía a animarse: quizá la niña lo consiguiese por ella y acabara gozando de esas visiones extraordinarias. Debía empujarla a intentarlo. Más tranquila ya, regresaba a la cama y se abalanzaba hacia el breve sueño que aún podía permitirse antes de empezar las clases, pensando que, fuera como fuese, nunca soltaría la mano de São, nunca la dejaría abandonada a su suerte para que caminase sola hacia su destino, como había tenido que hacer con Ilda.

Aparte de sus visitas a doña Natercia, São no hizo gran cosa durante esos meses. Se limitó a dejar que el tiempo fuera pasando, a la espera de un trabajo que la sacase de aquella planicie y, como afirmaba la maestra, le permitiera tal vez regresar a los estudios, continuar el proyecto recién iniciado que se había trazado para su vida y que había quedado interrumpido por las circunstancias. Hacía ya mucho que la aldea había dejado de ser para ella el único lugar en el mundo, y el hecho de verse obligada a permanecer allí durante días y días, estancada en medio de la inactividad como un velero en plena calma, le hacía sentir que vivía en un encierro. La rutina era cada día la misma, unos pocos gestos cotidianos que le resultaban carentes de emoción. Estaba el cuidado de la casa, por supuesto. Jovita le había transferido todas las faenas, y ahora se limitaba a permanecer sentada todo el día en su mecedora, contemplando lo que sucedía a su alrededor y gritando de vez en cuando a los niños por tratar de poner un poco de orden en sus juegos ruidosos. Entretanto, São limpiaba la vivienda minúscula, quitaba el polvo de los escasos muebles, barría minuciosamente el suelo de tierra hasta dejarlo rastrillado, estiraba las sábanas sobre los catres, iba a la fuente a por agua y a lavar la ropa, molía el maíz, encendía el fuego, preparaba el cuscús, guisaba los pescados y las verduras, cocía los garbanzos... También se ocupaba de la huerta, arrancando las malas hierbas, escardando, abonando, atando cañas, podando, cortando chupones y hojas secas. Y cuidaba de los críos pequeños, jugaba con ellos, les contaba cuentos y les enseñaba canciones. Incluso había aprendido a hacerles diminutas trenzas a las niñas, que solían escapársele de entre las manos en las largas sesiones de peinado, dejándola con el peine en al aire y unas disparatadas ganas de reír que se veía obligada a contener para que la respetasen un poco.

Por las tardes, cuando el calor comenzaba a suavizarse lentamente, solía subir hasta la ermita del Monte Pelado y se sentaba allí a leer. Doña Natercia le había dejado algunos de los libros que aún conservaba de su propia infancia, recopilaciones de cuentos y leyendas, vidas de santos y una Biblia adaptada para niños. Durante un buen rato permanecía allí, apartada del mundo, oyendo a lo lejos el graznido de los grandes pájaros que sobrevolaban la montaña y el leve chasquido de las piedrecillas de lava que se desprendían de las rocas y caían rodando hasta el suelo. El sol iba descendiendo poco a poco, enrojeciendo aún más la tierra roja que por unos instantes parecía reflejarse en el cielo, mientras ella leía despacio, tratando de estirar al máximo aquel breve tiempo de placer, emocionándose con el amor desdichado de la Bestia, compadeciendo a santa Genoveva cuando se veía obligada a cabalgar desnuda sobre su caballo o maravillándose mientras la zarza ardía y Dios se presentaba ante Moisés con sus rotundas Tablas de la Ley.

Lo que ya no hacía era mirar el mar. No había vuelto a encaramarse a ningún montículo y a dejar que su mente volara hacia las costas de Europa. No quería torturarse imaginando lo que ahora le parecía que era tal vez inalcanzable. Observar aquella inmensa extensión gris que conducía hacia el otro mundo tan ansiado removía dentro de ella sensaciones en las que no quería detenerse, tristezas y miedos del futuro que prefería mantener alejados, como se apartan los sucios mosquitos que contagian enfermedades. Así pues, se sentaba de espaldas a la costa, apoyándose contra el muro caliente de la iglesia, dejando que el edificio la separase del viejo sueño. Y leía como leen los niños, sintiéndose cobijada en un espacio mágico en el que cualquier cosa puede suceder. ¿Sería así también la vida?, se preguntaba a veces. ¿Era posible alcanzar de puro deseo lo que más ansiabas? La Sirenita había tenido que pagar un precio muy alto a cambio de formar parte del mundo de los humanos, perdiendo la voz y sufriendo fuertes dolores en las piernas. También Elisa se había destrozado los brazos con las ortigas para lograr rescatar a sus hermanos convertidos en cisnes. Y el soldadito de plomo y la bailarina habían estado a punto de arder entre las llamas antes de estar juntos para siempre. Pero a todos les había valido la pena el esfuerzo. Ella estaba igualmente dispuesta a sacrificarse por obtener lo que quería: sí, haría lo que fuese con tal de poder seguir estudiando y llegar a ser médica. Dejaría de dormir, se alimentaría sólo de maíz, trabajaría como una burra, pero lo lograría. Resurgía así de la lectura animada y contenta, como si hubiera recibido en todo el cuerpo una lluvia fresca y lenta caída en medio del calor más desolador. Entonces se levantaba para volver a Queimada. Y, antes de emprender el camino, echaba una ojeada al mar, una ojeada rápida y un poco amedrentada, y por un instante le parecía que allá al fondo, por detrás del horizonte, allí donde el mar y el cielo se disolvían el uno en el otro, uniéndose en una sola mancha dorada y temblorosa bajo la luz del sol, se perfilaba la línea oscura de una sombra que tenía que ser la de Europa.

Fue el padre Virgilio quien finalmente le facilitó un empleo a São. Un día se presentó en casa de Jovita con una carta que había recibido desde Praia. Era de Joana, una mujer de la aldea que se había ido años atrás a la capital del país. Joana reclamaba alguna muchacha que pudiese ayudarla en la casa donde trabajaba como interna. Se trataba de limpiar y cocinar, por supuesto, pero sobre todo de cuidar de cuatro niños pequeños, cuyos padres viajaban mucho. La señora quería una chica cariñosa, ordenada y lista, alguien que además hubiese ido a la escuela y pudiera leerles cuentos a los críos y ayudarlos con las primeras letras. Al cura le pareció que São cumplía los requisitos. Hubo un breve intercambio de cartas y, quince días después, São se ponía en camino hacia Tarrafal para coger allí el barco que la llevaría hasta la isla de Santiago.

Los seiscientos escudos del pasaje se los prestó Jovita, con la condición de que se los devolviese en cuanto cobrara su primer sueldo. La vieja se sentía triste, aunque no estaba dispuesta a demostrarlo. El último día le preparó a la niña unas empanadillas, junto con un buen puñado de fruta, para que pudiese comer durante su viaje. También le regaló trescientos escudos, por si necesitaba algo. Ésos no tenía que devolvérselos, le dijo. Mientras se los entregaba a la puerta de la casa, casi avergonzada de su generosidad, notó una punzada en el corazón y a punto estuvo de que los ojos se le llenaran de lágrimas: aquellas monedas eran probablemente lo último que le daba a esa criatura a la que había cuidado desde pequeña, la última vez que extendía hacia ella la mano para otorgarle algo que hiciese que su vida fuera un poco mejor, comida, un trapo para jugar, una pastilla de jabón... Y ahora el dinero, un regalo de persona adulta, aquello que se le da a quien ya tiene su propia vida y debe responsabilizarse de lo que posee. El último gesto generoso. Jovita tragó saliva para no echarse a llorar. São se abrazó fuertemente a ella, y le dio un beso rotundo y largo en la mejilla. Sólo pudo musitar:

—Gracias. Gracias por todo.

Y se dio la vuelta, fingiendo que le buscaba acomodo al pequeño hatillo en el que había metido todo lo que tenía, tres vestidos, una chaqueta, algo de ropa interior y un par de zapatos. Luego, mordiéndose los labios y sintiendo cómo la cara se le mojaba con las lágrimas, se alejó hacia Fajã, donde se despediría de doña Natercia y cogería la furgoneta que cada mañana bajaba hasta el puerto de Tarrafal. Acababa de amanecer. Había algunas pequeñas nubes blancas, y a través de ellas la luz se volvía rosada y parecía envolver las cosas en un velo, como si el mundo se meciera durante un rato en una suavidad engañosa, que terminaría en cuanto el sol se abalanzase inclemente sobre la tierra, aguzando las puntiagudas aristas de cada roca, haciendo arder el polvo que se pegaría a los pies como ascuas punzantes, silenciando a los pájaros que permanecerían ocultos entre las ramas de los frutales de las huertas, empujando a los duros lagartos a buscar enfebrecidos el menor atisbo de sombra, obligando a cada criatura a mantener una feroz lucha por la supervivencia.

São caminó a toda prisa. Jovita apartó de un manotazo violento las moscas que se arremolinaban a su alrededor como si percibiesen su repentina indefensión. Soltó una maldición —¡Malditos bichos del demonio, id a pudriros en el infierno!—, echó un vistazo a su mecedora y luego, sintiéndose incapaz de respetar su propia costumbre, entró en la casa y se tumbó en el catre. Y se quedó allí muchas horas, con los ojos penosamente secos, viendo cómo poco a poco el calor iba entrando a través de la ventana abierta e inundaba cada grieta de la pared, cada resquicio de los muebles, cada poro de su piel sudorosa y de pronto maloliente. Un calor que aquel día, quizá por primera vez en su vida, le pareció insoportable.

Durante los siguientes tres años, São cuidó de la familia Monteiro. Los Monteiro vivían en una casa grande en el mejor barrio de la ciudad. Había un jardín lleno de arbustos y flores, en el que permanecía mucho tiempo jugando con los niños, pues su tarea fundamental era la de ocuparse de ellos. También los llevaba a menudo a la playa, aunque esa parte del trabajo no le gustaba: tenía que vigilar todo el tiempo para que los críos, que eran de piel muy clara, no se quemasen, y también para que no entrasen en el mar, cuyas olas feroces podían englutirlos en un minuto. Y no era fácil mantener bajo control a cuatro niños tan pequeños. A veces São llegaba a pasar verdadero miedo, y sentía cómo el corazón se le ponía en la garganta cuando alguno de ellos se le escapaba y aparecía de repente en la orilla, rebozado en arena y gritando porque una ola lo había tirado al suelo. Un día se le perdió Zezé, la niñita de tres años. Ella estaba haciendo un gran castillo con Sebastião y Jorge, mientras Zezé y Loreto dormían. De pronto alzó la vista, y se dio cuenta de que la cría no estaba allí, arrebujada entre las toallas bajo la sombrilla, donde la había visto unos minutos antes. Miró hacia todas partes, a la orilla del agua y a lo largo de la playa, pero no la vio por ningún lado. Sintió cómo el pánico la invadía, y comenzó a dar voces llamándola y agitando los brazos en el aire como si hubiera enloquecido repentinamente. Enseguida se arremolinaron otras mujeres a su alrededor, y también algunos muchachos que jugaban al fútbol y acudieron al ver el revuelo. Nadie la había visto. Los niños empezaron a llorar. Una mujer mayor, criada de una casa vecina de la de los Monteiro, organizó rápidamente la busca. Los grupos se repartieron por la zona. São recorrió la orilla de la playa en todas las direcciones, mirando desesperadamente el mar, aterrada ante la idea de que pudiese llegar a divisar un pequeño bulto flotando en el agua. Sentía las piernas rígidas, como si fuesen de piedra, y tenía que luchar contra su inflexibilidad para seguir caminando, metiéndose entre las olas hasta la cintura y observando una y otra vez las crestas blancas, los pequeños remansos tranquilos que formaban por un instante al retirarse. Al fin, alguien fue a buscarla y la arrastró hasta la arena. La niña había aparecido. La habían encontrado junto al faro, sentada sobre las rocas, al borde del acantilado, sollozando.

São regresó a casa agotada, con unas enormes ganas de meterse en la cama y dormir muchas horas seguidas y lograr olvidarse durante el sueño de todo lo que había ocurrido. Pero antes tenía que explicárselo a la señora, y la señora la echaría de la casa, estaba segura. Sin embargo, no fue así. La regañó mucho, por supuesto. Le repitió una y otra vez que podría haber sucedido una desgracia terrible por su culpa, le dijo a voces que ella no le pagaba para que se dedicase a pasárselo bien y charlar con las amigas olvidándose de cuidar a sus hijos, la llamó estúpida e irresponsable, pero no la echó. A fin de cuentas, no era fácil encontrar una chica tan cariñosa y preparada como ella, aunque aquel día no se hubiera portado bien.

En conjunto, São no podía decir que fuera desgraciada. Les había cogido mucho cariño a los niños, que le parecían un pequeño tesoro del que le gustaba cuidar. Eran simpáticos y mimosos, y la querían con esa absoluta devoción con la que las criaturas suelen mostrar su agradecimiento a quien se ocupa de ellos, un amor absoluto y ruidoso como un permanente día de fiesta, sin disimulos ni sombras. São era para ellos la comida, los juegos, los cuentos, la confortable cama tibia por las noches, la mano fresca que los aliviaba en las desagradables horas de la fiebre. Era la primera sonrisa por las mañanas, y la alegría y la inquebrantable paciencia a lo largo de las jornadas que, con ella, nunca resultaban aburridas ni tristes. Ella se iría un día de allí, tendría que separarse de ellos, romper aquel precioso lazo de afecto que había surgido entre pañales y baños y papillas y filetes bien cortaditos. Pero esos niños recordarían siempre, en medio de la neblina en la que el tiempo envuelve la memoria, su voz grave y el olor a jabón, mermelada de mango y tortas de maíz que impregnaba sus manos y su delantal. Y cuando alguna vez escucharan una canción de São Nicolau, alguna de aquellas melodías largas y dulces, se despertaría en ellos una inexplicable nostalgia, la añoranza de las tardes soleadas en el jardín de Praia, sentados a los pies del flamboyán enrojecido con sus decenas de flores centelleantes, y la sombra borrosa, ya sin rostro, de una muchacha de la que emanaba una maravillosa aura de tranquilidad y protección, y que cantaba para ellos, sólo para ellos, esas mismas canciones antiguas.

La relación con Joana era más bien distante. Aunque habían nacido en la misma aldea, hacía ya más de quince años que aquella mujerona grande y recia había dejado Queimada y trabajaba en Praia. Tal vez la soledad la hubiese vuelto dura. Tal vez había tenido que defenderse contra los sentimientos de tristeza que podrían haberla asolado como una peste al verse obligada a abandonar a su familia para irse a trabajar de sol a sol en hogares extraños, cuidando de gente a la que no la unía ningún afecto sino tan sólo la necesidad, sabiendo que cada uno de sus gestos era vigilado, durmiendo en cuartuchos feos y oscuros, siempre en el rincón de la casa más desaliñado, y comiendo las sobras que quedaban de la mesa de los señores. O quizá fuera simplemente su carácter. El caso es que trataba a São con desapego, incluso con cierto despotismo, como si la niña fuera su propia criada. La obligaba a hacerle la cama y arreglar la habitación que ambas compartían, y también a servirle la mesa. Y jamás la invitó a acompañarla ningún domingo, cuando, aprovechando el único día libre de la semana, iba a la playa por las mañanas y luego, a última hora de la tarde, al baile que se celebraba en la plaza.

Al principio, durante ese tiempo de descanso, São se quedaba en la casa, echada en la cama, leyendo alguno de los periódicos que los señores habían ido comprando los días anteriores. Tan sólo salía para ir a misa muy temprano y dar después un corto paseo por las calles que olían a café y a tortas de maíz. Pero pronto, en cuanto conoció a otras criadas del barrio, comenzó a aprovechar el día para divertirse un poco. Aquellas chicas, todas sin familia, suplían las ausencias llenando los domingos de actividades en grupo: la playa, la comida en alguna de las explanadas de la ciudad, donde hacían fuego y se sentaban en el suelo, alrededor de las ollas, contando historias sin fin de sus vidas y riéndose hasta las lágrimas por cualquier tontería. Luego se arreglaban las unas a las otras, se pintaban los labios y se rizaban las pestañas para acudir excitadas al baile, en el que solían bailar juntas, rechazando las propuestas de los muchachos por miedo a que alguno se les arrimase demasiado y tal vez, si por casualidad una de las señoras pasaba por allí, la atrevida perdiese su empleo. Claro que eso sólo duraba hasta que caía la oscuridad. Entonces, cuando la noche era cerrada y se convertía en un ámbito protector, los cuerpos comenzaban a enlazarse y enseguida, en las esquinas, se enredaban también las lenguas y las manos se deslizaban, ansiosas y calientes, por debajo de las ropas. Era entonces cuando São, demasiado joven aún para dejarse llevar por el deseo de tocar a un hombre, regresaba a casa, algo aturdida y preocupada, preguntándose si algún día ella también sentiría ganas de abrazar y besar y restregarse de aquella manera que, por el momento, le parecía repugnante.

En cuanto a los señores, no se llevaba con ellos ni bien ni mal. Ella, doña Ana, era una mujer más bien seca. Nunca se mostraba cariñosa, ni siquiera con los niños que, cuando sufrían algún accidente, cuando pasaban por uno de esos momentos de pena y desconcierto que suelen asolarlos, preferían refugiarse entre los brazos de São en lugar de correr a los de su madre, que casi siempre solían estirarse para apartarlos: o bien acababa de maquillarse, o se estaba arreglando el pelo, o su esmalte de uñas aún no se había secado. Era una mulata educada en Londres, más europea que africana, que detestaba el contacto físico y la expresión demasiado evidente de los sentimientos. Solía mantener a todo el mundo a distancia, convencida tal vez de que la cercanía suponía una amenaza para su integridad. Así era como trataba a São, siempre desde su superioridad de mujer acomodada, como si los estudios que había podido hacer, el dinero que poseía y todos los privilegios de su situación le hubieran sido debidos por méritos propios, por su belleza y sus muchos cuidados y su astucia, y no fueran el simple resultado de las circunstancias, la afortunada consecuencia de ser hija de un empresario inglés con antiguos negocios de café en la isla que se había casado con una mujer de allí, preciosa y soberbia como una luna llena. Plantada en las alturas de su condición, bien educada y despreocupada de casi todo lo que no fuera su propio aspecto, permitía que sus criadas trabajasen con cierta comodidad, sin perseguirlas con demasiadas exigencias. No solía gritarles ni reñirlas, pero tampoco les preguntaba nunca por sus cosas, sus familias, sus deseos o sus necesidades. Daba por supuesto que aquellas mujeres no valían más que para servir a otros y, en realidad, ni siquiera se había parado a pensar que fuesen algo más que objetos animados a su entera disposición, robots de carne y hueso que la vida, simplemente, les proporcionaba a los seres como ella para que su transcurrir por la existencia resultase más cómodo. Igual que les daba las joyas para embellecerse o los perfumes para seducir. Un aditamento más.

Tampoco el señor se metía mucho en sus asuntos. Don Jorge era un portugués simpático y afable, que las trataba con cierta bonhomía. Por las mañanas, cuando bajaba solo a desayunar, solía preguntarles por sus novios y gastarles bromas. São se sonrojaba ante aquellas palabras que le resultaban demasiado atrevidas, como si en la imaginación del hombre se despertasen las imágenes que ella rechazaba, manoseos y jadeos y sudores en medio de la oscuridad. A veces le parecía incluso que la miraba muy fijamente, dejando que sus ojos se detuvieran en los pechos y en las anchas caderas. Ella solía darse la vuelta y ponerse de inmediato a hacer cualquier cosa en la cocina para alejarse de aquella mirada. Pero luego, cuando él ya se había ido, pensaba que sin duda eran sólo suposiciones suyas: ¿por qué razón habría de mirarla de esa manera un hombre tan mayor que, además, estaba casado con una mujer guapísima y elegante, como ella nunca llegaría a ser?

Era una vida decente. Ni siquiera echaba de menos a nadie. Un poco tal vez a doña Natercia, pero ambas se escribían largas cartas que suplían los ratos pasados juntas en Fajã. Lo único malo de aquella situación era que, por supuesto, no había podido volver a estudiar. Salvo los domingos, estaba ocupada todo el día, desde muy temprano por la mañana. Era imposible asistir a clase y ni siquiera abrir un libro. Por las noches, cuando Joana y ella terminaban de recoger los restos de la cena, fregar los cacharros y dejarlo todo preparado para el desayuno del día siguiente, caía rendida en la cama y entraba en el sueño a toda velocidad, con el mismo placer y la misma rapidez con la que hubiera caminado hacia el agua después de un día de temperaturas infernales.

Cuando salió de la aldea, todavía pensaba que aquel empleo en la capital significaría para ella la posibilidad de continuar sus estudios de secundaria. Atravesó São Nicolau, y luego la enorme extensión de mar que la separaba de la isla de Santiago, con aquella idea latiéndole en la cabeza, como una lucecita que iluminara alegre el breve camino hacia el futuro. Se imaginaba a sí misma dirigiéndose por las tardes al liceo, a las clases nocturnas, cruzando las calles con el paso veloz y los libros bien sujetos debajo del brazo, aquellos benditos libros en los que cabían todos los conocimientos del mundo y que contenían además su propia vida, lo que ella llegaría a ser.

Pero apenas llegó a Praia y tuvo la primera conversación con la señora y con Joana, se dio cuenta de que era imposible: trabajar allí significaba estar ocupada el día entero. Era mucho lo que había que hacer, muchas las horas dedicadas a las faenas de la casa. Aquel lugar no tenía nada que ver con los pobres galpones de la aldea. Estaba lleno de muebles hermosos, más caros cada uno de ellos que una sola de las chozas de Queimada, rebosante de adornos delicados, de grifos, bañeras, lavabos y pilas, de platos y vasos hechos en lejanas fábricas de Europa, de cubiertos de plata, de sábanas de hilo, de ropas exquisitas traídas de París o Nueva York, y zapatos de pieles de Italia que se ajustaban al pie como si fueran de tela. Y era preciso limpiar con sumo cuidado cada una de aquellas superficies, frotar, fregar, cepillar, pasar paños, untar con líquidos especiales, encerar, lavar y planchar suavemente las telas, ocuparse de que cada cosa estuviera en su sitio en el momento adecuado, con el brillo y la textura precisos. Había que ir al mercado cada día, seleccionar los mejores productos y prepararlos luego con lentitud, preocupándose de que todo fuera adecuado, el tipo de olla, la fuerza del fuego, la cantidad de sal, el tiempo destinado a la cocción. Y sobre todo había que ocuparse de los niños todas las horas del día, dándole a cada uno de ellos lo que necesitaba, comida o sueño, juegos o baños, regañinas o mimos.

Fue como un mazazo, un golpe tremendo que alguien le hubiera dado inesperadamente en la cabeza, dejándola aturdida y llena de dolor. Pero ni siquiera se atrevió a decirle a doña Ana que quería estudiar. Se hubiera reído de ella, y tal vez le hubiese negado el empleo, temiendo que fuera una chica displicente y vaga. En un solo instante, comprendió que las ideas que se había estado haciendo durante un año, animada por las palabras de doña Natercia, habían sido un espejismo. Y se dio cuenta de que jamás, nunca, podría estudiar. Era pobre, y en el libro de la vida de los pobres estaba escrito que no tienen acceso a la sabiduría, que deben trabajar desde pequeños para obtener un poquito de aquello que a los ricos les es concedido a raudales, la simple comida, un vestido para cubrir el cuerpo, cuatro paredes y un techo entre los cuales protegerse de los aguaceros o del sol inclemente del mediodía. Cuatro paredes y un techo, con suerte, capaces de albergar los sueños que eran sólo eso, sueños, imágenes absurdas que tan sólo deberían aparecer mientras una está dormida y su razón se descompone. Los malditos sueños que nos hacen creer que el mundo puede ser un lugar luminoso, el ámbito tibio donde transcurre una existencia plácida y justa en la que recibes tanto como das, en la que todo esfuerzo tiene su recompensa y cada lucha en pos de un anhelo concluye en un resplandeciente final victorioso. El suyo, su propio sueño, acababa de desmoronarse en un momento, como si un rayo hubiese caído sobre él desde el cielo, convirtiéndolo en pequeños pedazos que ya no significaban nada, en polvo que volaría enseguida por el aire, fragilísimo e informe, e iría a depositarse absurdamente en cualquier lugar, una miserable mota microscópica que no tenía ningún valor y que a nadie le importaba.

Aquella noche se la pasó sin dormir. Sentía que se le

había apagado por dentro la luz, dejándola sola en medio de la oscuridad. ¿Hacia qué parte extender los brazos? ¿De dónde podía extraer la seguridad para seguir avanzando si la rodeaba una inesperada fealdad? Le parecía como si todas las cosas hermosas hubieran desaparecido de la faz de la tierra, las voces de los niños, el sol naciendo sobre el mar, el vuelo de los pájaros en lo alto del cielo, una florecilla minúscula que nace de pronto entre las piedras, el sonido de una morna que alguien canta en medio de la noche, la alegría de estrenar un vestido nuevo. Tenía que seguir caminando en medio de aquel nuevo mundo hostil, y no sabía cómo hacerlo. Ser criada en una casa o cocinera en una taberna, emigrar a cualquier sitio con una pequeña maleta para acabar malviviendo en medio del frío y la riqueza de los otros. Eso era todo lo que le quedaba por hacer. Debía aceptarlo. Resignarse. Ahogar aquella parte de sí misma que un día anheló ser otra cosa, salvar vidas, curar heridas terribles, traer criaturas al mundo.

Joana roncaba en su cama. São se tapó la cabeza con las sábanas, como si se metiese dentro de un nido. No tenía ganas de llorar, no era eso. Se sentía ciega, y sabía que tenía que apañárselas para vivir así. No quería volver a estancarse en un lodazal como durante los últimos meses en la aldea. A pesar de todo, había algo dentro de ella, una feroz energía profunda, que luchaba por lanzarla de nuevo hacia la vida. Aceptarlo. Resignarse. Tenía que seguir adelante como si aquel afán nunca hubiera existido, como si hubiera sido otra São —mucho más pequeña e ingenua, no la São vieja en la que se estaba convirtiendo en aquellas primeras horas de su vida a solas— la que hubiera soñado el sueño ridículo del liceo y la universidad.

De alguna manera, a lo largo de aquella noche, se las arregló para agarrar a esa criatura desprevenida e inocente y prepararle una tumba, una fosa cavada en la tierra rojiza, cerca de la ermita desde donde se veía el mar por el que un día había creído que navegaría hacia su futuro. La colocó bien al fondo. Para que su reposo fuera leve, esparció por encima anaranjados pétalos de flamboyán. Y la dejó descansar allí, dormida para siempre y en paz. Por la mañana se levantó sintiendo que era una persona diferente, una mujer joven que caminaría lo más ligera posible por su nueva vida de criada, llevando en algún recoveco de su cerebro el recuerdo apagado de una niña soñadora y muerta.

Incluso aunque hubiese dispuesto de tiempo suficiente, São no habría podido pagarse la matrícula y los libros, tal y como había previsto doña Natercia. Su sueldo era bajo, sólo 3.000 escudos a la semana, y enseguida llegaron además las peticiones de ayuda. Carlina, en cuanto se enteró de que su hija estaba trabajando, escribió desde Turín. Había tenido dos niños —cuyas fotos, los dos regordetes y preciosos, le enviaba— y, aunque trabajaba por horas limpiando algunas casas, pagaba mucho en la guardería para que le cuidasen a los críos mientras ella iba a fregar váteres ajenos. El marido seguía empleado en una fábrica, pero el sueldo no era muy alto y los gastos resultaban en cambio enormes: la vida en las ciudades europeas era carísima, muchísimo más cara que en Cabo Verde, São no podía ni imaginárselo. Carlina lloraba cada día acordándose de su hija mayor, eso le decía. Le hubiera gustado tenerla con ella, pero las cosas eran complicadas. En Italia, a su edad, los niños todavía tenían que estudiar, y los pobres como ellos no podían permitirse esos lujos. São se mordió con tal fuerza el labio inferior mientras leía aquellas palabras de nostalgia probablemente mentirosas, que llegó a hacerse un poco de sangre. Trató de recordar a su madre. Buscó muy dentro de su cabeza su imagen, los rasgos de su cara, el sonido de su voz, tal vez un gesto particular de sus brazos o el revuelo de una falda en el aire algún domingo, camino de misa. Pero no encontró nada. Ni el rastro de una mirada o la lejana sensación de una caricia. El recuerdo de su madre era un vacío, un enorme agujero que se sentía incapaz de llenar. Ni siquiera sabía si la quería o no. Era su madre, y sentía por ella respeto y preocupación. Deseaba que su vida fuese cómoda y afortunada. Pero querer era otra cosa. Querer era acordarse de alguien que no está y sentir una congoja enorme que no te deja respirar. Y a ella eso no le ocurría. No la echaba de menos porque nunca la había tenido. En realidad, le guardaba cierto rencor sin poder evitarlo, le reprochaba que se hubiera ido tan lejos dejándola con Jovita, como si ella no hubiera sido importante. Estaba segura de que lo había hecho por necesidad, pero aun así percibía una punzada de amargura cuando pensaba en ello, un ramalazo de tristeza que, durante unos instantes, ennegrecía el mundo. Y entonces se decía a sí misma que, si un día tenía hijos, jamás los abandonaría, aunque se viera obligada a mendigar con ellos de la mano.

También Jovita había empezado a reclamarle dinero. Al día siguiente de la partida de São, en un momento en que la vieja se sentía desganada y sola, abandonada de toda ternura, como una roca negra que hubiera rodado a lo largo de las laderas de muchos montes y hubiera ido a caer, rígida y aislada, en medio de un pedregal, el espíritu de su marido fue a visitarla con su retahíla de buenos consejos y palabras de ánimo:

—Jovita, preciosa —le dijo—, no te has quedado sola. Yo voy a seguir viniendo a verte. Y yo soy la persona más importante de tu vida. Así que sal de esa cama, enciende el fuego, prepárate un café y siéntate en la mecedora, a ver si los tomates han crecido mucho de ayer a hoy. Y no te olvides de echar un buen chorro de aguardiente en la taza.

—¡Ay, no! ¡Aguardiente no, que hace mucho que no bebo y no quiero volver a ser una borracha...!

—¿Y qué importa ya? A mí me gusta verte así, cuando te pones salvaje y te da por cantar y bailar, agitando esas caderas milagrosas, reina mía. Ya no queda nadie a quien le puedas molestar. Vamos, un chorrito nada más, para que te animes un poco y se te pase el calor...

Jovita recordó el viejo placer del alcohol, aquella sensación de que el alma cristiana se le iba disolviendo, disolviendo, mientras otro ser muy antiguo, que procedía del tiempo de los lagartos y las imprevisibles serpientes la dominaba poco a poco hasta convertirla en una fiera, alguien para quien el mundo se reducía a un espacio que se podía pisotear y destruir, un ámbito de repugnantes gusanos dignos de ser triturados. Sí, tenía razón Sócrates, un poquito de grogue le quitaría aquella asfixia insoportable que sentía desde el día anterior, aquella sensación de ser poco más que una piedra ardiente:

—Bueno, tomaré un traguito. Pero sólo un traguito pequeño, cuando tú te vayas. Ahora no quiero moverme de tu lado. Hueles muy bien, a sudor y a piel de naranja. ¿Has comido naranjas?

—Aquí no comemos, no hace falta. Pero he estado mucho rato en el jardín. Está lleno de frutales y de rosas, y el prado es muy verde, como si lloviera todo el día, aunque no llueve nunca.

—Ya me gustaría a mí...

—Te gustará cuando vengas, claro que te gustará.

—Sí, pero no empieces a meterme prisa.

—No, reina mía, no. No he venido a eso. He venido a sacarte de la cama y también a decirte que pienses en lo del dinero de São.

—¿Qué es lo del dinero de São?

—¿Tú te das cuenta del mucho dinero que te has gastado en esa niña? ¿Cuánto tiempo hace que la madre no te manda ni un escudo? ¿Catorce meses? ¿Dieciséis? ¿Quién va a devolverte todo eso? De Carlina olvídate. Las cosas están difíciles allá por Italia. Tendrá que devolvértelo São.

—Ya, pero ella no sabe que hace mucho que su madre no me paga.

—Pues se lo cuentas. Se lo cuentas y le dices que aparte todos los meses una cantidad para ti. Vamos a hacer los números, a ver cuánto te debe.

Hicieron los números. Y llegaron a la conclusión de que tendría que mandarle 4.000 escudos al mes durante mucho tiempo hasta saldar la deuda.

Así que a São no le quedó más remedio que enviar parte de su sueldo a Jovita y a su madre. Lo hacía con gusto, sin pararse a pensar en las cosas que se hubiera podido permitir de haber dispuesto de todo su dinero. La vida era así, una interminable cadena de favores mutuos, y desentenderse de la familia y de los seres cercanos cuando la necesitaban le hubiera parecido una traición imperdonable, algo tan cruel como cerrarle la puerta en las narices al mendigo, más pobre que tú, que llega a tu casa en busca de un puñado de arroz o un vaso de leche. La vida era levantarse por las mañanas y limpiar y ocuparse de los niños, y mirar el mar sin entrever la sombra de ninguna tierra en la lejanía, más allá del horizonte. No había horizonte. Sólo los pequeños gestos cotidianos. El cariño de los críos. Y las rotundas risas de sus amigas los domingos, cuando se metían juntas en el agua o bailaban poniendo en cada movimiento toda la pasión de la que eran capaces. No existía nada más. Hoy. Y ya era mucho.

HACIA EUROPA

Fue un martes de noviembre por la noche. Doña Ana, la señora, se había ido días atrás a Inglaterra, a visitar a sus padres. São y Joana estaban recogiendo la cocina después de la cena cuando entró don Jorge. Las saludó y remoloneó por unos instantes. Luego se acercó a Joana:

—Te veo un poco cansada —le dijo.

—No, señor, estoy bien...

—Vete a tu habitación. Que se quede São terminando.

Joana tuvo miedo de que la creyeran enferma y la echasen a la calle como un perro sarnoso, así que se resistió:

—Pero, señor, si no me pasa nada...

—Vamos, vamos, tranquila, por una vez que te acuestes pronto, no se va a caer la casa.

Joana se resignó a regañadientes. Dio las gracias, se despidió y subió al cuarto del altillo, un poco preocupada por aquella repentina manía de don Jorge.

Él se sirvió un vaso de leche y se arrimó a la mesa. São siguió fregando los cacharros. Se sentía incómoda, como le ocurría cada vez que el señor merodeaba en torno a ella. Era como si pudiera escuchar una voz interior que parecía avisarla de que estaba en peligro. Lo achacaba a su poca costumbre de tratar con hombres y compartir con ellos el mismo espacio. Sin embargo, no podía evitar sentirse mal. Aceleró la faena para acabar pronto. De repente, notó que algo muy caliente se posaba en sus nalgas y las manoseaba. No logró comprender qué estaba sucediendo. Se dio la vuelta, y entonces aquella cosa ardiente y viscosa se abalanzó rápidamente hacia sus pechos. Las manos de don Jorge toqueteaban y estrujaban. El hombre musitaba algo, algo incomprensible, y su cabeza se acercó a la de São con el evidente propósito de besarla. Olía a alcohol, su aliento era una vaharada apestosa de grogue, que debía de haber estado bebiendo a solas en la sala. São le pegó un empujón y corrió a buscar refugio en un rincón de la cocina, como si al arrimar su espalda contra la pared fuese a volverse invencible. Pero el señor se lanzó de nuevo hacia ella, con las manos nerviosas y rápidas y los ojos dilatados por el deseo. La chica huyó otra vez, tratando de alcanzar la puerta. Él fue más veloz y logró acorralarla contra el frigorífico. Entonces la besó, luchando por introducir su lengua entre los labios fuertemente apretados, metió la mano por debajo de su vestido y le tiró del pezón hasta hacerle daño, arrimó su sexo erguido contra el pubis de ella, frotándose como un animal.

São notó cómo las náuseas le subían desde el estómago. Al percibir los espasmos de su cuerpo, el hombre la soltó y se alejó rápidamente, temiendo que le vomitase encima. Ella trató de respirar hondo. Don Jorge pareció recuperar el control. Se pasó la mano por el pelo, apartándolo de la cara, y la miró desde la distancia:

—¿Qué te pasa? —le dijo, y su voz sonaba enfadada.

Ella sólo sentía el asco que le había provocado aquel

ataque imprevisto, las manos sudorosas tocando su piel, la boca hedionda contra la suya, el bulto amenazador de su pene. No tenía ni miedo ni vergüenza. Lo único que quería era que aquel hombre dejase de tocarla para recuperar la normalidad, la quietud del estómago, el aliento apaciguado de los pulmones:

—No se acerque a mí —le respondió—. No vuelva a acercarse.

—¡Vaya! Mira la puritana... ¿Acaso no has estado paseándote por delante de mí durante años casi desnuda, con esos vestidos que te marcan todo el cuerpo...? ¿Y ahora te haces la estrecha? ¿Qué pretendías...? ¿No era esto lo que querías que pasara...?

São se sintió indignada. Siempre había sido una persona pudorosa. No le gustaba exhibir su cuerpo, aunque no podía evitar que, a medida que había ido creciendo, se marcara rotundo y duro por debajo de su ropa. Pero nunca se había contoneado delante de él, presumiendo de la belleza de sus caderas. Ni siquiera le había echado ni una sola mirada a aquel hombre, ante el cual solía bajar los ojos por timidez. No sabía lo que significaba provocar el deseo. Sólo tenía trece años cuando llegó a aquella casa y ahora, a los diecisiete, todavía el sexo seguía siendo un anhelo que desconocía y que sólo alcanzaba a intuir por lo que le contaban sus amigas. En las últimas semanas se había encontrado varias veces en el baile con un muchacho que le gustaba, pero lo único que llegaba a imaginar algunas noches, cuando se metía rendida en la cama, antes de cerrar los ojos, era que él la cogía de la mano. La sensación de su propia mano palpitando dentro de la del chico y la emoción que aquella imagen provocaba en ella era lo más parecido al deseo sexual que conocía. En ese terreno, São era todavía una niña. Pero alcanzaba a comprender muy bien que la mirada retorcida de don Jorge no la veía de esa manera:

—¡Yo nunca he hecho nada malo! —le gritó al hombre—. Si a usted se lo ha parecido, es culpa suya.

La actitud de São no dejaba lugar a dudas. Él pareció entender que se había equivocado. Se dio la vuelta y se recolocó la ropa, desordenada después de la refriega. Luego la miró de nuevo, largamente, como si estuviera tomando una decisión. Esta vez, ella no bajó los ojos. Sabía que había vencido a aquel ser que no le infundía ningún respeto. Ningún temor. Sólo desprecio, y todavía el asco revolviéndole las tripas.

—Está bien —dijo él, y utilizó su tono más paternal, el de los saludos de las mañanas—. Ha habido un malentendido. Creo que he bebido más de la cuenta. Nos olvidaremos los dos de lo que ha pasado, ¿de acuerdo? Te aseguro que no volverá a ocurrir. Y no le digas nada a la señora. De cualquier manera, no te creería.

Se fue. Se largó de la cocina sin pedir ni siquiera disculpas, fingiendo que aún era el dueño de la situación, el dueño y señor de la casa.

São terminó de fregar los cacharros y de recoger. Luego subió a su cuarto y preparó a toda prisa una bolsa con sus cosas. No quería quedarse ni un minuto más allí y exponerse a que aquello volviera a repetirse. Ni siquiera soportaba la idea de ver de nuevo al hombre y tener que recordar lo sucedido. Joana se agitó un poco en su cama, pero no llegó a despertarse. La muchacha bajó las escaleras de puntillas, para no alertar a don Jorge sobre su partida. Al pasar por delante de las habitaciones de los niños, sintió el deseo de entrar y besarlos, de darles las gracias por todas las cosas buenas que le habían dado en aquellos años y explicarles que, aunque se iba, seguía queriéndolos. Pero comprendió que si entraba, nunca llegaría a marcharse. Los vería dormidos, con sus preciosas cabezas reposando sobre la almohada, viviendo sus buenos sueños, esperando tranquilamente que llegara el día y ella acudiera a despertarlos, y no se sentiría capaz de abandonarlos. Así que siguió por el pasillo adelante, mordiéndose el labio y conteniendo las lágrimas, sintiendo cómo dejaba atrás un valioso pedazo de sí misma, como si estuviera mudando de piel. Era doloroso.

Pasó la noche tumbada en la playa, con la bolsa como almohada, llorando, sintiendo que la añoranza de los críos la asfixiaba, y pensando qué debía hacer. Tenía dos posibilidades: conseguir un nuevo trabajo o regresar a Queimada, cabizbaja y fracasada, y sobrevivir allí como pudiera, con la ayuda de Jovita. Al amanecer, se dirigió al barrio de Platô y buscó una pensión. Por suerte, aún no había enviado ni a su madre ni a la vieja el dinero de la semana anterior, así que, mientras tomaba una decisión, podía pagarse un sitio para dormir. Necesitaba dormir. Encontró un hotel barato, y se instaló en un cuartucho recalentado y sombrío en el que, al menos, se sentía protegida. Se acurrucó en la cama. Estaba agotada. Se había enfrentado por primera vez al abuso, al ansia de dominio de otro ser sobre ella y, aunque había vencido, aquella experiencia había empezado a dejar una huella dolorosa en su mente. Hasta ese momento había sido muy confiada. Había crecido creyendo que la inmensa mayoría de la gente era bienintencionada, y que a los malvados se les distinguía por su aspecto físico, como si llevasen en la mirada y en la voz un estigma, algo intangible pero real que los diferenciaba de las personas comunes, de tal manera que, si una estaba atenta, lograría identificarlos antes de que tuvieran el poder de hacerte daño. Ahora se había dado cuenta de que no era cierto. Incluso alguien tan amable y simpático como don Jorge podía esconder dentro una bestia que surgiría en el momento más inesperado, como la repentina erupción de un volcán. No sabía si era bueno seguir confiando en todo el mundo. Pero no quería que aquella experiencia hiciera nacer en ella el miedo. No deseaba convertirse en un ser atemorizado que anduviera por el mundo de puntillas. ¿Era posible seguir siendo inocente y a la vez cuidadosa?

Se quedó dormida dando vueltas a aquellas ideas en la cabeza, y durmió muchas horas, hasta el amanecer del día siguiente, a pesar del trajín de gentes que subían y bajaban las escaleras de la pensión y recorrían los pasillos, a pesar de los batuques y las sambunas que sonaron aquel atardecer en las calles del barrio y de los golpes y gritos de placer que una pareja dio en el cuarto de al lado durante toda la noche. São durmió un sueño sin sueños, sin pasado ni futuro ni preocupaciones, que permitió que su cuerpo y su cabeza abandonaran el mundo y descansasen.

Cuando se despertó, ya había tomado una decisión: aunque eso era lo que más le apetecía en aquel momento —las voces familiares, el viejo paisaje de lavas negras y tierras rojizas, el drago alzándose solemne y solitario junto a la ermita, la modesta fertilidad de las huertas—, no podía regresar a casa. No era por orgullo, por no querer reconocer que las cosas no le habían salido bien. Era sólo que tenía miedo a acostumbrarse demasiado a la facilidad de vivir en un espacio conocido, un lugar sobre el que podría extender sin ningún temor su dominio, sabiendo siempre a dónde la conduciría cada uno de sus pasos, qué verían sus ojos si se dirigían al norte o al sur, qué olores percibiría en cada punto de aquel paisaje, las tortas de maíz tostándose al fuego en la aldea, la tierra acre en la que los niños se rebozaban, el grogue apestoso de los viejos, la lluvia que vendría pronto cuando soplaban los alisios... Si regresaba, probablemente se quedaría para siempre. Y no deseaba quedarse. No deseaba acomodarse, resignarse a sobrevivir cuidando de la huerta o cosiendo vestidos para las mujeres de Carvoeiros, y buscar un hombre que no fuera demasiado malo y construir una casa y establecerse allí como en una madriguera, inmóvil, paralizada, pariendo hijos a los que apenas lograría alimentar, a los que jamás podría pagar unos estudios, que acaso no soportarían las fiebres y las diarreas. Y luego, cuando llegase un día la muerte, mirar atrás y pensar que su vida no había sido nada, sólo un vacío, un absurdo agujero sin sentido, menos que la huella en el aire del aleteo de un gorrión, menos que la marca en el suelo del paso de una hormiga. Nunca sería médica, pero quería que su existencia tuviese algún valor, que alguien pudiera echarla de menos cuando ya no estuviese y sintiera el peso de su ausencia.

Comenzó a buscar trabajo aquella misma mañana. Visitó una a una a todas sus amigas para comunicarles su situación —aunque se negó a explicarles las razones por las que había abandonado a la familia Monteiro— e incluso fue a ver al cura de la iglesia donde solía asistir a misa. Pero daba la impresión de que todas las familias acomodadas de Praia tenían criadas suficientes, porque nadie sabía de ningún empleo posible. Al fin un día, cuando ya estaba a punto de desesperarse y de quedarse sin dinero —a pesar de que apenas había comido en dos semanas, por ahorrar—, pasó por delante de una oficina en la calle Andrade Corvo y se fijó en un letrero que ofrecía un puesto de recepcionista. Homero Bureau. Así se llamaba la oficina. A São le recordó al perro de doña Natercia, y eso hizo que le latiera con fuerza el corazón. Le pareció una señal de buena suerte. Entró. Era una gran sala luminosa, pintada de blanco. Había cuatro mesas ocupadas por mujeres. Una de ellas, una negra oronda, con un vestido de flores azules y anaranjadas que la hacía parecer aún más inmensa, le sonrió:

—¿Qué quieres, chica?

—El empleo.

La mujer se echó a reír. Era una risa tan grande como ella misma, que pareció llenar la habitación y expandirse más allá de los muros, lanzándose hacia las calles a través de las ventanas.

—De acuerdo, vamos a hablar.

Y hablaron. Al cabo de quince minutos, São salió de allí con el compromiso de empezar a trabajar al día siguiente. Doña Benvinda incluso le había entregado tres mil escudos como adelanto sobre su sueldo. No había hecho falta que se los pidiese: ella sola se dio cuenta de que aquella muchacha que buscaba trabajo desde hacía quince días probablemente estaría necesitada de dinero.

Si algo le sobraba a doña Benvinda, era imaginación para comprender lo que les ocurría a los demás. En realidad, no era una cuestión de fantasía, sino de experiencia. No había tenido una vida fácil. Había nacido en Portela, una aldea miserable y gris de la isla de Fogo, en plena ladera de un inmenso volcán, donde se crecía entre sequías y hambrunas, fiebres y disenterías. Desde muy pequeña se había acostumbrado a que la muerte formase parte de la vida, y a que llegara de una manera cruel. Ella misma perdió a varios de sus hermanos, no recordaba a cuántos, y a los diez años, cuando su madre también murió, se quedó al cargo de los cuatro más pequeños y de la casa. Tenía además que ayudar a su padre, que regentaba una taberna miserable, grasienta y apestosa, en la que se servía a los borrachos del pueblo un grogue inmundo y algunos refrescos calientes. Pronto supo que debía defenderse de los hombres. Algunos de los clientes, en cuanto su padre se ausentaba unos minutos por alguna razón, intentaban entre tambaleos y eructos toquetearla, besarla en la boca y hasta hacer que les agarrara el sexo para darles placer. Aprendió a esquivarlos, a darles empujones que terminaban con su escasa estabilidad, incluso a golpearles con la rodilla en la entrepierna cuando alguno se mostraba especialmente resistente.

Comprendió a la fuerza que sobrevivir era una batalla diaria, una penosa y controlada acción de la consciencia en la que debían entremezclarse egoísmo y generosidad, astucia y confianza: exigirle firmemente a su padre que le diese dinero para comprar comida y ocuparse también de que cenara algo cuando llegaba a casa demasiado bebido. No permitir que los hermanos le robaran su puñado de alimentos pero cedérselo con gusto cuando alguno de ellos estaba enfermo. Ayudar a las mujeres de la aldea si la necesitaban sin dejar que se creyeran que estaba siempre a su disposición. Ponerles límites a los hombres y ser a la vez capaz de fiarles cuando iban a beber y aún no habían cobrado el sueldo. Sí, Benvinda supo desde que era una niña que había que dar y retirar, acariciar y golpear, sonreír y chillar, en un difícil equilibrio que a ella, sin embargo, no le costó nada adquirir. Era como si hubiese nacido sabia.

Fue viviendo así durante años, enredada en una tela de araña en la que lo único importante era no morirse de hambre y conseguir que ningún hombre la violase. Y sin embargo, a su alrededor se proyectaba una asombrosa transparencia, la luminosidad que emana de las personas alegres. A menudo, en medio del silencio de la aldea por las noches, cuando todo el mundo estaba ya acostado, se oían sus carcajadas, aquel estallido de risas que se le escapaban por cualquier tontería dicha por alguno de sus hermanos, y que volaban por el aire como despreocupadas polillas nocturnas. Benvinda reía incesantemente. Había algo en su interior que la protegía contra la desdicha, como si una rara blandura cubriese su mente e hiciera que las tristezas rebotasen contra ella. No es que no las viviera ni las padeciera. Sufría como todo el mundo cuando había que sufrir. Pero en la pena o en el dolor, siempre encontraba un hilo del cual tirar con fuerza, un hilo poderosamente anudado al optimismo, que la rodeaba aislándola de la desesperanza. En medio de la oscuridad de los malos momentos, nunca dejaba de pensar que las cosas mejorarían, y si por la noche lloraba en silencio en la cama, abrazada a alguno de sus hermanos dormidos, por la mañana se levantaba llena de energía, dispuesta a hacer todo lo necesario para que el día resultase soportable, no sólo para ella, sino también para todas las personas cercanas.

A los diecinueve años, cuando los pequeños ya habían crecido y su padre se emborrachaba cada vez más a menudo y le hacía la vida más difícil, conoció a Roberto.

Roberto había nacido en una aldea vecina, aunque hacía mucho que había emigrado a España, donde trabajaba como minero en un pueblo del norte. Había ido como otras veces a pasar unas vacaciones, y al volver a encontrarse con Benvinda en la taberna, convertida ya en una mujer, con aquella risa que resonaba en el aire y aquella solidez que la hacía apoyarse tan firmemente en el suelo, pensó que sería una buena esposa, alguien que acabaría con la soledad que algunas madrugadas, a la hora de ir a trabajar, le paralizaba en la cama, como si un bicho estuviera devorándolo por dentro y dejándolo seco, igual que un árbol podrido y ceniciento. Mientras la miraba trajinar con las botellas y atender a los clientes, se puso a pensar que sería hermoso abrazarla bajo la nieve, y pasear juntos por los bosques los días de sol, enseñándole todo aquel verdor que ella nunca había visto. Sería divertido ver la televisión cogidos de la mano e ir a bailar a las discotecas los fines de semana. Salir a cenar con los amigos y comprar objetos para embellecer su casa descuidada. Y luego tener hijos, dos niños y una niña, eso era lo que quería, tres hijos que dispondrían de médicos y medicinas gratuitas y no se morirían de diarrea ni de hambre, que irían a la escuela y estudiarían y volverían después a Cabo Verde como personas importantes, quién sabe si ministros y gobernadores...

Benvinda ni se imaginaba lo que se le estaba pasando a Roberto por la cabeza. Pero, por alguna razón a la que no supo ponerle nombre, cuando lo vio entrar por la puerta de la taberna, con su gran sonrisa y su buena ropa europea, y darle dos besos para saludarla a la vez que le recordaba quién era —hacía cuatro o cinco años que no se veían—, sintió mucha vergüenza por estar tan mal vestida, con su falda azul de diario, mil veces lavada y remendada, y una fea camiseta negra. Se pasó la mano por el pelo, y lamentó no habérselo recogido en trenzas para estar más guapa. Y algo raro y nuevo, algo así como un extraño deseo de sonreír todo el rato y salir volando, se apoderó de ella.

Una semana después, Roberto y Benvinda eran novios. Cuando llegó el final de las vacaciones, se separaron entre llantos y promesas de mutua fidelidad y espera. En Navidades, el hombre regresó y le pidió que se casara con él. Se había informado de todos los papeleos que hacían falta para que ella pudiese instalarse en España. A mediados de la primavera, en el momento en que las lilas de los jardincillos se cubrían de racimos de flores malvas, y en los bosques se abrían uno tras otro los pequeños brotes de los castaños y los robles, llenándolo todo de verde, y los arroyos que bajaban de las montañas se desbordaban con el caudal del deshielo, Benvinda llegó a su nuevo pueblo.

Durante cinco años, fue una mujer feliz. Todo la entusiasmaba, la mansedumbre del paisaje y el cambio de las estaciones, la luz eléctrica y el agua que manaba por los grifos como una cascada sin fin, las tiendas y los mercados donde podían encontrarse tantos alimentos diferentes, los electrodomésticos que hacían por ella las tareas, el parque en el que jugaban los niños, las cafeterías en las que solía quedar con otras caboverdianas para tomar café y charlar, los abrigos de invierno y los zapatos de tacón, las excursiones en coche con Roberto por un mundo que resultaba al mismo tiempo inabarcable y cercano... Todo le parecía un regalo, como si la vida se hubiese convertido inesperadamente en un precioso paquete del que iba extrayendo una y otra vez cosas deliciosas, pequeños objetos extraordinarios que ella admiraba y cuidaba con devoción, sosteniéndolos firme y delicadamente entre las manos.

Lo mejor de todo era Roberto. Él no le pegaba ni se emborrachaba, como tantos hombres. Algún sábado por la noche bebía más de la cuenta, cuando los dos salían con los matrimonios amigos, pero eran borracheras alegres, en las que le daba por cantar y besarla y meterle mano e intentar luego hacerle el amor, aunque siempre se quedaba dormido antes de lograrlo. La quería, la trataba bien, le entregaba todo el dinero, la acariciaba con una ternura que nunca hubiese imaginado que existía, y a veces se quedaba mirándola como si ella fuese la única mujer en el mundo, una reina. Benvinda le devolvía ese amor con toda la fuerza de que era capaz, ocupándose de él con ferocidad, sintiéndose capaz de defender con uñas y dientes el ámbito de bienestar que le creaba cada día. No había comidas demasiado ricas, ni camisas lo suficientemente bien planchadas, ni sábanas estiradas en exceso para que Roberto descansase y se sintiera a gusto al regresar de su trabajo tan duro. Cuando lo veía entrar por la puerta de la casa, con la cara manchada de carbón, exhausto después de la larga jornada picando en el fondo del pozo, los ojos enrojecidos y como asustados del exceso de luz, le daban unas ganas enormes de mimarlo como si fuese un niño, bañarlo y darle de comer, y luego acunarlo igual que había acunado a sus hermanos de pequeños.

Además de limpiar y cocinar y planchar y pasar algún tiempo a diario con las amigas, Benvinda se matriculó en unas clases para adultos. En Cabo Verde nunca había ido a la escuela. Sus hermanos varones habían estudiado los primeros cursos, pero el padre pensaba que las niñas no necesitaban aprender nada. Era suficiente con que supieran contar bien el dinero cuando les pagaban en la taberna, ocuparse de la casa y parir hijos. Dios no había hecho a las mujeres para otra cosa, solía decir. Ahora ella aprendió todo lo que pudo y disfrutó de cada nuevo descubrimiento como una cría. Por la noche, después de cenar, mientras Roberto veía un rato la televisión, se sentaba a la mesa de la cocina y hacía esforzadamente todos los ejercicios, concentrándose de tal manera que llegaba a olvidarse de que su marido la esperaba para ir a la cama. Pronto supo leer y escribir, y también realizar complicadas operaciones aritméticas. Entretanto, la nueva lengua se le fue pegando por sí sola, y al cabo de tres meses era capaz de entenderse con cualquier persona del pueblo. Roberto se sentía orgulloso de su inteligencia y su aplicación: llegarás a profesora, solía decirle. Y ella se reía, relajada y feliz.

En aquellos cinco años, sólo hubo un pequeño disgusto: Benvinda no lograba quedarse embarazada. Cuando al fin acudieron a los médicos, les dijeron que tenía problemas en las trompas, y que no podría tener hijos. Les dio mucha pena, pero aquel sentimiento no duró demasiado. Enseguida empezaron a hablar de adoptar. En Cabo Verde había muchos niños que necesitaban padres. No sería difícil. Aunque decidieron aplazarlo algún tiempo. De momento, tenían bastante con estar el uno junto al otro.

Una madrugada de enero, Roberto salió de casa a las cuatro para cubrir el primer turno en el pozo. Antes de irse, como siempre hacía, besó despacio a su mujer. Ella se revolvió y musitó algo, pero no llegó a despertarse. Estaba nevando. A él le gustaba caminar bajo la nieve en plena noche, viendo los copos resplandecer en la oscuridad, como pequeñas estrellas que se desplomasen en silencio hacia el suelo. Fue la última vez que disfrutó de aquel placer, de cualquier placer. A las ocho de la mañana hubo un derrumbe en la mina. Roberto quedó allí enterrado, a doscientos metros de profundidad, junto a otros dos compañeros.

Benvinda creyó volverse loca. Durante muchos meses, dejó de entender la vida. No comprendía lo que había sucedido. Ni siquiera quería comprenderlo. Odiaba al mundo entero y, sobre todo, odiaba a Dios. Su risa desapareció, sepultada bajo las toneladas de cascotes negros que habían matado a su marido. Sus amigas cuidaron de ella durante aquel tiempo, turnándose para obligarla a comer y a tomar las pastillas que le recetó el médico, y también a salir a dar una vuelta, desmadejada, ajena a todo lo que antes le gustaba. Fue recuperándose lentamente, como un enfermo que hubiera tenido que aprender poco a poco a realizar los viejos gestos, ducharse y vestirse, calentar un café o preparar un guiso, salir a la compra, poner un rato la televisión, atender a las preocupaciones y las alegrías ajenas, que habían dejado de existir para ella.

Había pasado casi un año desde la muerte de Roberto cuando decidió volver a Cabo Verde. Tenía una buena cantidad de dinero gracias a la indemnización que había recibido por el accidente, además de su pensión de viudedad. En su país, aquello significaría una auténtica fortuna. No necesitaba regresar a Portela y encerrarse en la taberna inmunda a esperar la vejez entre sucios borrachos que la acosarían sin tregua. Podía instalarse en la capital, en Praia, y montar algún negocio. Aún no sabía cuál, pero estaba segura de que encontraría algo adecuado: su optimismo habitual comenzaba a renacer día tras día. Había vuelto a agarrar el hilo que siempre la salvaba del dolor. La desolación iba apagándose, y con el tiempo terminaría por convertirse en un puñado de cenizas grises que se le quedarían para siempre por dentro, pero que no le impedirían seguir viviendo y trabajando, y volver a reírse sin que nadie que no la hubiera conocido antes percibiese que en algún momento de su existencia había ocurrido un cataclismo. Benvinda sería de nuevo, a los ojos de todos, una mujer satisfecha y feliz, rodeada de un aura de bienestar y benevolencia que parecía mantenerla al margen de las desdichas.

Al cabo de unas semanas de estancia en Praia, encontró aquella pequeña empresa en traspaso, Homero Bureau, dedicada a vender material de oficina. Ella no sabía nada de máquinas de escribir, papeles o fotocopiadoras. Aun así, el asunto le gustó, y confió en sí misma para aprender pronto, y también en la generosidad del antiguo dueño, que le prometió que se lo enseñaría todo. Invirtió una buena parte de su dinero en el negocio y del resto se guardó una cantidad, por si las cosas no iban bien, y repartió lo demás entre sus hermanos, para ayudarles a salir adelante. Y retomó su vida con la paciencia y el equilibrio de los tiempos pasados en la taberna.

Cuando São comenzó a trabajar allí, hacía ya muchos años que Homero Bureau era un negocio próspero y seguro. Para ella fue una buena época. Le gustaba el trabajo, lo de atender el teléfono y preparar los encargos y buscar por las calles al chico que llevaba los paquetes cuando había algo que entregar. Se alquiló una habitación con derecho a cocina en casa de una viuda y, aunque a veces tenía que soportar sus interminables parlamentos contándole una y otra vez todas las pequeñas cosas que le habían sucedido, se sentía a gusto cuando podía estar a solas en su cuarto y miraba por la ventana y veía un pedacito diminuto de mar. Aparte de los días pasados en la pensión, era la primera vez que disponía de un espacio propio, y aquella independencia le hacía tener la sensación de que se había convertido definitivamente en una mujer adulta, responsable por completo de sus actos y capaz de manejar su existencia. Al fin parecía haber superado el disgusto de no poder estudiar, un proyecto que ahora le parecía muy lejano, como si hubieran pasado muchos años desde aquel viejo entusiasmo infantil, de cuya ingenuidad ahora era consciente. Entre ella y esas ideas extravagantes se había levantado un muro sólido, sin resquicios ni puertas que permitieran que se colase hacia su vida actual ningún sentimiento de frustración. La niña enterrada seguía durmiendo plácidamente bajo la tierra leve.

Por las noches se tumbaba en la cama y hacía planes de futuro: ahorraría dinero, iría a Europa, trabajaría allí todo lo que pudiese y luego, como había hecho doña Benvinda, regresaría a Cabo Verde y montaría su propio negocio. En lo que no pensaba en absoluto era en buscar un hombre y tener hijos. El recuerdo de lo que había sucedido con don Jorge le retumbaba todavía en las tripas, revolviéndoselas. Pero había algo más profundo, como si una lucecilla apenas visible se encendiese en algún punto de su mente y la alertara, como si una rara transposición del tiempo le hiciera ver lo que podría ocurrir en el futuro: la posibilidad del amor y el sexo le parecía un peligro, algo que le haría daño y la dejaría maltrecha. Sus compañeras de la oficina, con las que salía de vez en cuando a tomar un helado y a bailar, no hablaban en cambio de otra cosa. Se contaban las unas a las otras sus experiencias con los chicos, el inmenso placer y la zozobra, y cuando creían haberse enamorado, desmenuzaban con todos los detalles posibles las probabilidades de que él las quisiera de verdad y les propusiera compartir su casa. Era como si poseer un cuerpo masculino y ponerse al servicio de su cotidianeidad fuera para ellas el objetivo más importante. São temía que estuvieran condenadas a sufrir, a estrellarse una y otra vez contra la esencia misteriosa del alma de los hombres, dotada de recovecos y páramos que no comprendía y que la asustaban.

Ella deseaba para sí misma una vida de independencia. Las mujeres más satisfechas y mejores que había conocido —doña Natercia y doña Benvinda— vivían sin maridos. No solas, eso no: estaban acompañadas de muchas amigas, y familiares, y multitud de niños ajenos, gentes que las querían y las apoyaban, de quienes ellas cuidaban con ternura y cuya cercanía era tal vez mayor que la de ese hombre con el que compartes tu cama, que conoce de memoria el sabor de cada parte minúscula de tu piel, la dureza de tus pechos y la estrecha calidez de tu sexo, que alcanza el placer dentro de ti y se desborda una y otra vez en tus entrañas, que combate y entrega y rebusca y gime arrebujado en tus brazos como si hubiera llegado el fin del mundo, pero que jamás se molestará en averiguar si te sientes desdichada o feliz, si te crees dueña del suelo que pisas y el aire que respiras o tiemblas de miedo cuando te levantas por las mañanas y sabes a ciencia cierta que la vida va a agredirte, que se abalanzará sobre ti y tratará de devorarte a mordiscos, dejándote en los huesos.

Se imaginaba de mayor viviendo en una casa tranquila cerca del mar, una casa pintada de colores, con grandes ventanas por las que penetraría la luz y la brisa, con un jardín en el que creciesen las buganvillas y los jazmines, y una acacia llena de florecillas blancas que diese una buena sombra acogedora. No tendría marido ni hijos, pero habría muchas gentes entrando y saliendo, y una cocina espaciosa en la que todo el mundo pudiese encontrar lo que deseaba. Una casa como la de doña Benvinda. Ella solía comer allí los domingos. Su jefa preparaba una gran olla de cachupa e invitaba a diez o doce personas. La mujer disfrutaba viendo a São sentada a su mesa. Le había cogido mucho cariño desde el principio. Igual que le había ocurrido a doña Natercia, le daba mucha rabia que aquella muchacha inteligente hubiese tenido que dejar de estudiar por falta de dinero. Le gustaba ver cómo trabajaba con tanta obstinación y respeto, como si realmente atender el teléfono y tomar nota de los encargos y organizar los envíos fuesen tareas importantísimas. La conmovía la rara mezcla de fortaleza e inocencia que conformaban su personalidad, su bondad y su decisión. Se preguntaba qué sería de ella en el futuro. Tenía una larga vida por delante, y en ella cabría aún mucho sufrimiento. Era seguro que alguien intentaría manipularla, que la engañarían y le harían daño. Alguien la arañaría y trataría de robar su energía. Pero estaba igualmente convencida de que São resistiría, de que mantendría los pies bien firmes en el suelo, y la cabeza alta, y la mirada resuelta y sonriente. Sería una extraordinaria superviviente, ocurriera lo que ocurriera.

Una tarde, después de cerrar el negocio, mientras las otras empleadas corrían a reunirse con sus enamorados, Benvinda la invitó a tomar un helado. Caía un aguacero furioso. El agua corría en arroyos por las calles. Los coches pasaban salpicando de lodo a los peatones, que gritaban y protestaban y luchaban por guarecerse yendo de portal en portal. Se sentaron a una mesa de la heladería junto a la ventana. La lluvia rebotaba contra los cristales y caía enloquecida sobre el tejado, produciendo un ruido ronco y brutal, como de catástrofe. Una vez a salvo, Benvinda dejó que su gran risa se expandiera un instante por la sala. Luego, inesperadamente, suspiró y pareció llenarse de nostalgia:

—En España llovía mucho —dijo—. Pero nunca con esta fuerza. Era una lluvia mansa y constante. Y en invierno solía nevar. Siempre me asombraba el silencio con el que cae la nieve, como si el mundo se hubiera quedado inmóvil y sólo los copos tuvieran vida.

—Debe de ser bonito. Me gustaría verlo.

—¿Nunca has pensado en irte a Europa?

—Muchas veces. Siempre. Desde pequeña. Pero ¿cómo? No tengo papeles. No tengo dinero. Algún día...

—A lo mejor yo podría ayudarte.

São se puso roja. Ni siquiera logró responder. Agitó los brazos en el aire, como si se ahogara. Benvinda se echó de nuevo a reír:

—¿Eso quiere decir que aceptarías?

—Sí, sí, desde luego que sí...

—Puedo hablar con mis hermanas. Viven en Holanda. Me deben una: se fueron gracias al dinero que yo les di, y las cosas no les han ido mal. Ellas te conseguirían un visado de turista. Luego tendrías que arreglártelas.

—Pero no tengo dinero para el billete...

—Yo te lo dejaría. Podrías devolvérmelo poco a poco.

—¿De verdad...? ¿Me lo está diciendo de verdad...?

—¿Tú crees que te engañaría? Me gustaría que tuvieses una vida mejor. Te la mereces. Debes intentarlo.

Tres meses después, todo estaba arreglado. São tuvo que abrir una cuenta bancaria. Doña Benvinda le dejó, además del dinero para el billete de avión, los sesenta mil escudos que debían acreditar ante las autoridades holandesas que tenía dinero suficiente para viajar como turista y que no iba a ponerse a mendigar por las calles, o quién sabe si a robar y hasta asesinar. Sin ese requisito, jamás le concederían el visado.

En realidad, no tenía pensado llegar a Holanda. Se quedaría en Portugal, y allí trataría de apañárselas para conseguir los permisos de trabajo y de residencia. Lucharía por un empleo, sería criada en una casa o camarera en un bar o cajera en un supermercado, mano de obra barata para un puesto de trabajo ínfimo, y tendría que arreglárselas para mantenerse y devolverle el préstamo a doña Benvinda y seguir mandando dinero a su madre y a Jovita y ahorrar para el futuro. O tal vez sería aún peor. Tal vez no le concedieran los permisos y se quedaría entonces en situación ilegal, y se vería obligada a aceptar las condiciones que algún desalmado quisiera imponerle para trabajar, privada de todo derecho, y caminaría por las calles muerta de miedo, escondiéndose a la vista de cualquier policía que pudiera retenerla y expulsarla de nuevo hacia su país, perdiendo de paso lo poco que hubiera podido lograr.

Claro que São aún no sabía todo eso. Intuía que obtener los papeles no sería fácil, pero para ella Europa era todavía un lugar de lluvia mansa y blanca nieve silenciosa, el espacio de todas las oportunidades, el ámbito que le permitiría salir definitivamente de la penuria, la región donde cabían todos los sueños. Era el hogar que Noli le había descrito cuando eran pequeñas, aquel lejano verano en la aldea, sentadas a los pies de los mangos, una casa llena de juguetes y libros y cuadernos y lápices, y los veloces autobuses que conducían hacia bosques infinitos y praderas de hierba dulce sobre las que se podía caminar descalza, y un delicioso arroyo de agua fresca para aliviar el calor. Nunca había visto un arroyo ni una pradera de hierba. Nunca le habían sobrado los libros ni los lápices. Ahora lo iba a conseguir.

Se sentó junto a la ventanilla del avión y no dejó de mirar ni un solo instante. El aparato sobrevoló primero el mar, con sus aterradoras profundidades oscuras. Luego, durante mucho tiempo, pasó por encima de las arenas desoladas del Sahara y las pardas cimas del Atlas. Entonces aparecieron las llanuras cultivadas y las aldeas desperdigadas, y de nuevo el mar. Y al fin Europa, los grandes ríos prodigiosos, las ciudades enroscadas sobre sí mismas, y por último Lisboa, como un mirador sobre el agua. Vista desde el aire, Lisboa era hermosa. Enorme y hermosa. São se sentía feliz. Cabo Verde había quedado lejos, muy lejos. Y se había vuelto muy pequeño.

BIGADOR

São se instaló en casa de una prima de su madre. Era un piso pequeño, tan sólo dos habitaciones que ocupaban el matrimonio y sus cuatro hijos. A ella le dejaron el sofá de la sala, donde dormía encogida y martirizada por el calor, que merodeaba como un criminal por las calles estrechas de aquel barrio de las afueras de Lisboa, pegándose al asfalto, a las paredes mal protegidas, a los cuartos diminutos en los que el aire no podía circular. Aun así, sabía que había tenido suerte: después de muchos intentos, cartas a su madre y llamadas telefónicas, había logrado localizar a Imelda, y ella se había ofrecido a acogerla durante unos días y ayudarla a encontrar empleo.

Cada mañana leía los anuncios por palabras del periódico. Quería un trabajo como interna: podría ahorrar más y no tendría que preocuparse por buscar una casa. Fue a varias entrevistas, pero no logró nada: lo primero que le preguntaban las señoras era si sabía preparar comida portuguesa. Y aunque les decía que no, pero que aprendería rápido, enseguida la despachaban. Tampoco tenía referencias. Los cinco años que había pasado cuidando a los niños de los Monteiro no servían para nada. Era probable que ni siquiera la creyeran. Todas aquellas mujeres refinadas, con las uñas pintadas y el pelo peinado en la peluquería, parecían tomarla por una salvaje. Era como si las asustase su acento criollo y la ropa demasiado africana que llevaba. No se fiaban de ella.

Cuando salía de las citas, se dedicaba a recorrer las calles de Lisboa. Se sentía deslumbrada por las anchas avenidas y los edificios de piedra, por los jardines ordenados y los altares simétricos de las iglesias, por las columnas de las grandes fachadas y las inmensas estatuas de las plazas. Iba descubriendo la asombrosa geometría de las cosas, el equilibrio implacable, la remota y poderosa armonía escondida tras los trazos diseñados de una ciudad que se va construyendo a lo largo de los siglos. Aquella rara perfección, tan distinta del caos de las islas, con su desorden de rocas desprendidas y árboles perdidos, de casuchas espontáneas y aldeas desparramadas, la impresionaba mucho más que el bullicio de las calles, la afluencia de gentes, el ruido del tráfico o el lujo caprichoso de los escaparates.

Pero también le divertían el metro y los autobuses, el control que lograban mantener sobre el tiempo, exactamente cronometrado, la velocidad a la que le permitían trasladarse de una esquina a otra de la ciudad, rodeada de personas desconocidas a cada una de las cuales tenía la tentación de contemplar como si fuese un cuadro lleno de detalles misteriosos. Observaba la forma como se vestían y caminaban, su manera de saludarse y hablar los unos con los otros, la mirada fija que utilizaban para perderse en un inexistente infinito cuando viajaban solas, la agradable indiferencia con que la trataban. Lisboa le parecía un cobijo. Una trama de vidas y afectos y ambiciones, y también sin duda de ansiedades y desdichas, en la que su propia existencia anónima era rescatada de la vulgaridad por la lucha común. Algún día ella sería un respetable miembro de aquel conjunto, cuando dispusiera de su propio trabajo, su propia casa y sus horas libres.

Pero pasaba el tiempo y no lograba encontrar empleo. Al cabo de diez días, Imelda le hizo saber que no podía seguir alojándola. Fue ella quien tuvo la idea de que se fuera al Algarve. Empezaba el mes de julio, y las playas se llenaban de turistas. Allí había muchas más probabilidades de que lograra trabajar. Los hoteles y los restaurantes solían necesitar personal de temporada. La hija de una buena amiga suya vivía en Portimão y tal vez podría ayudarla. Siempre ayudaba a las recién llegadas. La llamaron. Liliana la animó a que viajara enseguida: era cierto que había muchos empleos. Y ella disponía de una habitación para compartir en el piso que tenía alquilado con otras caboverdianas. Al día siguiente, São cogió el autobús camino del sur.

Llegó a Portimão cuando ya se había hecho de noche. Liliana estaba esperándola en la estación. Era una mujer tan sólida y hermosa como una estatua. São la admiró desde el primer momento. Iba maquillada, con mucho rímel en los ojos enormes y los labios pintados de un rojo que en cualquier otra hubiera resultado vulgar, pero que a ella la embellecía aún más. Llevaba unos pantalones vaqueros y una camiseta verde muy escotada, ropa probablemente barata que lucía como si procediese de la tienda más elegante de Lisboa. Y, sin embargo, no había en ella ningún envaramiento. Parecía por el contrario fresca y cercana, y São tuvo enseguida la impresión de que estaba junto a una hermana mayor, alguien que la rodearía con su brazo en los momentos de dificultades y la acompañaría de vuelta a la tranquilidad.

Liliana había nacido en Cabo Verde, pero no se consideraba una inmigrante. Sus padres habían llegado a Lisboa para trabajar cuando ella tenía tan sólo cuatro años, de manera que se había criado como cualquier niña portuguesa. Había podido estudiar, y se había licenciado en Turismo. De marzo a octubre trabajaba como recepcionista en un buen hotel de Portimão. El resto del año regresaba a la capital y ganaba algún dinero como modelo publicitaria. Pero ese mundo no le gustaba. Lo que le interesaba de verdad era la política. Militaba en el Partido Socialista y aspiraba a ejercer algún día un cargo de responsabilidad. Quizá lograra ser diputada. Estaba convencida de que, con el tiempo, en Portugal llegaría a haber muchos políticos de origen africano, gentes procedentes de las antiguas colonias. Era un proceso histórico inevitable, sostenía. Igual que en Francia la Revolución había llevado al poder a los burgueses, que tanto esfuerzo y talento le habían entregado previamente, los africanos, que habían contribuido durante siglos a enriquecer la metrópoli, acabarían por sentarse en sus puestos de mando.

Se sentía profundamente feminista, y a menudo viajaba a Cabo Verde y organizaba charlas con las mujeres de las aldeas y de los barrios más pobres de las ciudades. Entonces se olvidaba de su lenguaje intelectual y se servía de imágenes que ellas pudieran comprender. Estaba acostumbrada a ese mundo. Su propia madre había sido analfabeta hasta los treinta y cuatro años, cuando ella misma le enseñó a leer y a escribir. Trataba de explicarles algunas ideas sencillas pero fundamentales: que no eran propiedad de sus hombres, que utilizar métodos anticonceptivos era bueno y que debían enviar a sus hijas a la escuela. Sabía sin embargo que casi nunca le prestaban atención. La mayoría de sus oyentes carecían de recursos morales que les permitiesen reflexionar sobre lo que les estaba contando. La vida las había arrojado en medio de un mundo duro y violento, y ellas subsistían enraizadas en él, como frágiles animales desprotegidos. La única idea que palpitaba en sus cabezas era la de sobrevivir, ellas y sus niños: sobrevivir al hambre, sobrevivir a las palizas, sobrevivir a la disentería... Pero, de vez en cuando, alguna de aquellas mujeres parecía escucharla con especial interés, la mirada ansiosa y el cuerpo tenso, y entonces tenía la sensación de que sus palabras servían para abrir nuevos caminos que tal vez en el futuro llegarían a ser anchas avenidas sombreadas por las que caminarían muchas mujeres, libres y fuertes y hermosamente altivas.

Liliana y São recorrieron las calles animadas de Portimão hasta llegar al piso. Dos de las tres muchachas que también vivían allí estaban todavía trabajando, sirviendo mesas y poniendo copas en la bulliciosa noche del verano. Le enseñaron su habitación, que tendría que compartir con Lula. Le gustó aquel lugar, las camas tan blancas y la pequeña alfombra anaranjada sobre la cual podría deslizar los pies al levantarse. Nunca había tenido una alfombra, y se imaginó que sería agradable pisarla descalza y disfrutar de su suavidad. Alguien había preparado para ella una rica cena. Comió con apetito, entre preguntas de sus compañeras, que querían saberlo todo de su vida. Se sentía contenta. Era bueno ser recibida así, como si ya formase parte de ese grupo que compartía el verano en aquel piso de paredes luminosas y azulejos relucientes y grandes ventanas que se abrían hacia las terrazas de los bares, repletas todavía a aquella hora de gentes que charlaban y reían con la despreocupación propia de las vacaciones. Era bueno saber que, con toda probabilidad, como insistía Liliana, enseguida encontraría un empleo. Y que tendría un lugar acogedor al que volver por las noches, y una cama limpia y fresca.

Dos días después, ya estaba trabajando. Había conseguido un puesto de camarera en un bar cercano a la playa. Nadie le preguntó cuál era su situación legal: simplemente la aceptaron, sin contrato escrito, ni derechos, ni Seguridad Social. Desde las nueve y hasta las cinco, São tendría que atender las mesas de la terraza, servir los desayunos tardíos, las cervezas de media mañana, los aperitivos de la una, los bocadillos a la hora de comer y los cafés de la tarde. Al principio estaba nerviosa. Le temblaba la bandeja en la mano, y solía derramar los refrescos y las copas llenas de vino. Pero aprendió enseguida. Pronto se movió con soltura entre las sillas, recordó sin problemas la numeración de cada mesa, desarrolló su propio sistema para anotar los pedidos y se acostumbró a alzar la voz en la barra para ser escuchada. Cumplía con su cometido con rapidez y con toda la simpatía de la que era capaz. Aún le daba un poco de vergüenza su acento isleño, pero fue fijándose en la manera de hablar de los portugueses, y se esforzó en copiar su tono y sus modismos.

En general, la gente era amable con ella. Aunque había algunos que la trataban con evidente desprecio. A veces en su cabeza se despertaba un temor vago, una cierta consciencia de que su aspecto era por primera vez diferente del de los demás. Y esa diferencia era como una barrera que la aislaba, pero que los otros podrían franquear fácilmente si querían atacarla. Sin embargo, fingía no darse cuenta. Le parecía que si negaba el valor de ciertas cosas y no pensaba en ellas, era como si no sucedieran. Pero sólo logró mantener esa falsa ignorancia unos días, hasta que una mañana a última hora tuvo un problema grave con un tipo medio borracho. Acababa de dejarle una copa de vino blanco encima de la mesa y se alejaba ya cuando él la llamó:

—¡Negra!

São sabía que se estaba refiriendo a ella, pero no se dio por aludida. El hombre subió el tono de voz:

—¡¡Negra!! ¡¡Camarera!!

Algunas personas los miraron. São, roja de ira, se dio la vuelta y regresó junto a él:

—Dígame...

—Este vino está caliente.

—Ahora mismo le sirvo otro.

Entró en el local y le explicó la reclamación al jefe, que refunfuñó pero terminó por sacar una nueva botella del frigorífico. Volvió a la terraza y colocó la copa delante del hombre, fingiendo tranquilidad. Luego se acercó a otra de las mesas. Oyó a sus espaldas el ruido de una silla al caer al suelo, y de nuevo el grito insultante:

—¡¡Negra!! ¡¡Estoy hablando contigo!! ¡¡Mírame!!

Se giró otra vez hacia él. Sentía la sangre bulléndole en las venas, y el corazón le latía apresuradamente. De haber podido, de haber estado segura de que no se iba a quedar sin empleo, se hubiera abalanzado contra él con toda la fuerza de la que era capaz. El hombre se había puesto en pie y vociferaba:

—¡¡Sigue estando caliente!! ¡¡Si no sabes servir, vuelve a la selva!!

São dejó de pensar. Era como si toda ella se hubiera vuelto fuego, una llama de orgullo milenario ardiendo contra la inmunda soberbia de un tipejo. Se lanzó hacia él, dispuesta a darle puñetazos, y mordiscos, y patadas, lo que fuera con tal de librarse de aquella herida repentina que le infligían su presencia y su voz. Pero los brazos del jefe y del otro camarero se lo impidieron. El dueño había salido del bar al oír los gritos, y no estaba dispuesto a que se organizara una pelea y, para colmo, acudiese la policía y se viera obligada a ponerle una multa por tener contratada a una inmigrante en situación ilegal.

Lograron retenerla. Al hombre terminaron por llevárselo de allí sus amigos, que al principio se reían ante sus insultos pero que ahora estaban preocupados por el escándalo. La gente regresó poco a poco a sus cervezas y sus bocadillos. El jefe le dijo que se fuera a casa el resto de la tarde. Pero, antes de que pudiera ponerse en marcha, se acercó a ella y le susurró amenazadoramente en voz baja:

—Espero que no seas de las que se dedican a provocar...

São rompió a llorar y echó a correr. Corrió y lloró hasta que llegó al piso, y allí se tiró en la cama y siguió sollozando. No quería hacerlo, deseaba comportarse como una mujer fuerte y digna, pero no podía evitarlo. Era la primera vez que alguien la insultaba por ser negra, la primera vez que la despreciaban por haber nacido en África. Quienes regresaban de Europa no hablaban de esas cosas. No explicaban que ser un negro en medio de tantos blancos era igual que llevar una luz permanentemente encendida, y que había gente que deseaba apedrearla. Quería regresar a Cabo Verde y ser una más, igual a todos, invisible. De pronto, no le importaba la miseria, ni tampoco el futuro. Sólo aspiraba a desaparecer entre la multitud.

Cuando llegó Liliana y escuchó entre hipidos lo que había sucedido, lo primero que hizo fue prepararle un whisky.

—No te puedes poner así por culpa de un imbécil —le dijo—. ¿No ves que eso es justamente lo que pretenden? Que lloremos o, aún mejor, que los ataquemos, para poder decir después que todos los africanos somos unos delincuentes.

São se iba bebiendo a sorbos su copa, mientras unos lagrimones enormes, de niña pequeña, le caían en silencio por las mejillas. Liliana se acercó a ella y le cogió la cara entre las manos:

—¿Sabes qué les pasa en realidad a todos esos racistas? Que nos tienen envidia. ¿No te has dado cuenta de lo preciosa que eres? ¿Crees que ese tipo va a encontrar alguna vez una mujer tan guapa como tú? Mira qué piel, qué brillante y suave, y ese color maravilloso, al que le sienta bien cualquier cosa... ¿No ves que ellos se pasan el verano intentando volverse negros sin conseguirlo? ¿Y tu culo...? ¿Tú has visto qué culo tienes y qué pechos tan espléndidos? Cuando un blanquito te insulte, acuérdate de tu culo. Verás cómo se te va enseguida toda la rabia...

São se echó a reír. No estaba acostumbrada al whisky, y le había hecho efecto rápidamente. Sentía que la sangre le fluía ligera por las venas, y dentro de su cabeza iba y venía una nubecilla bamboleante, que lo volvía todo acuoso. Se puso en pie y agitó las caderas, como si interpretase una danza feroz:

—¡Mira, blanquito, mira, esto es lo que soy...!

Pusieron música, salvajes batucas de la isla de Santiago, y bailaron fervorosamente, el ritmo de los tambores penetrándoles dentro del cuerpo, dominándolas, haciéndose dueño por entero de ellas, rápido, cada vez más rápido, como si se hubieran convertido en aire veloz, hasta que cayeron al suelo, exhaustas y muertas de risa.

Aquél fue el último rato de diversión en mucho tiempo. Pocos días después, São había encontrado un segundo trabajo. De siete de la tarde a doce de la noche atendía las mesas de una pizzería. Necesitaba ganar más dinero. Tenía que devolverle el préstamo a Benvinda, además de enviar las sumas habituales a Jovita y a su madre, que seguía escribiéndole unas cartas penosísimas, explicándole los muchos gastos que sus hermanos suponían. Y pagar su parte de la casa, y la comida, y también las camisetas y los pantalones que se había comprado para vestirse como las portuguesas. Sólo le quedaban libres un par de horas a media tarde y el tiempo de la madrugada. No dormía mucho. Prefería sentarse un rato a charlar con sus compañeras de piso, aunque a menudo se quedaba dormida en el salón de puro cansancio. Pero no le importaba trabajar tanto. Se alegraba de su buena suerte e incluso se sentía orgullosa de su resistencia física, de aquel cuerpo fuerte y sano que aguantaba lo que fuese.

Con Liliana hablaba muchas veces de lo que haría cuando acabase el verano y en los bares de Portimão dejase de haber sitio para los inmigrantes. Se volvería a Lisboa con el dinero que pudiese ahorrar y buscaría otra habitación en alquiler. No era posible seguir viviendo juntas, porque Liliana compartía un apartamento con su novio, que era profesor de la facultad de Sociología. Pero la ayudaría a encontrar casa y un empleo, y se verían de vez en cuando e irían juntas a caminar por Lisboa y se sentarían en las terrazas de los cafés para ver pasar a los hombres. Todo iría bien, la vida sería agradable, fluiría como un río que atraviesa llanuras blandas, sin sobresaltos ni grandes victorias. Sosiego. Eso es lo que habría, el objetivo cumplido del trabajo esforzado, y un buen puñado de calma.

Los lunes por la mañana, el bar de São cerraba para que el dueño pudiese descansar un poco. Ella solía aprovechar para pasar un par de horas en la playa. Iba siempre sola, porque sus amigas estaban trabajando. Le gustaba aquel rato de aislamiento. Se tiraba allí en la arena, boca abajo, mirando el mar, y aprovechaba para leer alguno de los libros que Liliana le prestaba, novelas complicadas que la aburrían un poco, pero a las que se entregaba esforzadamente, empeñándose en repasar varias veces los párrafos que le resultaban más difíciles hasta que lograba entenderlos. En cuanto empezó agosto, la playa se llenó de una multitud de gentes, niños que correteaban por todas partes, padres protegidos debajo de las sombrillas, mujeres que caminaban a la orilla del mar, jóvenes jugando a las palas... El primer lunes del mes, cuando llegó allí, se sintió molesta por la presencia de aquella multitud repentina, como si le hubieran robado un espacio que le pertenecía por derecho propio. Pero no le quedó más remedio que aceptarlo. Buscó un rincón en el cual extender la toalla, lo más lejos posible del agua donde los bañistas chillaban sin parar, y se echó con su libro.

El hombre se acercó sin que ella se diera cuenta. De pronto, estaba sentado a su lado, y le hablaba:

—¿Qué estás leyendo?

São se giró hacia él y lo miró. Le pareció como si entre ella y el sol se hubiera extendido una nube de tormenta, oscura y caliente, cargada de energía. Se incorporó rápidamente, con la vergonzante sensación de que su cuerpo tendido resultaba demasiado obvio. Se sentó y acercó las rodillas a su pecho, protegiéndose:

—Es un escritor brasileño, Jorge Amado.

—Ah... ¿Y te gusta?

—Sí.

El hombre hablaba con un acento extraño. La miró sonriendo, seguro de sí mismo, sin timidez ni miedo. Le tendió la mano:

—Me llamo Bigador. ¿Y tú?

La mano de la muchacha cabía entera dentro de la suya, palpitante como un pájaro tembloroso.

—São.

—São... —Y lo dijo igual que si soplara una vela en mitad del océano—. Es bonito.

Un rato después, la acompañó hasta su casa. Le propuso ir a buscarla aquella tarde a la salida del trabajo y estar con ella hasta que llegase la hora de empezar en la pizzería. Aunque le gustaba pasar ese tiempo tranquila en el piso, tomarse un café y darse una ducha, no dudó en aceptar. Al despedirse, Bigador la besó en la mejilla, y a ella le gustó el tacto dulce de sus labios.

De cinco a siete pasearon junto a la playa y se sentaron en una terraza. Cuando llegó al restaurante, São ya sabía muchas cosas de él. Tenía veintisiete años. Había nacido en Angola, en plena guerra civil. De su infancia recordaba sobre todo el hambre, los tiros, los tanques de los ejércitos en lucha levantando polvo en medio de las calles de Luanda, los escombros sobre los cuales los niños jugaban a dispararse y cazaban ratas que luego las mujeres asaban en los fuegos nocturnos. Desde los seis años robaba frutas en los mercados, y pastillas de jabón. Su madre le regañaba, pero él sabía que sus hurtos eran buenos para ella y sus siete hermanos. Del padre apenas tenían noticias. Trabajaba en las minas de diamantes de Catoca y todos los meses ingresaba algún dinero en una cuenta de un banco. Cuando la intensidad de la guerra disminuía, muy de vez en cuando, aparecía por allí unos días, y luego regresaba de nuevo al agujero después de dejar a su mujer embarazada.

Era veloz como una gacela, ágil, escurridizo, y los pequeños robos se le daban bien. Poco a poco se fue confiando, y aprendió a acechar a los blancos —que siempre llevaban buenas cantidades de dinero— y a cogerles las carteras. La madre no volvió a preguntarle más de dónde sacaba los alimentos con los que luego regresaba a casa. Daba de comer con ellos a sus hijos y se resignaba.

Un día, a los once años, asaltó a un sacerdote católico. Le quitó todos los billetes que llevaba en el bolsillo y luego salió corriendo, como de costumbre, aprovechando la rapidez de sus piernas de kimbundu. Pero no contaba con la fortaleza de aquel hombre que había sido atleta en su juventud. El padre Barcellos lo atrapó fácilmente al cabo de un par de callejones, le hizo una llave y consiguió retenerlo en el suelo. Aquel encuentro cambió su vida. El cura decidió ocuparse de él. Tenía una escuelita junto a su iglesia, en el barrio de Katari, y allí enseñaba a un puñado de chicos que iba pillando por las calles a leer y escribir, pero también a poner ladrillos, instalar un enchufe, colocar un grifo o serrar una madera. Cosas pequeñas que les permitiesen encontrar un trabajo digno. Era uno de esos seres convencidos de que todo el mundo tenía salvación si se le daba una oportunidad. Y él se dedicaba a intentarlo sin contemplaciones.

Bigador se sintió conmovido de que un hombre le prestase atención. Apenas conocía a su padre, y su entorno se reducía a la presencia de otros niños y muchas mujeres. Que un adulto, con su voz grave y sus gestos bruscos, se preocupara por él y le diera órdenes le pareció algo extraordinario. Desde el primer día se puso a seguirlo como un perrillo callejero. Hasta tal punto que el cura a veces, harto ya de su presencia, tenía que echarlo de su lado a gritos. Pronto se dio cuenta de que se le daba bien trabajar con las manos. Le gustaba ver cómo desde la nada, gracias a su esfuerzo, surgía un muro o una mesa. El padre Barcellos le decía que tenía mucho talento para aquello, que no era fácil encontrar trabajadores tan dotados y pacientes como él y que, si se olvidaba para siempre de sus hurtos, tendría un buen futuro por delante. Bigador hinchaba el pecho, pletórico de orgullo, y se volvía aún más delicado y atento en sus tareas.

Un par de años después, cuando ya había aprendido lo suficiente, lo enviaron a Caungula a reconstruir una misión. Era su primer empleo. Ganaría algo de dinero, y le serviría además como experiencia para después seguir trabajando. Le dio pena despedirse del sacerdote, pero aun así se marchó lleno de entusiasmo. Durante muchos meses, levantó paredes, hizo tejados, colocó puertas y ventanas y fabricó muebles. Aprendió además a ocultarse en la selva cuando la guerrilla se acercaba a la zona, a usar una pistola y manejar el machete. En alguna ocasión se vio obligado a matar, aunque eso no le gustaba recordarlo. Pasos pisando la hojarasca, una sombra que se acercaba enarbolando el kaláshnikov hacia el refugio donde él estaba escondido con dos monjas, entre los matorrales espesos, el ansia de vivir, su salto repentino hacia el hombre con el cuchillo en la mano, la pelea, la resistencia de la carne mientras la lama se clavaba una y otra vez, una y otra vez, el olor repugnante de la sangre, el cuerpo sacudiéndose en el suelo hasta que dejó de moverse... Malos recuerdos. Era mejor no hablar de aquello.

Cuando regresó a Luanda, él mismo se había convertido en un hombre, a pesar de que no tenía más de quince años. Enseguida encontró empleo como albañil: la guerra iba desfalleciendo lentamente, y la ciudad crecía y se llenaba de edificios nuevos. Pudo alquilar para su madre y sus hermanos más pequeños una casa mucho mejor que la miserable chabola en la que habían vivido hasta entonces y, en cuanto fue mayor de edad y logró reunir suficiente dinero, emigró a Portugal. Ahora vivía en Lisboa y seguía trabajando en la construcción. Las cosas le iban tan bien, que había podido pedir una hipoteca para comprarse un piso y hasta se permitía pasar las vacaciones en el Algarve. Se sentía orgulloso de sí mismo: había estado a punto de convertirse en un delincuente. A estas horas seguramente estaría ya muerto, como la mayor parte de sus amigos de la infancia. Pero había luchado con su destino a brazo partido hasta construirse una vida decente. Por supuesto, le estaba agradecido al padre Barcellos, pero el auténtico guerrero había sido él.

Ahora podía pavonearse con sus trofeos colgando de su escudo, como los antiguos miembros de su tribu.

Aquella noche, cuando llegó a casa, São no dijo nada de Bigador a sus amigas. No se calló por vergüenza, ni siquiera porque quisiese guardar el secreto. Fue sólo porque tenía miedo de que si hablaba de él, si ponía palabras a todo lo que estaba sintiendo, aquel atisbo de extraña dicha que había creído entrever a lo largo del día se desvaneciese, como ocurre con los sueños cuando los cuentas. Se acostó pronto y se puso a recordar todo lo que había sucedido. Era raro: por primera vez, la luz de alarma que siempre se le encendía por dentro cuando un hombre merodeaba a su alrededor se mantenía apagada. Tal vez fuese porque él no la había mirado con deseo, dándole a entender que ansiaba manosearle los pechos y penetrarla violentamente, sino con ternura, como si quisiera acariciarla despacio, durante muchas horas. Y esa idea le gustaba. Sentir las manos de Bigador tocando su cuerpo una y otra vez. Como la brisa cuando rodaba sobre ella en la playa, suave y fresca.

Durante las dos semanas que duraron las vacaciones del angoleño, se vieron a diario. Él iba a recogerla a las cinco al bar, y la invitaba a tomar un helado o un café. Luego la acompañaba hasta la pizzería y volvía a buscarla a medianoche. Entonces paseaban y se sentaban en la arena, cogidos de la mano, abrazándose, enredándose el uno en el otro. El mundo se desvanecía a su alrededor. No había personas recostadas en la barandilla del paseo marítimo, ni olas que rompieran sonoras contra la tierra, ni estrellas que brillasen palpitantes en lo alto del cielo.

Sólo las lenguas, las pieles, las respiraciones, la carne tan deseada del otro. Noche a noche, São fue entrando inesperadamente en el espacio del deseo, y caminó por él firme y segura, hasta llegar a la cumbre.

El último lunes que él debía pasar en Portimão, habían quedado a las nueve de la mañana para ir juntos a la playa. Pero antes de las ocho y media, Bigador ya estaba llamando al timbre. En cuanto ella le abrió la puerta, la agarró por la cintura y empezó a besarla despacio y largamente, en los ojos, y las mejillas, y la boca, milímetro a milímetro de sus labios, y luego el cuello y los pechos, muy despacio, lamiéndole cada poro como si fuera en ellos donde radicase la esencia de la vida. São sintió que aquel hombre hurgaba en lo más hondo de ella misma, que lograba extraerle del alma extraños secretos que ni siquiera ella sabía que existían. Y se entregó al placer con plena lucidez. Disfrutó de cada espasmo de goce, se abrió toda para que él entrase dentro de ella, depositó a sus pies su antigua rigidez de virgen. Alcanzó el paraíso que pueblan todos los amantes de todos los tiempos, el mundo al fin entrelazado de dos seres diversos que, por un instante, creen dejar atrás la soledad.

Cuando Bigador volvió a Lisboa tres días después, estaba claro que se habían enamorado. De pronto, todos los proyectos de São habían cambiado. Ella, que siempre se imaginaba una vida únicamente para sí misma, pensaba ahora en dos. Ella y él, su amor, dos columnas que se sostendrían la una a la otra tanto en los buenos como en los malos momentos. Él le había prometido buscarle una casa. Le había prometido ayudarla a encontrar trabajo.

Le había prometido enseñarle cada rincón de la ciudad. Le había prometido llevarla a bailar los sábados por la noche. Le había prometido que cuidaría de ella y nunca la dejaría llorar, aunque se sintiera desanimada, aunque echara de menos las oscuras lavas de Cabo Verde y los dragos altivos, aunque alguien quisiera insultarla llamándola negra, aunque el misterioso frío del invierno europeo se le metiera dentro de los huesos y la hiciera creerse frágil e inservible. Él estaría a su lado, y ella resplandecería y se sentiría hermosa junto a su hombre hermoso y resplandeciente, y toda esa belleza sería la belleza de Lisboa, de las calles agitadas y del metro ruidoso, la belleza del cielo sobre el ancho río y de las viejas piedras doradas, la belleza de la propia vida, que la asaltaba ahora desde cualquier rincón insospechado, dejándola conmovida y vacilante.

Las semanas que pasaron hasta su partida de Portimão transcurrieron muy despacio. Bigador la llamaba todos los días, a las seis en punto. São se echaba en su cama para atender el teléfono. Aunque el piso estaba vacío a aquellas horas, le parecía como si así estuviera más cerca de él. Eran largas conversaciones insulsas, charlas de enamorados, en las que se contaban las tonterías del día y se repetían el uno al otro las ganas que tenían de verse. Ella no acababa de comprender cómo era posible que a quinientos kilómetros de distancia hubiese un hombre que la echaba de menos, un hombre que estaba dispuesto a realizar esfuerzos por ella, que la quería y deseaba abrazarla y hacerle el amor. Pero todo tenía sentido. Él decía su nombre, y era como si nadie la hubiese llamado nunca antes. Se sabía valiosa y única, y ansiaba ser mucho mejor de lo que era para depositar todo lo que tenía de bueno entre las manos de él, entregarle como un regalo todo el placer, y también la alegría y la fortaleza y la capacidad de lucha.

Por las noches, hablaba a menudo con Liliana de lo que le estaba sucediendo. Su amiga trataba de convencerla de que fuese prudente:

—No deberías ser tan confiada —solía decirle—. Apenas sabes nada de él.

—Sí que sé —insistía São—. Sé que es bueno y cariñoso y trabajador. Le ha comprado una casa a su madre en Luanda. Y todos los meses le manda dinero. Un hombre que cuida así de su madre tiene que ser bueno.

—No te creas todo lo que cuenta de sí mismo sin tener pruebas. La gente tiende a embellecerse cuando quiere seducir a alguien. Date un poco de tiempo para conocerle mejor.

—¿Y eso qué significa? ¿Que deje de sentir lo que siento? ¿Crees que es posible quitarse el amor de encima como si te sacudieras el polvo?

—No, ya sé que no es posible. Sólo te digo que tengas cuidado, que estés un poco alerta. Quiérele y disfruta, pero vigila por si acaso te engaña.

São recordó lo que le había sucedido con don Jorge:

—Una vez tuve que decidir si me volvía desconfiada o seguía viviendo como si todo el mundo fuese a portarse siempre bien. No quiero encogerme sobre mí misma y andar por la vida igual que una vieja comida por la sospecha. Prefiero equivocarme. Pero estoy segura de que con Bigador no me equivoco.

Liliana suspiró, vencida:

—Espero que tengas razón. Pero si no la tienes, acuérdate de que yo estoy aquí...

Un día de finales de septiembre, cuando el bar y la pizzería la despidieron, São viajó de nuevo en autobús desde Portimão hasta Lisboa. Se sentía extrañamente tranquila. Tenía unas ganas enormes de ver a Bigador, pero estaba tan convencida de que él la quería, que hizo todo el viaje contemplando con calma el paisaje, sin atravesar ni un solo instante de zozobra, como un pez que se dejase llevar por las aguas del río hacia el único destino posible. Cuando llegó a la estación, él estaba esperándola. Había pedido la tarde libre para ir a recogerla. La forma en que se reconocieron entre la multitud y se miraron, descubriendo esa luz insólita que emana del otro cuando se le desea, la manera como se besaron y se abrazaron, igual que si no existiera nada más en el mundo que sus cuerpos, le hicieron entender que no estaba equivocada.

Durante casi una hora, cruzaron Lisboa en el coche de Bigador, cogiéndose de la mano cada vez que él podía soltar la palanca de cambios. Una semana antes, le había dicho que ya le había encontrado un lugar para vivir. La prima de un amigo suyo alquilaba una habitación. No era gran cosa, pero no costaba mucho y estaba bastante cerca de su casa. De esa manera podrían verse a menudo. Ahora, durante el trayecto, le anunció además que le había organizado una cita para un empleo al día siguiente. Sabía de una panadería donde necesitaban una dependienta. La anterior era amiga suya, y hablaría a su favor. Era una buena oportunidad. São gritó de alegría. No sabía cómo darle las gracias. O sí, cuidaría de él como ninguna mujer le había cuidado nunca. Sería su esposa y su hermana y su madre, si era eso lo que necesitaba. Iba a quererlo como jamás había querido a nadie.

La casa de María Sábado era muy triste. En realidad, todo era muy triste. El barrio de calles sucias, lleno de edificios iguales, desconchados y mugrientos, en los que se hacinaban cientos de inmigrantes, familias enteras venidas de África a costa de muchas deudas y de los ahorros de muchas vidas, amontonadas como insectos en los pisos minúsculos. Hombres que abandonaron un día la aldea de la sabana y cruzaron desiertos y montañas y mares y que malvivían vendiendo paraguas los días de lluvia y abanicos los de sol. Mujeres que huyeron de una ciudad miserable para evitar un matrimonio forzado, y las palizas, y la esclavitud, y que ahora limpiaban casas y escaleras y oficinas y hospitales por unas pocas monedas. Un cúmulo de gentes de orígenes distintos, de tribus enemigas, una colmena de olores y lenguas y músicas diferentes, noches de amor y noches de sexo y noches de muerte y noches de alcohol y noches de llanto y noches de cuchillos, infinidad de sueños rotos y una multitud de esperanzas, almas fracasadas y almas resignadas y almas coléricas y almas deshechas y almas poderosas, un enjambre de gentes sin arraigo, sin razones para quedarse ni para regresar, dueños de nada, sombras perdidas en un camino que debía conducirlas al paraíso y casi siempre las llevó al infierno.

El piso era un quinto sin ascensor. Había tres habitaciones pequeñas y un cuartito de estar. Vivían ya cinco personas, todos angoleños, tres mujeres y dos hombres. De momento, São podría dormir sola. La cama de arriba de la litera de su cuarto estaba libre. Un armario sin puertas y una mesilla desvencijada, ése era todo el mobiliario.

Apenas había luz. Abrió la ventana. Daba a un patio diminuto. Enfrente sólo se veía una pared grisácea y sucia. Una plantita reseca de rabanillo se agarraba aún con una fuerza misteriosa a una grieta. Se oían llantos de niños, gritos de mujeres, una voz cantando una canción muy triste, que parecía nacer del fondo de un pozo muy oscuro.

São volvió a cerrar. Estaba asustada. Había vivido en lugares feos y casi vacíos, sobrios como la celda de un monasterio. Pero ninguno le había resultado nunca tan desolador como aquel espacio agobiante. Le pareció que se iba a ahogar. María Sábado ni siquiera le había sonreído. Los dos hombres que estaban en el sofá de la sala viendo la televisión apenas la saludaron. Tendría que compartir la casa con ellos. Oiría sus respiraciones a través de los tabiques. Vería sus caras sombrías en cuanto abriese la puerta. No habría buenos días, ni risas, ni besos, ni preguntas sobre la jornada o la noche. Luego saldría y caminaría hacia la parada del autobús por aquellas calles amenazadoras, con los niños jugando solos entre los coches que circulaban tocando el claxon, figuras misteriosas en las esquinas, ruido de peleas en los bares... No estaba segura de ser capaz de vivir así.

Miró a Bigador. Él pareció comprenderla. Le sonrió y le acarició el pelo:

—Lo siento, cariño —le dijo en voz muy baja—. Sé que no te gusta y lo entiendo. No es un buen sitio para ti. Tú te mereces mucho más. Pero sólo serán unos días. Quería estar seguro de que estabas con alguien conocido, para que no te sintieras sola, y es lo único que encontré. En cuanto tengas un contrato en condiciones y un sueldo fijo, buscaremos algo mejor. Te lo prometo.

São se abrazó a él. El temor se desvaneció, como si el cuerpo del hombre se lo hubiera tragado.

Él esperó a que deshiciera la maleta y luego la invitó a cenar en un buen restaurante. Terminaron la noche en su casa, en una cama grande y mullida, deseándose y entregándose el uno al otro igual que si la vida empezase en aquel instante.

EL MAL VIENTO

Consiguió el empleo. Era mucho mejor de lo que ella había esperado. La tuvieron a prueba durante un mes, pero después le hicieron un contrato que le permitía solicitar los permisos de trabajo y de residencia. Cotizaron por ella a la Seguridad Social. Se emocionó al pensar que, si un día lo necesitaba, tendría médicos gratuitos y medicamentos y hospitales. La vida se estaba portando muy bien con ella, y ella trataba de devolverle todo lo que podía. No debía quejarse de nada.

Entraba a trabajar a las ocho y salía a las siete de la tarde. De una a tres, la panadería cerraba. São aprovechaba para hacer la compra y luego callejeaba por Lisboa, mientras se comía un sándwich o un trozo de empanada. Disfrutaba con su trabajo. La tienda estaba en el barrio de Alfama, en pleno centro. Había muchas viejecitas que iban cada mañana a comprar el pan, renqueando, arrastrando los pies a pasitos cortos, apoyándose derrotadas en un bastón. Algunas se quedaban allí mucho rato, y charlaban y le contaban cosas de los tiempos pasados, los padres, el buen marido que se había muerto demasiado pronto, los hijos que habían triunfado o se habían perdido en las drogas, y también los nietos que no venían nunca o venían muy a menudo, y las enfermedades, y los culebrones de la televisión que ella no veía. Le gustaban aquellas mujeres que llevaban la vida a cuestas como caracoles. La conmovían con sus pequeños recuerdos tan importantes, con aquella manera tímida y a la vez entusiasmada que tenían de alumbrar todos los recovecos de sus existencias, e ir recogiendo uno a uno los restos marchitos de las cosas que les habían sucedido, los amores y los abandonos, los tiempos de esplendor y las penurias, los triunfos y las derrotas, las inmensas alegrías y las lágrimas insoportables, cosas comunes que ellas sostenían sin embargo entre las manos como si fuesen delicadas piedras preciosas.

Los ancianos eran en cambio menos comunicativos. Casi todos parecían tristes y un poco perdidos, igual que si el tiempo les hubiera pasado por encima arrancándoles de la memoria los momentos luminosos. Pero había uno, don Carlos, con el que São se reía mucho. Todavía usaba sombrero, y buenos ternos algo desgastados de telas claras en verano y oscuras en invierno. Había vivido en Angola en su juventud, y se había casado con una angoleña que había muerto al poco de llegar a Portugal, dejándolo solo y sin hijos. La imagen de São debía de traerle muchos recuerdos, y todas las mañanas le hacía nostálgicas proposiciones:

—¡Ay, mi negrita —solía decirle—, si me hubieras conocido hace cuarenta años, me dejarías que te tratase como la reina que eres!

Y luego estaban las madres con los niños sonrosados para los que ella siempre guardaba caramelos, las trabajadoras que regresaban a casa a última hora de la tarde agotadas, sin fuerzas apenas para sonreír, los hombres jóvenes que madrugaban el sábado para ir a buscar apresurados el pan y el periódico, con ganas de volver a su piso y meterse de nuevo en la cama, las adolescentes enfurruñadas y nerviosas a las que obligaban a ir a la compra, los enamorados recientes que no querían separarse ni para bajar a por unos bollos...

São imaginaba todas aquellas vidas con sus afanes, y las comprendía, y se movía entre ellas con agilidad, sabiendo muy bien con quién debía ser paciente y con quién seca, a quién podía gastarle una broma y quién esperaba de ella tan sólo los formalismos habituales.

Entretanto, su relación con Bigador seguía adelante. Durante la semana sólo se veían los miércoles. Los dos madrugaban mucho y trabajaban hasta tarde, así que él le había propuesto esa restricción en los días laborables, porque lo cierto era que sus noches duraban hasta muy tarde, y no se podía ir a trabajar una mañana y otra con sueño y cansancio. Pero el fin de semana lo pasaban entero juntos, desde el sábado al mediodía, cuando terminaban sus jornadas, hasta última hora del domingo. Se instalaban en el piso de Bigador con la sensación de que aquel era el mejor lugar posible, y se pasaban horas haciendo el amor, y abrazados en la cama, medio adormecidos, sintiendo la deliciosa tibieza del cuerpo del otro. Por la noche salían a bailar. Al principio a São le sorprendía que la gente bailase en lugares cerrados. Pero pronto se acostumbró al bullicio de la discoteca, al humo y las luces y las músicas angoleñas, los kizombas, los sembas y los kuduros, que se le metían dentro de la sangre y la hacían sentirse como si lo que la rodeaba fuese irreal, todo salvo el cuerpo ondeante de Bigador, que la excitaba.

Los domingos, mientras él veía en la televisión los partidos de fútbol con algunos amigos, São limpiaba a fondo la casa, le planchaba la ropa y cocinaba, dejándole comida preparada para toda la semana. Aprendió a hacer los platos que a él le gustaban, guisos de pescado con maíz, funje de yuca, cordero muy picante con verduras, y se pasaba horas en la cocina, sintiéndose afortunada de poder ocuparse de él de esa manera, dichosa de pensar que cada noche se repondría de la dura jornada de trabajo comiendo aquellas cosas en las que ella ponía todo el cuidado de que era capaz.

Cada día estaba más enamorada de Bigador. Y cada día le resultaba más necesario. Su llegada a Lisboa habría sido muy dura sin su apoyo. Él le explicó todos los pasos que debía dar para arreglar sus papeles. La llevó a los rincones más bonitos de la ciudad. Le hizo comprender las costumbres portuguesas. Y, en cuanto firmó el contrato, la rescató de la horrible casa de María Sábado para trasladarla a otra mucho más decente. São se marchó de aquel piso sin haber cruzado ni una palabra con los demás habitantes. Nunca llegó a saber que María Sábado había sido violada una noche por siete guerrilleros borrachos, uno tras otro metiéndose brutalmente dentro de sus entrañas de adolescente encogidas y maltrechas, y que parió un niño al que abandonó en mitad de la selva, sobre las hojas descompuestas de los miombos. Que los dos hombres que solían sentarse en el sofá a ver la televisión y que apenas la saludaban eran dos desertores del ejército de Unita, con la piel manchada por la sangre de muchas víctimas. Y que las mujeres que dormían durante el día en la habitación de al lado de la suya y a las que jamás vio habían sido engañadas en un bar de Luanda por una madama que les prometió trabajo como camareras en un buen hotel de Europa y luego las secuestró y las amenazó de muerte para que ejercieran la prostitución en un club, y que ahora envejecían vendiendo sus cuerpos desesperanzados en las esquinas más mugrientas de Lisboa.

Bigador la instaló en su mismo barrio, en Corroios, al otro lado del puente 25 de Abril, en el piso de un amigo suyo que vivía con su mujer y alquilaba dos habitaciones. El cuarto de São era pequeño, pero al menos los muebles tenían buen aspecto. Y, sobre todo, por la ventana le entraba luz. Daba a un descampado por el que merodeaban los gatos, maullando y haciendo ruido entre los escombros. A ella no la molestaban, ni siquiera cuando la despertaban en plena noche. Le gustaba oírlos jactándose en medio de la oscuridad. Los veía como luchadores infatigables, pequeños seres frágiles que sobrevivían día a día teniéndolo todo en contra, el hambre y la sed y el tráfico. Había también un cerezo, un arbolillo endeble que debía de haber crecido solo, aferrándose furiosamente a la humedad del suelo. Todas las mañanas lo miraba y recordaba los frutales de las huertas de Queimada, con sus olores dulzones y las hojas bailoteando en el viento. Pero cuando el sol se alejó cada vez más en el cielo y llegó el otoño, el cerezo comenzó a volverse rojizo y las hojas fueron cayendo lentamente. Ya había aprendido que en primavera volvería a brotar. Sin embargo, el día en que por fin le vio el tronco desnudo y patético, sintió pena. Aquella noche se lo contó a Bigador. Creyó que iba a entenderla pero, inesperadamente, el hombre resopló y luego se echó a reír con desprecio:

—¿Se puede tener pena por un árbol...? —le dijo—. ¡No te comportes como una idiota!

En ese instante lo vio por primera vez. Un gesto raro, la boca torcida hacia la izquierda, el labio de arriba separado, dejando entrever los dientes, y algo rojizo en el fondo de los ojos, un destello del que parecían emanar rabia e ira. Se quedó callada durante unos instantes, asustada y, a la vez, dudando de sí misma. Estaban en la cama. Él se levantó y fue al baño. Antes de regresar, puso música, un semba lento. Entró en la habitación bailando, agitando las caderas mientras mantenía los brazos abiertos en el aire. Se echó en la cama. La besó muy suavemente y le cantó toda la canción al oído. Incomprensibles palabras en kimbundu que São deseó que fuesen de amor. Al terminar, le dijo en voz muy baja: te quiero. Ella se apretó fuerte contra él, como si pretendiera desintegrarse. Yo también te quiero, susurró. Bigador se levantó y abrió la ventana:

—¡São me quiere! —gritó—. ¡Enteraos bien! ¡São me quiere! ¡Soy el hombre con más suerte del mundo!

Y luego se abalanzó sobre ella y se la comió a besos.

Cuando se quedó embarazada, en mayo, Bigador se puso muy contento. São al principio sintió miedo. Aunque desde que estaba con él había pensado a veces silenciosamente en la posibilidad de tener hijos, no estaba muy segura aún de que fuera el momento adecuado. Pero al ver que él se alegraba tanto, que le acariciaba la tripa entusiasmado y enseguida empezaba a imaginar el nombre que le pondrían —André, o Jorge, o Edson, sólo nombres de chicos, porque estaba convencido de que sería un chico—, empezó a pensar en la vida a tres, ella y Bigador y una criatura minúscula y vulnerable junto a los dos. Y le gustó la idea, a pesar de que sabía lo difícil que iba a resultar poder cuidarla con sus largas jornadas de trabajo y sin ninguna ayuda familiar. Pero se las arreglarían. Todo el mundo se las acababa arreglando. Parecía como si los hijos aguzasen el ingenio e hicieran que se te ocurriesen ideas que nueve meses antes ni se te hubieran pasado por la imaginación.

Él le propuso enseguida que se fuera a vivir a su casa. São aceptó sin pensárselo. Eso era lo normal. Una familia, tener un hogar, como todo el mundo. Y además, por las noches se sentía sola en su habitación. Le gustaba dormirse abrazada a él, y ahora necesitaba más que nunca que estuviese cerca y se preocupara por ella. Cuando estuviera gorda y pesada, sería bueno que se levantase a buscarle un vaso de agua si le entraba la sed. Sólo quería eso: pequeños gestos, un poco de ternura, alguien que hiciese un esfuerzo de vez en cuando para ayudarla. El embarazo le había dado mucha fuerza. Estaba alegre y tranquila, y se veía capaz de realizar cosas que antes ni se hubiera planteado. Pedirle a su jefe sin vergüenza las horas que le hacían falta para ir al médico, por ejemplo. O sostener la mirada sin sonrojarse a quienes la trataban con desprecio. Pero, a la vez, necesitaba sentirse más protegida que nunca, ubicarse en un espacio cálido y cómodo, donde todo transcurriera con suavidad, libre de cualquier zozobra.

Cuando se despidió de su cuarto solitario y trasladaron su única maleta al piso en el coche de Bigador, tuvo la sensación de que era la mujer más feliz del mundo. Hacía un día hermoso. La gente caminaba ligera y parecía despreocupada. Tal vez a todos les esperase en casa una amante de piel resplandeciente, un marido con los ojos brillantes de deseo. Sobre el puente y la desembocadura del río se pavoneaban alborotadas las gaviotas. La luz se reflejaba en sus alas y rebotaba luego en el aire, dejando un leve rastro violáceo que se esfumaba en un instante. Pasaron junto a una acacia florecida. Un soplo de viento ligero arrancó algunos pétalos, que entraron por la ventanilla y cayeron sobre su vestido. São se echó a reír: flores africanas bendiciendo su cuerpo. Llevaba un hijo del hombre al que amaba dentro de ella. ¿Podía pedirle algo más a la vida? Cogió una de las manos de él, la separó con fuerza del volante y la besó, muchas, muchas veces, hasta que Bigador logró soltarse y volvió a concentrarse en la conducción:

—No seas pesada —le dijo—, nos vamos a estrellar por tu culpa.

La pesadilla se repetía una y otra vez. Él estaba nadando en medio del océano. El mar era verde y claro, pero ella sabía que bajo aquella aparente calma había cientos y cientos de metros de oscuridad y pavor. Nadaba y jugaba y sonreía y se daba la vuelta. Pero, de pronto, algo sucedía. Su cara se transformaba. Tenía miedo. Se volvía débil como un niño. São sabía que corría peligro. Entonces estiraba la mano desde donde quiera que estuviese para sujetarlo. Él, sin embargo, la rechazaba. Era como si no quisiese que ella le ayudara. Como si prefiriese ahogarse, dejarse tragar por las aguas oscuras, antes de que ella lo sostuviera.

Se despertaba sudando en medio de la noche. La ventana estaba abierta, pero no soplaba ni una brizna de aire. No se abrazaba a Bigador por no molestarlo: le costaba mucho dormirse, y se enfadaba si algo lo desvelaba. Así que solía levantarse y sentarse durante un rato en la sala, hasta que se tranquilizaba. Sabía que aquel sueño quería decir algo. Jovita le había explicado muchas veces que las imágenes que nos llegan mientras dormimos son mensajes del otro mundo, advertencias de los espíritus, y que había que aprender a interpretarlas. Pero no era tan fácil. El lenguaje de los muertos era enrevesado y a menudo absurdo. Si lo interpretaba de una manera lógica, la pesadilla parecía querer indicar que a su hombre iba a sucederle algo malo. Sin embargo, estaba segura de que no era eso. Le parecía que tenía que ver más bien con la forma como él la trataba últimamente.

Algo le sucedía desde que ella se había instalado en la casa. Había una especie de mal humor flotando por las habitaciones, silencios y caras serias y algún que otro grito. Portazos y a veces, cuando su equipo de fútbol perdía, puñetazos en la mesa que la sobrecogían. Ya no la besaba con entusiasmo al llegar o al irse, como ocurría antes de vivir juntos, cuando al verla la sujetaba por la cintura y la levantaba en el aire y la estrechaba fuertemente. Parecía como si ya no le gustase estar con ella. Ahora regresaba tarde a menudo, después de haberse tomado unas cervezas con los amigos, y al entrar sólo le preguntaba qué había preparado para cenar, como si no le importase lo que a ella hubiera podido ocurrirle. Luego cenaba con la tele puesta, y a veces ni siquiera le dirigía la palabra. Era como si le molestase, como si su presencia allí estuviera perturbando su intimidad y no supiera encontrar otra manera de decírselo más que el desprecio.

Una noche estuvo muy desagradable. A São le había dolido la cabeza durante todo el día. Aquella molestia cada vez iba a más a medida que pasaban las horas. Sentía incluso un latido agudo en la sien derecha, y los ojos le lloriqueaban. Pero no se atrevió a tomar nada a causa del niño. Cuando llegó a casa, humedeció un paño en vinagre y se lo puso sobre la frente. Se tendió en el sofá y dejó que fuera llegando lentamente la oscuridad, que parecía aliviarla. Al fin cerró los ojos y se quedó medio dormida. Debían de ser alrededor de las once cuando oyó que se abría la puerta. Bigador la cerró con todas sus fuerzas, dando un golpe terrible que a ella le resonó dentro del cráneo, y casi al mismo tiempo encendió todas las luces. Más tarde, cuando todo hubo terminado, São se dio cuenta de que las ventanas del piso estaban abiertas. Seguramente los vecinos habían oído los gritos repentinos del hombre:

—¿Qué ocurre aquí...? —chilló—. ¿Por qué está todo apagado...?

Ella se incorporó en el sofá, atónita:

—Me duele la cabeza...

—¿Te duele la cabeza...? ¡Pues te aguantas! ¡No quiero llegar a mi casa y que parezca que se ha muerto alguien!

—Pero Bigador...

—¡Que sea la última vez! ¡Y no te molestes en ponerme la cena! ¡Se me ha quitado el hambre!

Se fue a la cama sin decir una palabra más. A los dos minutos estaba dormido. São le oía respirar desde el sofá. Se quedó allí toda la noche, despierta hasta casi el amanecer. Al principio no lograba entender lo que había sucedido. Era como si de pronto él fuese una persona diferente, alguien a quien no conocía, un hombre al que ella no amaba, desagradable y airado. Pero no quería ponerse triste o enfadarse a su vez con él. Lo único que quería era saber por qué le ocurrían aquellas cosas. Cuál era la razón de su malestar y su rabia, de aquella manera repentina que tenía de detestarla, como si dentro de él estuviera creciendo un odio inesperado que devoraba poco a poco la ternura. Quería comprender qué estaba pasando dentro de su cabeza. Era probable que le molestase su presencia en un espacio que había sido sólo suyo durante mucho tiempo. Y que estuviese nervioso ante el hecho de estar a punto de tener un hijo. Al fin y al cabo, no era lo mismo el embarazo para una mujer que para un hombre. Ella sentía a su bebé dentro, moviéndose y haciéndose sitio, alimentándose y creciendo gracias a su propio cuerpo. Formaba parte de ella con la misma naturalidad que sus manos. Era un pedacito de sí misma, carne de su carne, un corazón latiendo junto a su propio corazón, y esa sensación resultaba luminosa y llena de vida. Para él en cambio el niño no dejaba de ser algo ajeno y extraño, tal vez un fantasma que amenazaba su bienestar. Seguro que estaba asustado. Por eso en su sueño se volvía pequeño y frágil, aunque no quisiera reconocerlo. Debía ser paciente. Tenía que demostrarle que ningún niño del mundo podría robarle ni un átomo minúsculo de su amor por él.

Cuando el hombre se levantó por la mañana, São dormía en el sofá, con las manos encima de su barriga, sudorosa e incómoda. La besó en los labios y en los párpados.

—Perdóname por lo de anoche —le dijo en cuanto ella abrió los ojos—. No sé qué me ocurrió. Había bebido demasiado y no me encontraba bien. Te juro que no volverá a pasar.

Ella se agarró a su cuello:

—¿Tú sabes cuánto te quiero?

—Sí, sí que lo sé.

—Nada va a separarnos. Puedes estar seguro.

—Lo estoy. Seremos tres, y será como si fuéramos uno.

—Eso es, vida mía. Y yo te querré todavía más. Si es que eso es posible...

A finales de junio, el dueño de la panadería le preguntó a São cuándo quería cogerse las vacaciones. Ella sabía que a Bigador le obligaban a descansar en agosto, así que pidió el mismo mes. Habían hablado de ir a pasar una semana a Portimão. Alquilarían un apartamento, como él había hecho el año pasado. Pero esta vez ella no tendría que ir a trabajar. Descansarían, dormirían mucho, irían a la playa. São nunca había tenido unas vacaciones así. Se sentía excitada y contenta, y no paraba de imaginarse cómo sería el piso, con una terraza mirando al mar donde desayunarían por las mañanas, y un dormitorio con un ventilador en el techo para echarse la siesta al volver de la playa. Por las noches, cuando llegaban del trabajo, hacían cuentas de lo que les costaría. No podían gastar mucho por causa del bebé, así que Bigador le dijo que tendrían que comer y cenar en casa. A ella no le preocupó. Lo único importante, le dijo, era que estarían todo el tiempo juntos sin necesidad de estar pendientes de la hora. Y le hizo prometer que se quitarían los relojes antes de salir de Lisboa.

Pero un par de semanas después, el propietario la llamó por teléfono para informarla de que no encontraba a nadie de confianza que la sustituyera en agosto. Tendría que esperar hasta septiembre para poder descansar. Se sintió apenada por Bigador. Estaba tan cansado después de todo un año trabajando duramente, había hecho tantos planes, y ahora tenía que decirle que no podrían irse. A ella no le importaba. Si se quedaban en casa, aprovecharía para comprar algunas cosas para el niño y prepararle su habitación. Pero dejarle a él sin vacaciones le parecía una injusticia.

Aquella tarde se apresuró a cerrar la panadería y a coger el autobús para llegar pronto al piso. Preparó una buena cena para él, un guiso de rodaballo con verduras muy especiadas, y patatas asadas con mantequilla. Puso el mejor mantel que tenía, uno blanco bordado que había comprado el año anterior en Portimão, y colocó en el centro un ramo de margaritas. Quería que todo estuviese lo más perfecto posible para compensarle por la mala noticia.

Bigador se sorprendió cuando llegó y vio la mesa puesta de esa manera:

—¡Vaya! ¿Qué celebramos? ¿Te han subido el sueldo?

—No, cariño. En realidad no celebramos nada. Es más bien lo contrario.

Él se sentó, dispuesto a escuchar lo que fuese:

—¿Qué pasa?

—Nada grave, no te preocupes. Es sólo que no puedo cogerme las vacaciones hasta septiembre. Lo siento muchísimo.

El hombre se quedó callado. Al cabo de un rato, São se acercó y le acarició la cara:

—De verdad que lo siento. Sé cuánto necesitas esos días de descanso.

Intentó besarle, pero él la rechazó:

—¿Qué le has dicho a tu jefe?

—Nada. ¿Qué querías que le dijera...?

—Que tú te ibas en agosto, pasara lo que pasara.

—¡Pero no puedo decirle eso, seguro que me echa...!

Bigador iba alzando la voz cada vez más:

—¿Y qué si te echa? ¿Es que no hay más trabajos?

—Pero...

—¡No has pensado en mí! ¡Nunca piensas en mí! ¡Así es como me pagas todo lo que hago por ti y por el niño!

São se sintió de pronto pequeña y débil, como un insecto a punto de ser pisoteado. Rompió a llorar desconsoladamente. Se refugió en una esquina y se apretó contra las paredes calientes. No sabía qué hacer, qué decir. Sólo quería que aquello terminase pronto, que él dejara de gritarle, que los minutos que estaba viviendo se desvaneciesen, y el tiempo volviera atrás y Bigador entrase de nuevo por la puerta y la abrazara cuando ella le dijese que no podían irse al Algarve, y le susurrara que no importaba, que lo único importante era estar juntos y bien y seguir queriéndose como se querían. Sentía mucha pena. Una pena enorme, gigantesca, que pesaba sobre ella como si de pronto cargase una montaña en sus espaldas. ¿Era posible que todo fracasase así, en unos segundos, todo su proyecto de vida, el amor, la familia, el mutuo apoyo y la comprensión?

El hombre se abalanzó hacia la mesa y, de un manotazo, tiró al suelo los vasos y el jarrón con las flores.

—¡¡Id a la mierda, tú y tus vacaciones!!

Salió dando un portazo inmenso, que retumbó en la casa igual que el estallido de una bomba. São sintió cómo se movían las paredes, y también el niño dentro de ella, agitado, como si tratara de protegerse de aquel estruendo. Ella en cambio estaba paralizada. Se quedó allí de pie, sollozando, y poco a poco fue deslizándose hasta que se dejó caer en el suelo. El agua del jarrón había formado un charco sobre los azulejos, y ahora goteaba lenta y rítmicamente.

Aún no podía darse cuenta, pero ella, que había sido valiente y justa consigo misma, que había crecido llena de fortaleza y de solidez, estaba a punto de convertirse en una pobre mujer deshecha, con la mitad del alma arrancada a mordiscos por el hombre al que amaba, el hombre que juraba que la quería intensamente. ¿Pero cómo decirte a ti misma que ese hombre que has creído elegir entre todos sólo intenta destrozarte? ¿Cómo confesarte que tu amor no camina hacia la luz que debe iluminar a los seres que han decidido compartir un pedazo de sus vidas depositando la confianza del uno en el otro, sino que ha tomado el camino retorcido y peligroso que lleva al otro lado, allí donde los rayos se desintegran convirtiéndose en oscuridad y caos?

Cuando logró recuperarse, pensó en irse. Cogería su maleta y saldría por la puerta para no regresar nunca más. No se sentía capaz de soportar que Bigador volviese a gritarle. Llamaría a Liliana. Ella la ayudaría. Ella sabría encontrar las palabras adecuadas para sostenerla. La cuidaría, y el dolor del fracaso se iría desvaneciendo poco a poco. Sería de nuevo una mujer sin un hombre, una mujer sin un cuerpo contra el cual apretarse en las noches frías. ¡Dios, cómo echaría de menos aquel cuerpo! ¡Cómo recordaría el deseo y el placer, y las interminables caricias! ¡Qué sola se sentiría cuando tuviese que llegar a un cuarto triste de alguna casucha triste y no estuviese ese rostro amado, con sus grandes ojos oscuros y los labios anhelantes! No habría nadie para contarle las cosas que le habían sucedido durante el día. Nadie con quien pasar la tarde del sábado muerta de risa y de sueño y de ternura, nadie de cuya mano pasear el domingo por la mañana a la orilla del río, oyendo los gritos desaforados de las gaviotas y pensando en las benditas horas para estar juntos que aún quedaban por delante.

No habría nadie que la ayudase a criar a su niño. Su niño no tendría padre. Alguna visita de vez en cuando. Con suerte, un fin de semana de cada muchos cuando creciese y ya no se hiciese caca en los pañales y pudiera caminar por sí mismo. Sería así hasta que Bigador se fuera a cualquier otro lugar, un inmigrante que cambia de ciudad o regresa a su país, o hasta que tuviese otra mujer y otros hijos y se olvidase de él, como si sólo hubiera sido un dibujo en un cuento infantil, una foto perdida en el fondo de un cajón, descolorida, que representa a alguien a quien creemos haber conocido en algún momento lejano de nuestras vidas pero cuyo nombre ya ni siquiera recordamos. Una vez tuve un hijo, pero no me acuerdo de cómo se llamaba...

¿Y él? ¿Y Bigador? ¿Qué pensaría al llegar a la casa y verla vacía, las copas tiradas, las flores esparcidas sobre la mesa, la cazuela con el guiso de pescado en la cocina, tal y como ella la había dejado? ¿Qué dolor sentiría al darse cuenta de que se había ido? ¿Cómo serían sus noches sin ella? ¿Cuántas horas se pasaría sin dormir, echándola de menos, dando vueltas en la cama, imaginando su cuerpo acurrucado contra el de él? ¿Quién le cuidaría? ¿Quién mantendría su ropa limpia, su baño fregado, su comida preparada? ¿Quién le masajearía cuando llegase agotado de la obra, relajándole con fuerza cada músculo?

Tenía que quedarse. No podía irse de allí dándole la espalda a todas las cosas hermosas que ambos poseían, el amor y el deseo y las ganas de estar juntos y criar un hijo. Sería muy injusta si se deshacía de todo aquello y lo tiraba a la basura como si no fuese importante. Querer a alguien como ella quería a Bigador era un privilegio, y una no podía andar por la vida arrojando lejos de sí los privilegios que ella le concedía. Se puso a rezar. Hacía mucho que no rezaba, pero ahora se puso a rezar. Por ella y por él y por su hijo. Le pidió al dios que fuese que Bigador se tranquilizara, que no volviese a chillarle. Le pidió que le perdonase por su mal humor. Y que les devolviera íntegro su amor a los dos. Y terminó durmiéndose, agotada, y soñó de nuevo con él, aunque ahora no nadaba en el mar, sino en el charco que el agua del jarrón había formado en el suelo, y que se había convertido en un océano inmenso. Nadaba en medio del peligro, y ella le tendía la mano, pero él se daba la vuelta y seguía nadando en dirección contraria, alejándose cada vez más hacia un horizonte invisible en el que flotaba la niebla.

Bigador tardó tres días en volver a casa. São estaba angustiada. Lo llamó un montón de veces a su móvil, pero no le contestó. En cambio, no se atrevió a telefonear a ninguno de sus amigos: era probable que estuviera con alguno de ellos, pero, de no ser así, le molestaría que se enteraran de que habían tenido una pelea. No quería que se enfadase más. No podía soportar la idea de que, a su regreso, volviera a gritarle y a dar golpes a las cosas. Cuando pensaba en eso, se ponía de nuevo a llorar.

Pero él llegó sin embargo preocupado, cabizbajo, intentando sonreír aunque la vergüenza y la tristeza se lo impedían. Le traía un frasco de su perfume favorito, el que ella siempre se ponía cuando entraban en unos grandes almacenes y que nunca había podido comprarse porque era muy caro. Le pidió perdón con lágrimas en los ojos. Le hizo el amor con una ternura infinita, y aquella noche durmieron abrazados, más cerca el uno del otro que nunca, sintiendo ella los latidos breves y pausados del corazón de él, y él el olor tan fresco de su pelo revuelto.

Los primeros golpes llegaron unas semanas después, en pleno agosto, en medio de las tristes vacaciones que nunca pudieron pasar juntos. Llegaron como llega un terremoto, una catástrofe cualquiera, inesperadamente, aunque hubiesen existido todos aquellos signos que los anunciaban desde tiempo atrás, aquellos signos que la mente de São veía y se empeñaba sin embargo en no ver.

Era un viernes por la noche. Lisboa ardía. El calor había ido concentrándose a lo largo del verano en las calles, inundando el asfalto y las paredes de las casas y los tiradores de las puertas. Hasta los árboles desprendían calor, como si un fuego invisible los estuviera devorando por dentro y lanzara luego sus vahos hacia el aire. Ella había trabajado todo el día. Estaba agotada. Su cuerpo era fuerte, pero el embarazo parecía menguar su resistencia. Se le habían hinchado las piernas y le dolían los riñones, como si alguien estuviera dándole latigazos allí, a la altura de la cintura. Llegó a casa con el único deseo en la cabeza de descansar, cenar algo rápidamente y acostarse pronto para volver a madrugar a la mañana siguiente.

Se encontró a Bigador tirado en el sofá, dormido. Había cinco o seis latas vacías de cerveza encima de la mesa.

La televisión estaba puesta a todo volumen. Una película en la que unos tipos se daban puñetazos y se perseguían unos a otros en coche, produciendo un ruido infernal. São quitó el sonido antes de acercarse al hombre y besarlo:

—Hola, cariño.

Él abrió los ojos y se estiró, bostezando:

—Hola.

—¿Qué tal tu día?

—Aburrido. No he hecho nada.

—¿No has salido?

—No. No tenía ganas.

—Pues yo estoy cansada con este calor. Mira las piernas, cómo se me han hinchado...

Bigador echó un vistazo:

—¡Vaya...! ¿Qué hay de cena?

—Arroz con bacalao. Lo dejé hecho ayer. ¿Te importa calentarlo? Necesito tumbarme un poco.

—Sabes que no me gusta el arroz recalentado...

São sintió cómo la sangre le subía por todo el cuerpo y comenzaba a bombearle en las sienes, una oleada de rabia que enseguida fue acallada por el miedo, igual que el agua silencia el fuego. Comprendió que el hombre estaba al borde de uno de sus ataques de ira. No quería oírle. No quería que sus gritos cayesen sobre ella como piedras afiladas. No lo soportaría. Le faltaban las fuerzas para enfrentarse a su cólera. Tenía la sensación de que, si él le gritaba, ella se desharía, se desvanecería en el aire, de la misma manera que se desvanecen los espectros. Sin darse cuenta, había entrado en la cueva donde se aloja el miedo, en ese ámbito terrible y rojizo en el que la víctima prefiere sacrificarse a sí misma antes que provocar de nuevo la ira de su verdugo. Así que no dijo nada. Fue a la habitación y se puso un vestido de andar por casa. Luego volvió a la cocina, silenciosa, y preparó la cena. Calentó el arroz, extendió el mantel, colocó los cubiertos y los vasos, sacó del frigorífico una cerveza para él y la botella de agua para ella, partió el pan, sirvió los platos.

Se sentaron a la mesa. Para entonces, São ya había superado el mal momento. Había ido haciéndolo más pequeño dentro de sí misma, reduciéndolo con esfuerzo hasta que sólo fue una diminuta mota oscura dentro de su cerebro. Intentó hablar de las cosas que le habían sucedido en la panadería, de doña Luisa, la viejecita de la esquina, que había llegado muy contenta y había estado contemplándose un largo rato en el cristal del escaparate porque su vecino del quinto, aquel chico tan guapo, le había dicho al encontrársela por la escalera que cada día parecía más joven, y que era una pena que él ya tuviera novia, porque si no le iría detrás. Y de Elisa, la niña tan preciosa de la primera bocacalle, que le había preguntado si era verdad que iba a tener un bebé y cómo se hacían los bebés y quién era su marido.

Bigador apenas contestaba. Había vuelto a poner la televisión, y ahora veía un partido de fútbol que le hizo dar un par de puñetazos en la mesa y pegar alguna que otra voz. São terminó de cenar en silencio. Deseó que el juego durase mucho para poder irse sola a la cama y estar ya dormida cuando él se acostara. En cuanto acabó, se levantó y recogió la mesa. Luego fregó los platos, los secó y colocó todo en su sitio. Pasó la bayeta por la cocina, el fregadero y la encimera. Ya podía acostarse. Bigador había cogido otra cerveza y estaba de nuevo tendido en el sofá. Seguía viendo el fútbol, pero el partido debía de ser poco interesante, porque ahora estaba callado y tranquilo. Se acercó a él de camino hacia el dormitorio:

—Buenas noches —le dijo.

—¿Ya te vas a la cama?

—Sí, estoy muerta, no puedo más.

—¿No vamos a salir?

—¿A salir...?

—Es viernes, tengo vacaciones, y estoy harto de estar en casa.

São sintió un latigazo de dolor en los riñones, como si el miedo se le estuviese enganchando allí, preparándose para expandirse por todo su cuerpo. Trató de controlarse. Le pareció que era mejor que él no lo sospechara:

—Lo siento, cariño. Estoy agotada, de verdad, y tengo que madrugar. Saldremos mañana, te lo prometo.

Bigador se había mantenido muy calmado hasta ese momento, hablando en voz baja, tranquilo, como una fiera que acecha a su víctima sin hacer ruido. Ahora empezó a gritar:

—¡Me has jodido las vacaciones! ¡No he podido ir al Algarve por tu culpa! ¡Y ahora no puedo ni salir a tomar una copa! ¡Sigue jodiéndome, a ver hasta dónde eres capaz de llegar!

São susurró:

—Vete tú. No me importa. Yo no puedo.

—¿No te importa...? ¿No te importa...?

Y entonces se abalanzó sobre ella. El puño enorme le golpeó un pómulo, una, dos, tres veces. La otra mano gigantesca le sujetó los brazos que trataban de hacer frente a aquella mole inesperada, a toda esa brutalidad que se había precipitado encima de ella en un instante, desbaratando su orgullo de ser mujer, el ensimismamiento de su amor, su ciega confianza en la vida que había ido construyéndose, el refugio que había intentado levantar fervientemente para ella misma y él y su hijo contra la hostilidad y los malos vientos. No le dolía el cuerpo, no sentía los golpes, pero sabía que a medida que la alcanzaban, una parte importante de sí misma estaba huyendo hacia la nada, y no regresaría nunca más.

Bigador seguía gritando:

—¿Te estás enterando de lo que te importa? —alzó el puño en el aire y lo mantuvo allí amenazador, muy cerca de su cara—. ¿Vas a seguir jodiéndome? ¡Di! ¿Vas a seguir jodiéndome?

São movió la cabeza y susurró:

—No...

La voz del hombre volvió a ser suave:

—Bien, así me gusta.

La soltó. Luego se dirigió a la puerta y salió. Ella se sentó en el sofá. Estaba vacía. Sólo era capaz de observar su cuerpo. Sólo le importaba comprobar que no sentía un dolor repentino en el vientre. Que no había un rastro de sangre en el cojín. Un coche aparcó en la calle y comenzó a tocar el claxon. Por las ventanillas abiertas sonaba un kizomba. São fue siguiéndolo, cantando en voz muy baja, arrímate a mí, mi negra, arrímate a mí, si tú vienes, yo seré un colchón de arena, una manta de estrellas, arrímate a mí. El pómulo comenzó a palpitar. La carne le latía por debajo de la piel. Se lo tocó despacio con la yema de los dedos. Acabó dejando la mano encima. La mano estaba helada. Aquel frío sobre el pómulo caliente era bueno.

Tenía que llamar a Liliana. Liliana iría a buscarla y la acompañaría a un hospital. Sólo Liliana sería capaz de sacarla de allí y construir un puente para ella que la llevase de nuevo a la realidad, al verano caliente y húmedo, a la alegría del niño dentro de su cuerpo, a los helados de chocolate que tanto le gustaba tomar al mediodía, a la sombra consoladora de los árboles, a todos los proyectos y esperanzas y deliciosos momentos de placer de que debía estar hecha la vida de una mujer embarazada. Lejos de la cueva roja del miedo, de las amenazas y la angustia y la asfixia.

Pero no podía llamarla. Ella la había avisado. Había percibido algo en Bigador, quizás aquel gesto, la boca torcida hacia la izquierda, los labios dejando entrever los dientes, y el destello perturbador en el fondo de los ojos. Al principio le había dicho que no se fiara de él. Y, de alguna manera, se lo había intentado repetir muchas veces en los últimos meses.

Sólo se habían visto en un par de ocasiones desde que estaba embarazada. São no podía quedar con ella más a menudo porque a Bigador no le caía bien.

—Esa amiga tuya —solía decirle—, ¿de qué va? Me pone muy nervioso con su rollo feminista. Me trata fatal, como si yo fuera un monstruo.

Ella intentaba convencerle de que no era cierto, aunque sabía que a Liliana no acababa de gustarle mucho aquel hombre. Pero Bigador insistía. Se negó a ir a dos o tres cenas que Liliana había organizado en su casa, y también a invitarla a su propio piso.

—Preferiría que no te vieses con ella —terminó por decirle—. Va a contagiarte sus ideas, y esas ideas son muy malas para una familia, para una madre con un hijo y un marido, como vas a ser tú.

São no quería renunciar a su amiga. Esa relación era

muy importante para ella. Cuando estaban juntas, parecía como si se crease a su alrededor un espacio que tenía que ver con la infancia, como si fueran dos niñas caminando de la mano por las tierras volcánicas de Cabo Verde y contándose la una a la otra sus pequeños sueños. Decidió que seguiría viéndola, aunque no le diría nada a Bigador. Sin embargo, aquello no funcionó. Quedaron dos días a la hora de comer. Se puso nerviosa: parecía como si estuviera haciendo algo malo, y tenía la impresión de que él podría entrar en cualquier momento en el café. Así que comenzó a darle excusas. Un día tenía que ir al médico, otro iba a reunirse con la prima de su madre, o debía ayudar a una clienta anciana a limpiar su piso. Liliana comprendió perfectamente lo que le pasaba, y no pidió explicaciones. Aun así, la llamaba por teléfono dos o tres veces a la semana a la panadería, y solía decirle lo mismo:

—¿Qué tal estás?

—Muy bien, cada día un poco más gorda.

—¿Todo va bien? —Y aquel «todo» parecía contener un universo entero.

—Sí, sí, perfecto. No hay ningún problema.

—Ya sabes que puedes contar siempre conmigo si me necesitas. Para lo que sea. De día y de noche.

São sentía mucha tristeza al oír esas palabras, como si fueran una premonición de algo vago y peligroso que por nada del mundo quería que sucediera. Pero a la vez le daban calma: estaba segura de que Liliana estaría allí si esa cosa inimaginable llegaba a ocurrir. Luego se ponían a hablar de cualquier asunto, de la reciente sesión de fotos de Liliana, del último libro que había leído o de los jerséis que las dos iban tejiendo con paciencia para el bebé, São despacio, sentada tranquila en su silla de la panadería, mientras esperaba a los clientes, y su amiga por las noches, atropelladamente, haciendo y deshaciendo una y otra vez las mismas vueltas en las que siempre cometía alguna falta.

No podía llamarla. Le había mentido. Le había dicho que quería a Bigador porque era dulce y cariñoso como un niño y firme y tranquilo como un hombre muy mayor. Y ahora ya no sabía si lo quería. Tan sólo estaba segura de que deseaba que desapareciera, igual que las nubes de tormenta cuando las azota el viento. Que tuviera que regresar a Angola por alguna urgencia y no volviera nunca más. Que se lo tragase la tierra.

Ni siquiera sabía por qué lo había querido tanto. Tal vez porque él la engañó y le hizo creer que era realmente así. O acaso porque ella confundió su cuerpo con su alma, y pensó que la extraordinaria belleza de su sexo erguido era prueba suficiente de su bondad. Quizá sólo porque necesitaba querer a alguien y estar convencida de que alguien la quería a ella. Siempre había intuido que el amor podía ser algo caótico y peligroso, una estrategia de la parte más burlona de la vida para empujarla hasta un callejón y obligarla a pegarse a la pared y convertirla en un blanco perfecto contra el que fueran a clavarse flechas envenenadas y agudas puntas de lanza. Debería haber prestado atención a aquella voz que le hablaba en las profundidades de la mente.

No podía llamarla. Sentía vergüenza. Una vergüenza terrible por haber permitido que aquel hombre se atreviera a llegar hasta allí. Por haberle amado de aquella manera loca y confiada. Por haberse quedado embarazada de él. Y por estar pensando, deseando, soñando, ahora, en aquel mismo momento, que llegaría arrepentido, que se arrojaría a sus pies y le imploraría el perdón, que volvería a ser el buen Bigador de los comienzos. Su verdadero amor.

Se dio cuenta de que estaba sola. Y la soledad era como un montón de cenizas que cubrían los ojos y sabían mal. Fue al baño y se miró en el espejo. Tenía todo el lado izquierdo de la cara rojo e hinchado. Entonces notó lo mucho que le dolía, como si un cuchillo la estuviera partiendo en dos, y se puso a vomitar.

SÃO Y YO

Cuando São llegó a Madrid, André tenía poco más de un año. Era un niño precioso, con unos inmensos ojos oscuros y una enorme cantidad de pelo rizado. Pero, sobre todo, era un niño alegre como un cachorro, siempre correteando y tratando de hablar sin parar y moviendo el cuerpecillo apenas se oía una música. Con él, a São le desaparecían todas las tristezas. Ya el día que nació, en cuanto lo tuvo por primera vez sobre su pecho, abriendo y cerrando la boca y esforzándose por observarla con su mirada tranquila y llena de gratitud, sintió que la sangre se ponía a fluir más ligera por sus venas, que el cuerpo se le volvía leve a pesar de todo el esfuerzo que había tenido que hacer, y le entraron ganas de echar a correr con aquella criatura diminuta en los brazos, y cruzar ríos y lagos y páramos y bosques y llegar hasta la cima del monte más alto de la tierra, y darles gracias a todos los dioses por haber depositado entre sus manos la vida de ese ser al que quería ya profunda y jubilosamente, con una fuerza y una alegría que parecían emanar del fondo de sí misma, pero también del mundo entero, de las nubes que ese día cubrían Lisboa, de las paredes pálidas del paritorio, de las luces intensas que iluminaban a aquella madre aferrada ya para siempre al primer minuto de vida de su hijo.

Bigador no estuvo presente en el parto. Ella le llamó al móvil desde la panadería cuando empezaron los dolores, pero precisamente aquel día habían faltado dos compañeros del trabajo y no podía ausentarse. No se mostró inquieto ni enfadado, sino aliviado por no tener que acompañarla. También ella se sintió contenta al saber que no iba a aparecer: prefería que quien estuviese a su lado fuera Liliana. Tenía miedo de que Bigador se alterase, de que riñera con la matrona o con el médico, y de que la pusiera nerviosa a ella a su vez. Un parto era sin duda un mal momento que había que pasar, pero quería pasarlo lo menos mal posible. Y si había un solo instante del que pudiese disfrutar, disfrutaría realmente de él. Estaba segura de que no iba a echarle de menos.

São apenas se atrevía a confesárselo a sí misma, pero, desde la noche en que la había golpeado, el amor que sentía por Bigador se había ido rompiendo en pedazos, fragmentos muy pequeños que contenían un poco del viejo fulgor del deseo, restos de la ternura y una capa de triste polvo diseminado, todo lo que quedaba de aquel gran anhelo por vivir junto a él en un mundo propio hecho de cuidados mutuos y complicidades gloriosas. Trozos sin sentido con los que no se podía reconstruir nada que valiera la pena. Si algo la mantenía aún unida a él, era el miedo. Mientras el amor se deshacía, el miedo había hecho pacientemente su camino a través de su mente, había invadido las neuronas y ocupado cada milímetro de su cerebro como un ejército que pisotea y asola y destruye todo a su paso, y luego se instala victorioso en lo alto de la colina, tiránico e incuestionable.

El miedo al propio Bigador. Él había sido capaz de establecer con astucia su cerco alrededor de ella, hasta convertirla en un residuo ajado de sí misma. Había ido dosificando sabiamente todas las maneras de devastarla: primero los desprecios, luego los insultos, y los gritos, y los puñetazos en la mesa o en las paredes, y, por último, los golpes contra su cuerpo... Y, por encima de todo eso, las desoladoras amenazas. Sabía que en cualquier momento ella podía irse, escapar de su dominio, y no estaba dispuesto a consentirlo. Una y otra vez le repetía que, como se le ocurriera abandonarlo llevándose a su hijo, la buscaría hasta el fin del mundo y se lo quitaría. Podía estar segura de que cualquier juez le daría la razón: él era un hombre asentado, con un buen sueldo y un futuro seguro y un piso propio. Llevaba muchos años en Portugal y estaba a punto de conseguir la nacionalidad. Ella, en cambio, no era más que una comemierda, que recibía un salario ínfimo y que no tenía nada ni llegaría a tenerlo nunca. São le creía. Lo veía tan poderoso y tan cruel, que la aterraba aquella posibilidad, la idea de que su hijo le fuese arrebatado para ser convertido luego en víctima de la furia de ese hombre violento.

Pero, incluso si Bigador no la perseguía y se desentendía de André, las cosas serían muy difíciles. También eso la asustaba: tendría que criar al bebé sola, sin ninguna ayuda familiar y casi sin dinero. Se vería obligada a mendigar una plaza para él en alguno de esos conventos de monjas que se ocupan de los niños de las inmigrantes solteras. Tendría que abandonarlo allí de lunes a sábado. Se refugiaría de nuevo en un cuartucho asqueroso, e iría cada día a trabajar muerta de nostalgia, recordando todo el tiempo que a su niño lo estaban cuidando las manos frías de esas mujeres vestidas de negro que lo dejarían llorar en su cuna y nunca se lo comerían a besos y no le susurrarían canciones africanas para dormirlo.

Claro que siempre podría regresar a Queimada y pedirle ayuda a Jovita. Pero entonces se moriría de apatía, se quedaría aplastada bajo el sol y las rocas desnudas como un lagarto, como un pájaro que cae desplomado al suelo tras un largo vuelo, sin conseguir llegar a su destino. Y si su hijo lograba sobrevivir a todas las penurias que les esperaban allí, nunca podría estudiar. Sería otro hombre condenado a la ignorancia, otro futuro gusano entre los pobres del mundo, arrastrándose en medio de una vida miserable.

Una y otra vez daba vueltas a todas aquellas ideas en su cabeza, y no encontraba ninguna solución. Se sentía encerrada dentro de la caverna roja, en la que soplaba furiosa una tempestad. Sola, sentada en un rincón, muerta de frío, aterrada. No había salida. Únicamente Bigador tenía acceso a la entrada, y la usaba a su antojo. Él era el dueño y señor de aquel ámbito, e imponía su voluntad mediante el látigo o la caricia. Era el torturador experto que sabe hasta dónde debe apretar el potro, hasta cuándo acercar el fuego a la piel o verter agua en los pulmones sin provocar la muerte, y que finge luego curar las heridas, calmar la angustia, devolver la esperanza.

Ella temblaba cuando oía sus llaves en la cerradura del piso. El cuerpo se le ponía en tensión, se estremecía como el de la gacela a punto de ser atacada por el león. Pudiera ser que el que entraba fuese el Bigador bondadoso, sonriente y enamorado. Pero también era probable que apareciese el otro, el déspota, el que parecía detestarla y se mostraba enfurecido sin razón y la volvía loca. A veces llegaba con regalos, un ramo de flores, una tarrina de helado, un disco. Luego le hacía la corte igual que un pavo real que despliega su cola. Le decía que la quería, la levantaba por los aires, le recorría el borde de los labios con la lengua, ponía música y agitaba ante ella su magnífico cuerpo, sabiendo que se excitaría y se le entregaría obediente y ansiosa. Y ella fingiría que era así. Se dejaría tocar y besar y penetrar. Pero lo haría tan sólo por no enfadarlo, sintiendo repulsión, teniendo que sobreponerse a las náuseas, luchando desesperadamente contra el asco que le producían sus manos, su boca, su sexo buscando el placer sobre su piel y en sus entrañas.

Había perdido por completo la capacidad de defenderse de su ira. Cuando él cerraba la puerta dando un portazo, y exhalaba sobre ella su peste a alcohol, y comenzaba a gritar por cualquier cosa, porque la cena no estaba preparada, o porque se había olvidado de comprarle la espuma de afeitar, o había estado en el banco y apenas quedaba dinero en la cuenta, o la encontraba demasiado seria, o le molestaba el ruido que ella hacía en la cocina mientras él intentaba quedarse dormido, São se acurrucaba dentro de sí misma, se metía en el rincón más profundo de su propio ser, encogida como un feto, y se mecía allí tratando de protegerse de aquella violencia que se desparramaba por la casa anonadándola, dejándola rígida y muda, con un nudo en la garganta que amenazaba con convertirse en un llanto infinito y el corazón latiéndole enloquecido, como una máquina a punto de estallar.

Luego, cuando él se dormía al fin o se concentraba en la televisión y los gritos callaban y volvían a oírse las voces de los niños de al lado y las patadas arriba y las músicas que sonaban a todo volumen en el edificio, cuando la vida volvía a ser ese flujo vulgar de pequeños ruidos molestos y expectantes silencios y ritmos tranquilizadoramente reconocibles —platos golpeando las mesas, lavadoras centrifugando, patas de sillas arrastradas por el suelo, cubiertos cayendo, agua corriendo en las duchas, cochecitos de juguete rodando sobre el linóleo—, se sentía estúpida y cobarde. ¿Por qué no tenía fuerzas para plantarle cara? ¿Por qué no le contestaba y le chillaba y lo envolvía con su propio furor? ¿Por qué no era capaz de lograr que aquella boca atroz se quedase callada?

A veces se acercaba a la habitación mientras él dormía y lo observaba. Ocupaba toda la cama, con las piernas y los brazos abiertos, como si ella no existiera, como si no fuera a necesitar al menos un pequeño hueco. Descansaba profundamente, olvidado del terror que acababa de generar, o tal vez incluso orgulloso por ello. São lo miraba allí tendido, tranquilo, tan relajado como un niño inocente, y sabía que ni un solo sentimiento de culpa atravesaba su conciencia, ni el menor arrepentimiento, aunque a veces lo fingiese por despertar de nuevo en ella la ilusión imprescindible para poder volver a ejercer al día siguiente su crueldad, peticiones de perdón y promesas y hasta llantos que ella ahora veía caer con el corazón seco, arrasado por la profunda decepción y por el miedo.

Entonces apretaba los puños, se clavaba las uñas en la palma de la mano, y se decía a sí misma que nunca más le aguantaría un grito ni una orden, que no volvería a quedarse callada cuando la insultase o la despreciase, haciéndole creer que no valía para nada, que no sabía nada, que sin él no sería nadie en aquella ciudad poblada de inmigrantes como ella, ignorantes y estúpidas y miserables. No soportaría ni una vez más que le dijese que estaba demasiado gorda y que se quedaría así para siempre, o que después de hacer el amor afirmase que no le gustaba su cara contraída por el esfuerzo. No se rendiría de nuevo a su deseo, entregándose a él con los ojos cerrados no por el éxtasis, sino por la pretensión de no verlo agitándose encima de ella, exaltado como un perro junto a una hembra en celo. Escarbaría entre los restos que quedaban de sí misma, recogería con cuidado el orgullo, y la dignidad, y el valor, los alzaría sobre su cabeza y los arrojaría contra él igual que si le arrojase una piedra.

Se decía todo eso y luego regresaba a la sala y se echaba en el sofá, esperando desesperadamente que llegara el sueño. Y en ese momento sabía que nada de lo que acababa de afirmar era verdad, que en cuanto él abriera la boca llena de furia para maltratarla, su fuerza desaparecería y se pondría a temblar, se encogería de nuevo como la hoja de una de esas mimosas que se cierran sobre sí mismas apenas alguien las roza, se convertiría en astillas, en barro, en nada. Y que no tenía ninguna esperanza.

Cuando nació André, Bigador le mandó un billete a su madre para que fuera a ayudarles con el niño. De esa manera, São podría volver tranquilamente a trabajar y no tendrían que pagar una guardería o a alguna vecina que se lo cuidase. Doña Fernanda era una buena mujer. Ya había cumplido los setenta años, y tenía la mirada muy triste y la cara arrugada como el tronco de un árbol, pero mantenía el cuerpo ágil y los brazos fuertes. Su vida había sido dura, la miseria y el hambre, la guerra eterna, el marido ausente en la mina, los hijos muertos y los que se habían ido un día para enrolarse en alguno de los ejércitos rebeldes, sin que se volviera a saber nada de ellos... Tan sólo en los últimos años había encontrado cierta calma. Ahora vivía en la casita que Bigador había comprado en un barrio de Luanda, con uno de sus hijos mayores y su esposa y un buen puñado de nietos a los que criaba con toda la paciencia de quien sabe que lo único que le queda por hacer es morirse, y aguarda ese momento convencida de que lo que haya más allá, sea lo que sea, no será peor que lo que pasó.

São y doña Fernanda se gustaron en cuanto se vieron. Reconocieron la una en la otra algo que las hermanaba, acaso la inocencia con la que las dos estaban situadas en medio del mundo, el doloroso fracaso de su bondad, a la que sin embargo seguían fuertemente agarradas, negándose a apartarla de sí mismas para hacerle hueco a la amargura y el resentimiento. Las hermanaba también el miedo a Bigador, la humillante manera en que las dos se veían obligadas a someterse a sus implacables órdenes, la fuerza con la que anhelaban que se fuera temprano de casa y regresara lo más tarde posible, dejándolas en paz, como si las horas sin él transcurriesen en un tiempo vulgarmente feliz, dedicado a las pacíficas y tranquilizadoras necesidades del bebé.

Ambas se aliaban frente a él para paliar de alguna manera el peso de su despotismo sobre ellas. A veces André lloraba en mitad de la noche y São no lograba calmarlo. Entonces Bigador comenzaba a gritar:

—¡Haz que ese niño se calle de una vez! ¡Tengo que madrugar y necesito dormir!

Al oír las voces, el niño lloraba aún más. Doña Fernanda se levantaba de su cama en el pequeño dormitorio de invitados y entraba en la habitación del matrimonio:

—Si chillas, va a ser peor —le decía a su hijo, y luego se acercaba a São—. Dámelo, que ya me ocupo yo.

Y desaparecía acunando al bebé con aquellas manos grandes y resecas y arrugadas, que emanaban sin embargo una energía especial, algo que calmaba al crío enseguida y le hacía dormir como un bendito hasta la siguiente toma en la propia cama de la abuela.

Si Bigador le protestaba a su madre porque la comida no estaba bien hecha o porque no le había comprado la marca de cervezas que le gustaban, entonces era São la que intervenía para calmarle y excusar a la mujer. Juntas se sentían más fuertes, y a menudo, cuando él no estaba, se permitían criticarlo y hasta burlarse de él:

—¿Te das cuenta de los gestos que hace cuando nos grita? —decía doña Fernanda—. Hincha el pecho como si fuera a ir a la guerra, y mueve la cabeza rápidamente de un lado a otro, que yo creo que los sesos se le deben de mezclar por dentro, y luego agita los brazos en el aire así, igual que si fuera un buitre...

Se ponía en pie junto a la mesa y reproducía la voz dominante de Bigador y sus movimientos, que por un instante parecían absurdos. Las dos se reían entonces hasta las lágrimas, exorcizando de esa manera su propio miedo. Pero hubo un día en que dejaron de reírse. André ya había cumplido el año. Era un sábado, y Bigador se empeñó en que fuesen a bailar. Desde aquella noche en que le había pegado por no querer acompañarlo, no habían vuelto a salir juntos. A São no le apetecía, pero doña Fernanda le insistió para que fuese:

—Te vendrá bien menearte un poco —le dijo—. Bailar es bueno. Mientras bailas, el alma sale del cuerpo y se va por ahí y ve cosas nuevas. Cuando vuelve, está más descansada y más feliz. Vete y disfruta.

Fueron a la vieja discoteca del pasado. São bailó durante muchas horas. Se sentía bien. Quizá fuera cierto que el alma se paseaba entretanto por el mundo, porque se olvidó de todo, del desamor y las desilusiones, de las estrecheces económicas y las noches demasiado cortas, y hasta del propio André. Durante un rato, volvió a ser la muchacha exaltada y alegre de tiempo atrás. Bigador bailó con ella al principio. Pero después del tercer *gin-tonic* se sentó en un rincón, malhumorado y hosco. Ella siguió en la pista, agitándose al ritmo de los sembas, ajena a lo que sucedía a su alrededor, concentrada tan sólo en la música y en los movimientos de su cuerpo, despreocupada de su hombre y de sus amigos, que a veces se acercaban a ella durante unos minutos y le hacían brevemente de pareja.

Cuando se despidieron de los demás y subieron al coche, Bigador no dijo nada. Sin embargo, São se dio cuenta de que estaba enfadado por su manera enloquecida de conducir, a velocidad endiablada, saltándose los semáforos en rojo, girando sin poner el intermitente y haciendo rechinar los neumáticos. Entonces el alma volvió poco a poco a su cuerpo, y con ella regresó el miedo. No se atrevió a decirle nada. Sabía que cualquier palabra, cualquier petición para que fuera más despacio, provocaría un ataque de ira. Se sujetó como pudo al asiento y contuvo las ganas de gritar. Aparcaron muy cerca de la casa. Ella se bajó deprisa y caminó hacia el portal sin esperarle. Quería llegar al piso antes que él, buscar la protección de doña Fernanda. Pero no le dio tiempo. Aún estaba intentando meter la llave en la cerradura, temblándole la mano, cuando oyó sus pasos que se acercaban a toda velocidad por la espalda y comenzó a recibir los golpes.

—¡Puta! ¡Más que puta! ¡Te atreves a seducir a mis propios amigos delante de mí!

La golpeó con los puños en la cabeza, en la cara, en el costado. La tiró al suelo y comenzó a darle patadas, mientras seguía chillando. De pronto, doña Fernanda, que había oído el escándalo desde la casa, apareció en el portal y se abalanzó sobre él, jadeante y furiosa, tratando de sujetarlo:

—¡Déjala! ¡Déjala ahora mismo o llamo a la policía!

Bigador se volvió hacia ella y alzó la mano en el aire, dispuesto a hacerla caer con toda su furia sobre la anciana. Doña Fernanda le miró a los ojos, profundamente triste, como si estuviera contemplando el fracaso de toda su vida. Él se detuvo. De repente recordó una imagen de su infancia: tendría seis o siete años. Regresaba a la chabola con un puñado de frutos secos en las manos que acababa de robar en el mercado. Su madre estaba acuclillada junto a la puerta bajo el sol, con una criatura colgada del pecho medio vacío y otras dos un poco mayores abrazadas a sus piernas y lloriqueando. Lo miró con la misma tristeza con que lo estaba mirando ahora, y le dijo:

—No quiero que robes. Vete a devolver eso a su dueño.

No pudo pegarle. Bajó la mano. Caminó hasta el coche, se subió, arrancó rápidamente y se perdió a toda velocidad en la calle oscura.

Aquella noche, al fin, con el cuerpo dolorido y la cara llena del yodo que su suegra le había puesto en las heridas, São consiguió agarrarse con fuerza a la realidad, consiguió espantar los miedos a manotazos, encontrar en el fondo de sí misma el orgullo con el que tantas humillaciones habían estado a punto de acabar, tirar de su fortaleza hasta lograr extraerla del rincón donde estaba hundida y sacarla de nuevo a la luz. Tomó una decisión: en cuanto doña Fernanda regresara a Luanda, ella se iría de casa con el niño. Le pediría ayuda a Liliana. Su amiga sabría cómo había que hacer las cosas. Ella se las arreglaría para conseguir un pasaporte para André, y entonces huirían lejos, lo más lejos posible, donde Bigador no pudiese encontrarlos nunca. Tal vez regresarían a Cabo Verde o, aún mejor, se irían a Italia, cerca de su madre. Por una vez, su madre tendría que hacer algo por ella. Según sus últimas cartas, parecía que las cosas ya no le iban tan mal. Quizá pudiera alojarlos durante unos días y ayudarla a encontrar trabajo. Saldría adelante, estaba segura de ello. Trabajaría día y noche, comería sólo lo imprescindible, no gastaría nada en sí misma. Lo guardaría todo para André, para que tuviese una vida decente y estudiara. Podía hacerlo. Podía criar sola a su hijo, sin la presencia de ningún hombre que la pisoteara y le dejara el cuerpo magullado y el alma destrozada. Debía hacerlo. Tenía la obligación de volver a sentir que el mundo era un lugar apetecible, un territorio en el que deseaba hurgar, metiendo las manos valientemente hasta el fondo y sacando de él todo lo bueno y lo malo, tesoros dignos de ser guardados y excrecencias de las que se desharía sin miedo, y no aquel espacio de negruras y debilidad y temores constantes en el que la existencia de Bigador lo había convertido.

Se incorporó y miró a André, que dormía en su cuna

con una sonrisa en los labios, como si estuviera soñando con fuentes de leche y canciones hermosas y suaves caricias sobre su cuerpecillo. Y le juró que lo sacaría de allí y lo cuidaría con todas sus fuerzas y trataría de hacer de él un hombre bueno y decente y generoso.

Doña Fernanda se fue un par de semanas más tarde. Bigador le compró el billete sin consultarla y se lo puso una noche encima del plato preparado para la cena.

—Se ha terminado tu tiempo aquí —le dijo—. Ya no te necesitamos. Tu avión sale el próximo domingo. Te llevaré al aeropuerto y avisaré a Nelson para que te vaya a buscar.

A la mujer se le llenaron los ojos de lágrimas, aunque desde la madrugada de la paliza estaba segura de que aquello iba a ocurrir. Su hijo había tardado dos días en regresar y no les había vuelto a dirigir la palabra a ninguna de las dos. Se comportaba como si no hubiera nadie en casa. Ni siquiera el niño, al que no miraba. Llegaba, se daba una ducha, se ponía el pijama y se servía él mismo la cena. Cenaba sentado en el sofá, viendo la televisión, aunque luego dejaba los platos en la mesa para que ellas tuvieran que recogerlos. La primera noche fue a acostarse pronto. Vieron con sorpresa cómo sacaba la cuna de la habitación y la dejaba en la sala. Después cerró la puerta del dormitorio, y le oyeron arrastrando la cómoda hasta que la colocó de tal manera que nadie pudiese entrar. Se miraron la una a la otra, pero no dijeron nada. Doña Fernanda siguió fregando los platos y São terminó de darle a André el último biberón del día. Cuando acabaron, la anciana fue a buscar a su cuarto un camisón y una manta, que quitó de su propia cama, y se los entregó a su nuera para que pudiera dormir en el sofá. Ella la abrazó y le besó muchas veces la cara arrugada y triste.

La mañana después de la partida de su suegra, São dejó al niño al cargo de una vecina mientras iba a trabajar. Había quedado con Liliana para comer. Se había estado preparando durante varios días para aquel momento. Sabía lo difícil que le resultaría contar todo lo que había vivido, recogerlo de su memoria y de sus tripas y ordenarlo y ponerle nombres, hacer que todos aquellos momentos terribles circulasen en voz alta por el aire del restaurante a través de la mesa y se convirtieran en la vergonzante confesión de una realidad que nunca habría debido vivir. Fue relatando despacio, vacilando, interrumpiéndose, dudando de las palabras que debía utilizar, mientras sentía una y otra vez cómo regresaban las náuseas que había sufrido la noche anterior, cuando Bigador llegó del aeropuerto y la obligó brutalmente a acostarse con él. Liliana la escuchó en silencio, animándola con la mirada. No la juzgó, ni la acusó de nada. No la llamó débil, ni tonta, ni dependiente. Tan sólo entendió su sufrimiento y le dio la ayuda que precisaba, como si le ofreciese un pedazo de luz:

—Deberías denunciarlo —le dijo suavemente—. Yo te acompañaré a la comisaría.

São aún tenía restos de las marcas de los últimos golpes, pero esa posibilidad la aterró:

—¡No, no! Si le denuncio, me matará. Quizá le haga daño al niño. No lo quiere, creo que no le importa nada. ¡No puedo denunciarle! Necesito irme de aquí. Fuera de Portugal, donde no me encuentre nunca. ¡Ayúdame, por favor!

Liliana extendió la mano y agarró fuerte la de su amiga, estrechándosela hasta hacerle daño:

—Haremos lo que tú creas que es mejor. Estate tranquila. Vas a salir de ésta, y no os pasará nada ni a ti ni a André. Te lo prometo.

Lo planificaron todo con cuidado. São seguía pensando en irse a Italia, pero Liliana la convenció de que era más conveniente que por el momento se quedase en Madrid. Tenía una buena amiga de Cabo Verde que vivía allí. Estaba segura de que la acogería en su casa por unos días, hasta que encontrase trabajo. Y viajar de Lisboa a Madrid sin pasaporte para el niño era fácil. Porque el único problema de aquella huida era el pasaporte de André: sin el permiso del padre, jamás lo conseguirían. Por suerte, en la frontera de la autopista a España había poca vigilancia. A los autobuses solían pararlos para comprobar si algún emigrante sin permiso trataba de colarse, pero a los coches no. Así que irían en coche. Le pediría a alguna compañera de la asociación feminista que las acompañase, una portuguesa blanca, para pasar más desapercibidas. En seis horas estarían en Madrid. Fuera de peligro, en el punto exacto en el que una nueva vida podría empezar.

A media mañana, Liliana la llamó por teléfono al trabajo. Todo estaba organizado. Había hablado con Zenaida, su amiga de España, que le dejaría una cama hasta que pudiese instalarse por sí misma. También había llamado a Rosaura, que había aceptado ir con ellas y conducir el coche para pasar la frontera. São estuvo a punto de echarse a llorar. Pero no lo hizo: se había prometido a sí misma que no le caería ni una lágrima antes de que el asunto estuviese resuelto. Y esta vez no iba a traicionarse.

En los días que siguieron, no tuvo ni un momento de desánimo. No se paró a pensar en la posibilidad de que las detuvieran en la aduana, en las dificultades que podría encontrarse en Madrid, en los problemas que significaría criar a su hijo sola, en la penuria económica que probablemente tendría que atravesar durante mucho tiempo. Tan sólo se permitió un breve instante de debilidad al despedirse de Bigador el viernes por la noche. Ya estaba dormido. Se acercó a la cama y lo observó durante un largo rato. Recordó sus primeros días en Portimão y luego en Lisboa, cuando le parecía que el mundo era más hermoso porque él existía, cuando se le erizaba la piel si él la rozaba y su voz susurrándole al oído provocaba en ella un inabarcable cúmulo de deseos. Recordó cuánto le gustaba cuidarle y sentirse sostenida por él, y cómo resonaba dentro de ella la idea de hacerse viejos el uno junto al otro, igual que dos árboles a los que han plantado muy cerca y que viven enredando sus ramas. Pensó en toda la tristeza que le había causado su brutalidad, pero también en que nunca permitiría que esa tristeza sobreviviese a aquel momento de liberación. Y le deseó lo mejor, una vida larga y tranquila y, si era posible, que Dios machacase su cólera y la convirtiera en polvo. Y después se fue a dormir al sofá, junto al niño que respiraba plácidamente.

Madrid se desplegaba a los ojos de São igual que uno de aquellos mapas que tanto le gustaba mirar de pequeña, un lugar enorme que le parecía sin embargo poder albergar en la palma de su mano, lleno de prodigios e iluminado por un sol que no era lejano y silencioso como todos los soles del mundo, sino que escribía para ella y

André en el cielo palabras grandes y felices, como silencio y calma. El miedo se había esfumado. Había ido desvaneciéndose en el aire a medida que se alejaban en el coche de Lisboa y se internaban en las grandes llanuras de la meseta, con los campos inmensos y el lejano horizonte violáceo donde cualquier cosa extraordinaria podía suceder. De pronto, sintió que su cuerpo comenzaba a estirarse y apenas cabía en el asiento, y se dio cuenta de que llevaba mucho tiempo encogida, de que se había ido doblando sin darse cuenta, y que lo único que miraba desde hacía meses era el suelo con todas sus repugnantes inmundicias. Y ahora tenía ganas de mirar otra vez el aire y las nubes y las copas de los árboles, las fachadas de las casas con sus matas de geranios y las altas cúpulas de las iglesias y los ojos de la gente. Tenía ganas de erguirse, y pisar fuerte, y bambolear las caderas con aquella cadencia suya de la que se había olvidado, y levantar muy alta la cabeza, haciendo frente a todo lo que pudiera sucederles a ella y al niño.

Después de pasar la frontera sin que nadie las detuviera, le pidió a Rosaura que parase en la primera área de descanso. Se bajó y empezó a dar palmadas despacio, y a golpearse luego los muslos con las manos, cada vez más rápido, mientras cantaba una vieja tabanca de su infancia, eres una princesa y llevas una corona de flores, los lagartos se detienen a tu paso y las aves te protegen del calor; ven, princesa, ven, dame la mano y baila conmigo, que yo pueda ver el mundo lleno de colores, como tú. Y bailó como si estuviera poseída por un espíritu, golpeando los pies contra el suelo, lanzando los brazos al aire, moviendo frenéticamente la cabeza y los pechos y la cintura, y sintiendo que cada uno de sus músculos se liberaba de una opresión de siglos y que el alma, como decía doña Fernanda, volaba alegre despojándose de todas las ataduras.

Zenaida recibió a São igual que si fuera una amiga de toda la vida. Su marido estaba trabajando en Alemania, y ella vivía con sus dos hijas en un piso muy pequeño que parecía inflarse como un globo cuando llegaba alguna visita. Enseguida organizó un rincón en su armario para guardar las cosas de André y sacó de algún sitio un colchón hinchable que habría que colocar por las noches en la sala, moviendo el sofá y la mesa. Se negó a que São le pagara nada, ni siquiera la comida, hasta que tuviese trabajo. Era mejor que guardara el poco dinero que tenía por si había alguna urgencia. Al fin y al cabo, ella era una mujer afortunada: trabajaba como cocinera en un restaurante y tenía un buen salario. También Amílcar ganaba bastante en su fábrica de Düsseldorf y le mandaba una cantidad importante todos los meses. Se veían poco y lo echaba de menos, pero aquélla era la única parte triste de su vida. Por lo demás, todo le iba bien. Su marido era un hombre decente, las niñas gozaban de una excelente salud y sacaban buenas notas en el colegio y su trabajo le gustaba. Le divertía preparar croquetas y cocidos y carnes guisadas, y le halagaba comprobar que los platos volvían casi siempre vacíos a la cocina y que la clientela regresaba una y otra vez. En realidad, Zenaida estaba convencida de que a la vida se venía a disfrutar, y no a sufrir como solían decir los curas. Sabía desde que era pequeña, porque así se lo había enseñado su madre, que hay que retener firmemente las cosas agradables que nos ocurren y construirse con ellas una fortaleza, y alejar en cambio a manotazos y patadas todo lo feo que se empeña en rodearnos y aplastarnos contra el suelo. Si tenía un disgusto, era capaz de plantarle cara y espantarlo como a un fantoche, pensando en los buenos momentos que había vivido y en los que aún le quedaban por gozar. Y en las noches de invierno, cuando la añoranza y las ganas de estar con Amílcar eran tan profundas que amenazaban con cortarle la respiración, cerraba los ojos y recordaba cada minuto de las últimas horas que había pasado con él, hasta que percibía su olor y su aliento sobre ella, y terminaba por dormirse arrullada en sus espasmos. Si realmente existía algún ser sobre la tierra del que se pudiese decir que era feliz, ése era Zenaida.

Fue ella quien acompañó a São a mi casa el primer día. Alguien le había dicho que yo necesitaba una asistenta tres veces a la semana. Me llamaron por teléfono y al día siguiente se presentaron en mi piso hermosas como flores, resplandecientes. Las dos se habían puesto vestidos sobrios que las tapaban casi por completo, pero no podían evitar que se les adivinasen debajo los cuerpos rotundos de hembras fuertes, de madres poderosas. La belleza se expandía a su alrededor igual que un aura que las rodeara volviéndolas majestuosas y, a la vez, cercanas y llenas de risa. Sí, eso era, les reían los ojos oscuros y brillantes, y los labios que se abrían sobre las bocas pálidas. Eran mujeres asentadas en la tierra, que podrían tal vez tambalearse si algo, alguien, las empujaba, pero que nunca llegarían a caerse. Las envidié profundamente. Deseé poseer su solidez, su guapura, su alegría. Yo me sentía entonces más pequeña y temblorosa que nunca, como una hojilla seca a punto de ser arrancada de su rama por la brisa más ligera.

En esa época estaba enferma. La herencia maligna de mi madre. Me habían diagnosticado una depresión, y estaba de baja. Pero lo mío no era el mal de los niños, sino el terrible desgarro del abandono. No he tenido hijos. Siempre me asustó la posibilidad de ser como mamá, de verme obligada a arrastrarme por la vida sin fuerzas, teniendo que hinchar a fondo mis pulmones para poder respirar. Uno más de mis muchos temores. Y ahora al fin, incluso sin hijos, estaba allí, atrapada dentro de una sombra, perseguida por el mismo pájaro negro que revolotea infatigable alrededor de mi madre, arrinconada en esa esquina del mundo en la que no brilla ninguna luz. Pablo se había ido, y yo era un trapo que recogía amorosa y desesperadamente las migajas que él había dejado esparcidas por la casa, los miserables restos de la porquería que sus pies habían podido traer en algún momento desde la calle a cualquier rincón de nuestro piso que un día había sido refugio y ahora era un espacio abierto a todos los vientos.

Pobre Pablo. Su amor por mí le hizo desgraciado. Nunca he entendido por qué tanta gente tiende a enamorarse de la persona menos adecuada. Hay algo que no acaba de funcionar bien en la química de nuestro cerebro, ésa que hace que distingamos a un ser entre todos, que lo veamos a él, y solamente a él, digno de nosotros, sin darnos cuenta de que a menudo no es más que la encarnación de nuestros peores demonios, el prototipo de todo lo que detestamos. Cuando nos conocimos, Pablo era uno de los chicos más divertidos de la facultad. Le gustaba salir por las noches, fumar marihuana, ir a bailar a los bares de copas y a las discotecas. Estudiaba Derecho para trabajar en el futuro en algún organismo internacional y viajar por el mundo resolviendo entuertos. No quería asentarse, ni tener propiedades, ni poseer más cosas de las que fuera posible transportar en una maleta de un país a otro, entre selvas y desiertos. No tenía miedo de nada, ni siquiera de morirse en algún lugar remoto, rodeado de gentes desconocidas. Soñaba con tomar ayahuasca con los chamanes bolivianos, con participar en las danzas de los kikuyus de Kenia, con sentarse junto a los yoguis del Tíbet bajo las montañas del Himalaya, contemplando la nada. Deseaba una vida al margen de todas las convenciones, guiada tan sólo por su propia conciencia de lo malo y lo bueno.

Y fue a enamorarse de mí, precisamente de mí, una mujer aburrida y amedrentada, que había elegido estudiar Derecho para poder sacar una oposición y tener un trabajo y un sueldo de por vida y no verme obligada a cambiar nunca nada, que ansiaba no subirme jamás a un tren o un avión por no indagar en otros paisajes, que aspiraba a una existencia monótona y reglada, con horarios inmutables y muebles-para-toda-la-vida en un piso propio. Todo ordenado, seguro, amurallado por la normalidad y la fijeza.

Pablo era amable y protector y generoso. Creo que ésa fue la razón por la que me eligió. Supo entender que yo necesitaba a alguien que mullese cada noche el colchón en el que me iba a acostar, que me cogiera de la mano cada mañana para hacerme ver que el camino que debía recorrer a lo largo del día no estaba lleno de simas y de fieras acechando en cada esquina. Y en lugar de marcharse a resolver la guerra civil de Angola o el conflicto palestino-israelí, decidió quedarse a resolver mi propio conflicto con el mundo. Su amor hacia mí le hizo renunciar a los sueños. Me mimó, me consintió como a una niña malcriada, admitió la organización de vida que yo impuse inconscientemente, convencida de que era lo mejor para los dos, sin darme cuenta de que estaba amputándole una parte esencial de sí mismo y de que, con el paso de los años, cuando la pasión que nos unió se hubiera dulcificado, cuando llegase ese inevitable momento en el que cada persona se detiene a confrontar lo que fueron sus anhelos con la realidad que vive, a comparar los viejos deseos con lo alcanzado, a contemplar sus fotografías de joven y observar el paso del tiempo sobre sus rasgos con su rastro de aciertos y de errores, el hombre que estaría a mi lado, aun tendiéndome esforzadamente sus brazos y ofreciéndome sus hombros para ayudarme a soportar el peso de mis sombras, sería un ser frustrado y triste.

Por hacerme feliz, Pablo aceptó preparar las oposiciones a secretario de juzgado mientras yo preparaba las de funcionaria de la administración central. Aceptó comprar un piso con hipoteca. Aceptó pasar las vacaciones en la costa más cercana en lugar de viajar a sitios salvajes. Aceptó casarse. Aceptó no tener hijos. Y lo hizo todo sin que pareciese que realizaba ni un solo esfuerzo. Lo que más deseaba, decía, era vivir a mi lado. Yo le importaba más que el paisaje más asombroso del mundo. Y es cierto que seguía queriendo acabar con las bombas y la miseria, pero, si se iba dejándome atrás, sólo sería un desdichado sin fuerzas para hacer nada, un fantasma solitario que rodaría por el mundo sin saber por qué había decidido vivir sin mí. Y yo fui aceptando sus sacrificios como si eso fuera lo mejor para ambos, organizarnos una existencia pequeña y cómoda y perfectamente estable, alejada de los vaivenes y las sorpresas, encajada dentro del molde de lo común. Di por supuesto que entre nosotros no cabrían las dudas ni los arrepentimientos, que juntos seríamos capaces de construir un edificio firme como una montaña, lleno de amor y de complicidad y de sexo, pero también de comodidades y certezas, una confortable torre de enamorados eterna e invencible.

Aguantó casi quince años a mi lado. Fueron demasiados para él, que no debería haber llegado nunca a mi espacio. Muy breves en cambio para mí, que jamás fui capaz de imaginármelo lejos, ajeno. Yo veía cómo la luz que siempre había emanado de él iba extinguiéndose año tras año, cómo su cara antes llena de sensualidad y de energía se volvía reseca y opaca, igual que una máscara. Veía cómo sus largas conversaciones sobre las esperanzas de los seres humanos y el progreso, sus infinitas lecturas de historia y pensamiento político, se convertían en rápidos repasos al periódico y breves charlas insulsas en las sobremesas con los amigos. Percibía su alejamiento, la escasez del deseo, el esfuerzo que le costaba comportarse como lo que yo quería que fuera, un aburrido viejo prematuro de vida monótona, que ha renunciado a cualquier emoción que pueda poner en duda su absurda convicción de vivir eternamente. Pero, egoísta y cobarde, achaqué todos esos cambios al paso del tiempo, al proceso de maduración que nos aleja de las pasiones juveniles y a la inevitable dejadez que termina por imponer la rutina. Nunca quise darme cuenta de que la parte más importante de él ardía lentamente desde que estaba conmigo, y de que, ahora que estaba a punto de convertirse en cenizas, se resistía a su propia extinción.

Fue un mes de abril cuando todo se hizo pedazos. Por

entonces ya llevábamos tres años viviendo en Madrid. Aquélla había sido mi única concesión a sus gustos. También, creo, la única vez que él me pidió una renuncia. Un viejo amigo le había ofrecido un puesto en la Comisión Española de Ayuda al Refugiado. Era una vuelta al camino abandonado tanto tiempo atrás. Sospecho que ya había dicho que sí antes de consultarme. Si yo me hubiera negado a ir con él, probablemente me habría dejado en aquel momento y habría seguido con su propia vida. Y algo dentro de mí debía de saberlo, porque lo cierto es que acepté solicitar el traslado y mudarnos sin apenas discutir. Aquello suponía un esfuerzo enorme, cambiar de ciudad, de piso, de compañeros de trabajo... Hasta la idea de tener que ir a comprar a un supermercado nuevo o a una farmacia diferente me resultaba penosa. Pero lo que más me dolía era dejar a mi madre. Sin embargo, cuando se lo dije con la voz vacilante, muerta de pena, ella se irguió llena de pronto de vitalidad, sonrió como pocas veces la había visto sonreír, y me aseguró con firmeza:

—No sabes cuánto me alegro por vosotros, cariño. Pablo va a trabajar por fin en lo que le gusta. Y para ti también será una gran experiencia. No te falta mucho para cumplir los cuarenta años, y un cambio de vida a esta edad te hará sentirte más joven.

—Pero tú...

—Yo estaré estupendamente. Iré a veros de vez en cuando. Y vosotros también podréis venir siempre que queráis. Aquí hay sitio de sobra.

Y señaló la enorme casa donde ya sólo vivía ella como si le sobrara energía para convertirla de nuevo en un lugar poblado por una multitud. Admiré su entereza y su generosidad. Pero lo cierto es que se equivocó respecto a mí, porque el cambio no fue una buena experiencia. Durante mucho tiempo, mientras buscábamos piso, y nos mudábamos, y sobre todo después, cuando estábamos ya instalados en Madrid, tuve la sensación de estar a punto de caerme por un precipicio. Pablo se esforzó por comprenderme y cuidar de mí, pero mi pánico no hizo más que alejarnos al uno del otro.

Él empezó a salir a menudo por las noches. Le gustaba reunirse con sus nuevos compañeros de trabajo y con las personas a las que iba conociendo, implicadas en proyectos de cooperación en otros países. Yo prefería quedarme en casa. Durante el día tenía que luchar incesantemente contra mi inseguridad. A veces me quedaba paralizada a la entrada del metro o en el vestíbulo del Ministerio, aterrada por todo lo que me esperaba, como una cría miedosa en medio de la oscuridad. Lo único que quería por la noche era descansar, echarme en el sofá con la televisión puesta en cualquier canal y dejarme llevar por la sensación de que, durante unas cuantas horas, no necesitaba hacer ningún esfuerzo. Me bastaba con respirar para estar viva, y eso era agradable y consolador. Y, a fin de cuentas, las largas conversaciones sobre política internacional, derecho comparado o conflictos bélicos terminaban por aburrirme. Me parecía además que Pablo disfrutaba más si yo no iba con él. Cuando estaba presente, le obligaba a estar pendiente de mí y a levantarse pronto de la mesa, en cuanto notaba que los ojos empezaban a cerrárseme. Aquél era su mundo, y yo decidí dejarle abandonado en él. Cerré la puerta de aquella inmensidad que me asustaba y me quedé enclaustrada en mi cuartito, con la pequeña ventana mirando hacia el paisaje que me parecía familiar y sosegado y que pronto se convertiría en nada. Me quedé sentada allí como una anciana senil que cree oír música donde no hay más que tráfico, ver mares en las aceras, acunar niños en lugar de pedazos de tela. Sentada impasible y sonriente, igual que una muñeca sin cerebro, absurda.

Fue, ya lo he dicho, un mes de abril, casi tres años después. Yo seguía empeñada en creer que Pablo estaba todavía a mi lado y que estaría hasta el final de los tiempos. Creía que era él el que llegaba cada noche a casa y me besaba y se instalaba en el sofá y me preguntaba por las cosas del día, el que luego se dormía abrazado a mí y a veces me hacía el amor con una ternura infinita. Pero él ya estaba muy lejos, perdido en medio de las selvas, afectado por el mal de altura en las montañas más prodigiosas, sorteando fuegos cruzados, participando en tensas conferencias de paz. Yo seguía hablando entretanto de las cosas tontas y vulgares de las que habla una persona metódica:

—Tenemos que llamar para reservar la casa la primera quincena de agosto. Quedamos en que lo confirmaríamos en abril —le dije aquella noche.

Todos los veranos pasábamos esas dos semanas de vacaciones en la misma casa, en el mismo pueblo, con los mismos compañeros de playa y la misma plaza sombreada de plátanos donde tomábamos la cerveza de cada tarde.

Pablo se levantó y se acercó a la ventana. Me habló de espaldas, y su voz sonó hueca y lejana, como si estuviera al fondo de un túnel:

—Yo no voy a ir.

Pero no era sólo eso. No se trataba únicamente de que no fuese a ir conmigo a la playa aquel verano. No iría conmigo nunca más a ningún sitio. Nunca más me abrazaría, ni me besaría por las mañanas aún medio dormido, ni me sostendría cuando yo desfalleciese. Me estaba dejando. Se marchaba a Colombia, a participar en las negociaciones de paz de la guerrilla, contratado por una agencia de la ONU. Y no regresaría a mi lado. Nuestro tiempo juntos se había terminado.

Trató de explicármelo todo, sus razones, su tristeza, sus largas dudas y la radiante certidumbre que al fin había alcanzado. Sollozaba. Yo sabía sin embargo que estaba a punto de sentirse liberado y feliz. Era como un hombre gravemente herido que busca un refugio. Había un rastro de sangre, trozos de piel y vísceras. Pero él caminaba lleno de esperanza hacia la salvación. Yo en cambio me había quedado detrás, tendida sobre la tierra. Estaba muerta.

LA FURIA Y EL FUEGO

São empezó a trabajar en mi casa al día siguiente de nuestro primer encuentro. Yo me encontraba tan mal, que no tenía fuerzas para ocuparme de nada. Fue en esa época cuando entendí de verdad a mi madre. Era como si todo se hubiera solidificado a mi alrededor. Cada minuto del día pesaba sobre mí igual que si estuviera viviendo debajo de una roca. No había nada bueno en mi interior, ni un solo instante de alivio. Todo lo que palpitaba dentro de mi cuerpo y de mi cabeza era denso y oscuro. La añoranza, la tristeza, el arrepentimiento, los sentimientos de culpa, el rechazo de mi amor por Pablo, y la terrible sensación de que jamás tendría cura, de que nunca podría salir de aquel agujero en el que yacía ahogándome y compadeciéndome de mí misma, de que el futuro sería por siempre un espacio lleno de dolor y angustia. Lo único que deseaba era morirme.

A mi madre no le dije nada. Ella estaba en ese momento cuidando a mi abuela. Había tenido que llevársela a su casa después de que le encontraran un cáncer de mama que terminaría por matarla lentamente. Me quedé en el piso con mi baja médica, metida en la cama, durmiendo o llorando, tratando de recuperar el olor cada vez más desvaído del cuerpo de Pablo en aquellas sábanas que no cambié en semanas y llorando de nuevo cuando creía encontrarlo. A veces me arrastraba esforzadamente hasta la cocina en busca de una manzana o de un vaso de leche con el que tragar las pastillas que me habían recetado, antidepresivos y somníferos que me permitían por lo menos descansar y olvidarme de todo durante algunas horas.

La única persona que supo lo que me ocurría fue Rocío, una de mis compañeras de trabajo y mi mejor amiga en Madrid. Al segundo día de ausencia en el Ministerio, me llamó. Le conté lo que había sucedido. Ella se apiadó de mí. Me acompañó al médico y, dos o tres veces a la semana, venía a visitarme, me hacía la compra y me dejaba preparado algo de comida, que yo terminaba por tirar a la basura. También fue ella quien decidió que necesitaba una asistenta, una persona que limpiase la casa, que abriera las ventanas y vaciase los ceniceros, que me acompañase a dar una vuelta por el barrio para que yo pudiera tomar el aire. Y ella misma se ocupó de buscarla. El día en que Zenaida y São fueron a verme, Rocío estaba también allí. Le hizo algunas preguntas a São, que contestaba en un portugués entremezclado de palabras españolas, las pocas que le había dado tiempo a aprender. Luego me miró para saber si yo estaba de acuerdo y le propuso que empezara al día siguiente. Cuando se iban, las acompañó a la puerta, y oí cómo le explicaba muy despacio y en voz baja que yo estaba enferma, aunque pronto me pondría bien. No debía molestarme demasiado, pero tenía que prepararme comida e insistir en que me la tomara, y también animarme para que me vistiera y saliese a dar un paseo.

La aparición de São en mi vida fue arrolladora, como cuando un rayo de sol alcanza el mar entre las nubes y el mar estalla en reflejos. Los primeros días, apenas salí de mi habitación. Pero la oía moviéndose por el piso, fregando los cacharros y limpiando enérgicamente el baño, sacudiendo los cojines del sofá y ocupándose de alguna cacerola en la que borboteaba la comida que, poco a poco, yo fui volviendo a tomar. Me gustaba sentir que había alguien en mi casa, una mujer alegre que pisaba mi suelo, que tocaba los muebles y abría los grifos y encendía las luces. Un cuerpo humano latiendo y lleno de vida en el espacio de mi agonía.

Una mañana me levanté cuando ella llegó. Me sentía más animada y tenía ganas de hablar un poco, de interesarme por otra persona más allá de mí misma y de mi pena. Preparé café y le propuse que lo tomáramos juntas. Nos sentamos a la mesa de la cocina y charlamos durante un buen rato. Yo le conté una parte de mi historia, y ella a mí una parte de la suya. Supe que estaba sola con su hijo en Madrid, recogida por Zenaida, que seguía manteniéndola en su casa hasta que encontrase otros trabajos y ganase más dinero y pudiera pagarse un piso propio o cuando menos una habitación. Me dijo que del padre de André no sabía nada, y que era mejor así. Cuando se fue, me quedé pensando en ella. Me pregunté cómo se las arreglaba para subsistir. De dónde había sacado las fuerzas para llegar hasta un país desconocido con un niño pequeño a su cargo. Me imaginé a mí misma en su situación. Yo me habría muerto de haber tenido que enfrentarme a algo parecido. Habría temblado y sollozado y padecido palpitaciones. Me habría quedado encerrada en casa, escondida bajo las mantas, aterrada. Ella, sin embargo, sonreía y exhalaba energía, como si estuviese perfectamente adaptada a cualquier cosa que le pudiera suceder, como si fuese uno de esos árboles firmes y flexibles que se muestran tan resistentes y hermosos bajo los vientos y la nieve y los aguaceros y los veranos resecos como en medio del esplendor húmedo y templado de una mañana de primavera.

Empecé a admirarla en aquel momento. Y mi admiración fue creciendo a medida que nos hacíamos amigas. Cada mañana nos sentábamos a tomar nuestro café y a charlar. Luego comenzamos a dar largos paseos juntas por el barrio. Un día le pedí que trajera al niño para conocerlo. Desde entonces, venía siempre con él. Yo lo llevaba al parque mientras ella limpiaba y me quedaba allí sentada mucho rato, observando con asombro su alegría. Después comíamos, y seguíamos hablando buena parte de la tarde, mientras André dormía la siesta en mi cama. Terminamos por contarnos nuestras vidas. Incluso cosas secretas de las que, yo al menos, nunca había hablado con nadie. Pero São parecía entenderlo todo, como si comprendiese cada una de las debilidades humanas con una rara sabiduría que tal vez había heredado de las piedras y los pájaros. Y yo, al oírla describir lo que había pasado, al escuchar cómo se sobreponía una y otra vez a situaciones que a mí me parecían insuperables, cómo recuperaba siempre el ánimo, sin permitirse dejar de ser una persona esperanzada y bondadosa, llegué a la conclusión de que formaba parte de una raza de gigantes, de un mundo de mujeres poderosas como altas cumbres del que me sentía lastimeramente excluida.

La energía de São debió de contagiárseme. Desde que ella llegó a casa, yo fui encontrándome cada día un poco mejor, y al cabo de dos meses pude volver a trabajar. Sé que muchos dirán que ése fue simplemente el efecto de las pastillas. Y no dudo de que fuera así. Pero había algo más, algo inaprensible, como una vibración que se quedase flotando en el aire que ella había compartido conmigo y que yo aspiraba después de que se marchara, buscando en él los restos de su poder. Quizá fuese tan sólo que su coraje y su fuerza me sirvieron de ejemplo, no lo sé. De cualquier manera, empecé a ver el mundo de otra forma, a comprender que mis grandes tragedias, todas aquellas cosas que desde pequeña me parecían circunstancias terribles, a cuyo dolor sobre mí vivía enganchada como los toxicómanos a la droga, eran minucias si las comparaba con la existencia de infinidad de seres humanos en buena parte del mundo. Mis dramas eran en buena medida risibles al lado de la dura lucha de tanta gente por no morirse, pero había vivido rodeada siempre de tanta blandura, durmiendo en camas tan mullidas, escogiendo cada día la comida que quería comer y la ropa con la que deseaba vestirme, recibiendo tantas caricias de mi madre, de mi abuela y mis hermanos, de Pablo y mis amigos, viviendo en pisos tan confortables y seguros, protegiéndome del frío y el calor, desplazándome en automóviles cómodos como nidos, adquiriendo infinidad de cosas inútiles, contemplando paisajes tan hermosos, humanizados y fértiles, que me había vuelto débil y ciega a lo que no fuesen mis pequeñas carencias. De pronto, todo parecía estar cambiando dentro de mí. Ya no era la Desdichada, la Sufriente de la tierra. De pronto era un ser humano común y corriente, que gozaba de muchos más privilegios que la mayoría. Aún echaba de menos a Pablo, y sabía que probablemente eso sería así hasta el final. Pero ahora entendía que debía acostumbrarme a seguir adelante sin él, y alegrarme por haber disfrutado de nuestro amor durante tanto tiempo. Su existencia ya no era un agujero que no sabía cómo colmar, sino un fulgor que había atravesado mi vida como un inesperado regalo de los dioses. Mi depresión se iba esfumando día tras día, igual que las nubes del verano se desvanecen y flotan hacia el horizonte, dejando a su paso el azul resplandeciente.

Muchas personas no creen en el azar. Viven convencidas de que todo lo que obtienen es resultado de sus méritos, y de sus equivocaciones aquello que pierden. Ven la vida como si fuese una línea ininterrumpida que ellas mismas van trazando, un paisaje perfecto e inteligible, con su perspectiva implacable, con sus praderas y su río que serpentea hacia el mar, y los árboles agitándose en la brisa. Hay zonas sombrías, pero también claros llenos de luz en los que la hierba es dulce y perfumada. Puede que al fondo se levante una prometedora ciudad, cubierta de cúpulas y de torres vertiginosas, y sin duda en algún punto del horizonte se ha formado una tempestad. Y todos esos elementos han sido trazados paso a paso, de manera continua, engendrándose los unos a los otros como en uno de esos esquemas de los libros infantiles en los que el agua se evapora y se convierte en nubes y de las nubes cae lluvia y la lluvia se almacena en la tierra para volver a evaporarse. Todo lógico, comprensible, mensurable.

Quizá tengan razón. Pero yo, ya lo he dicho, estoy convencida de que nuestra existencia depende en gran medida de la suerte. Nadie elige el lugar en el que nace, venir al mundo como São en una choza, entre piedras de lava y tierras muertas, o en una casa grande y confortable rodeada de flores, como yo. Ser hombre o mujer. Tener un padre sin nombre y una madre que te abandona, o un padre que te tiraniza y una madre con la cabeza agachada. Nadie decide quedarse huérfano o padecer una enfermedad. Pasar hambre o tirar a la basura la comida que no le apetece. Ser torpe en los estudios o inteligente y despierto. Nadie sabe lo que va a ocurrirle a lo largo del día cuando se levanta por la mañana. La vida es confusa y caótica, trazos de líneas rotas, un círculo oscuro y hondo, un fulgor allá arriba, esa mancha azul en una esquina... Casualidades, tropiezos, algún pedazo de camino recto que desemboca en un precipicio, una luz deslumbrante que surge de la nada, un vacío silencioso, una cavidad acogedora. Cuestión de suerte.

São tenía mala suerte. Por muchos esfuerzos que ella hiciera, por más que tomara las decisiones correctas, las cosas siempre se le complicaban. Una y otra vez se veía obligada a hacer frente a las dificultades más inmerecidas, a empezar de nuevo, a remontar un camino que ya parecía haber recorrido, como Sísifo ascendiendo incesantemente a la montaña con su roca a cuestas. Y en Madrid no fue distinto: iban pasando los meses, y no conseguía encontrar un trabajo que le permitiera vivir dignamente. Seguía viniendo a mi casa, pero yo sólo podía pagarle algunas horas a la semana y, además, hubiera resultado insultantemente caritativo que la emplease más tiempo para ocuparse de mi pequeño piso. Pregunté a todo el mundo que conocía y puse un anuncio con su teléfono en el tablón del Ministerio. También Rocío y Zenaida hicieron todo lo que pudieron, pero nadie en ningún sitio parecía necesitar una asistenta o una camarera o una dependienta. Al fin, cuando ya llevaba casi medio año en Madrid, consiguió un empleo para cuidar de una anciana enferma. Estaba contenta como una niña pequeña y hacía planes para el futuro: de momento, seguiría viviendo con Zenaida, aunque ahora ya podría pagarle una cantidad justa por compartir su casa. Al niño lo dejaría con una vecina de confianza, a cambio de una pequeña suma, hasta que le diesen plaza en una guardería municipal. Y ahorraría todo lo que pudiese de su salario de 700 euros para alquilar algún día un piso, aunque fuera diminuto, en el que pudiesen instalarse André y ella, con camas propias y un armario en el que cupieran sus cosas y un hermoso jarrón con flores sobre la mesa.

Pero al cabo de ocho meses, la anciana se murió. São se quedó desolada. A fuerza de bañarla, y llevarla en brazos de un lugar a otro, y cambiarle los pañales y los camisones, y peinarla y refrescarla con colonia, y darle purés, y hacerle tragar la medicación con buchitos de agua, y oír sus gemidos cuando tenía dolores pero también sus palabras de agradecimiento cuando se sentía un poco mejor, le había cogido cariño, y sentía su muerte como si fuese la de alguien muy cercano. Además, estaba de nuevo sin trabajo, sin un solo ingreso para hacer frente a los gastos imprescindibles. Tenía algo de dinero guardado y Zenaida les daría de comer a ella y a su hijo si hacía falta. Pero eso sólo duraría un tiempo muy corto. Yo le ofrecí que volviera a limpiar mi piso. Estaba todo hecho un asco desde que no iba, le dije, aunque ella sabía que era mentira porque algunos domingos los invitaba a comer a ella y a André. Y volvimos a poner en marcha la rueda de los contactos, las llamadas telefónicas y los anuncios. Pero nada dio resultado: la mala suerte se había instalado a la puerta de su casa y la esperaba allí cada día, igual que una arpía pestilente, acompañándola a sus entrevistas de trabajo, desplazándose con ella de punta a punta de Madrid en el tren, el metro y los autobuses, quedándose quieta y burlona a su lado mientras las señoras la interrogaban y terminaban por decidir que la anterior candidata sabía cocinar mejor, o los encargados de los supermercados y los bares encontraban injustificadamente que su español no era lo bastante bueno.

Fue entonces cuando decidió volver a Lisboa. Bigador llevaba mucho tiempo pidiéndoselo. Al principio, cuando huyó de él, São estuvo varios días con el teléfono móvil apagado. Liliana le aconsejaba que se deshiciese de su número de Portugal, que tirara la tarjeta a la basura y cortase así cualquier posibilidad de comunicación. Pero ella no se decidió. No podía dejar de pensar que, a pesar de todo, aquel hombre era el padre de su hijo. Quizá, si lo dejaba por completo al margen de sus vidas, si cortaba definitivamente todos los hilos que aún podían unirles, André se lo reprocharía cuando fuese mayor. No le parecía justo despojarle del todo de él. Tal vez, ahora que se habían ido, Bigador lo echaría de menos. Acaso la ausencia le iluminase, como cuando se enciende una luz inesperada en la noche, y decidiera preocuparse por el niño.

Una semana después de llegar a Madrid, conectó el móvil. Tenía casi cien llamadas perdidas, y una docena de mensajes, todos amenazadores y terribles: era una puta y una serpiente, iba a encontrarla donde quiera que estuviese, iba a matarla, la cortaría en pedazos para que su alma no pudiera descansar, quemaría su casa, de ahora en adelante pensaba emplear toda su vida en localizarla y acabar con ella. Apagó el teléfono aterrada, y durante unos días salió a la calle muerta de miedo, deteniéndose en el portal para comprobar que él no estaba esperándola mientras apretaba fuerte a André contra su cuerpo, convencida de que acabaría por aparecer.

No volvió a escuchar sus mensajes hasta dos meses después. El tono se suavizaba progresivamente. Pasaba de gritar a exigir, luego a intentar razonar y, por último, en las llamadas más recientes, terminaba suplicando, lloroso y patético:

—Cariño, vuelve, te lo pido por favor, vuelve... No puedo vivir sin ti, he dejado de comer y de dormir, ya sé que lo que hice está mal, perdóname, cariño, te juro que nunca más volveré a ponerte una mano encima, perdóname, te juro que nunca más... Vuelve, necesito que vuelvas, os quiero mucho al niño y a ti... Os quiero.

Sintió pena. De pronto, se dio cuenta de que se le había acabado la ira hacia él. Ni siquiera le guardaba rencor. Si miraba atrás, ya no veía una fiera, sino un pobre tipo desgraciado, víctima de su propio descontrol. Le había perdonado. Ahora estaba en paz con él. No quedaba nada de la antigua pasión, ni bueno ni malo. Tan sólo un vacío en el que refulgían leves chispas de piedad. Hubiera sido agradable poder llamarle y hablar tranquilamente. Organizar las visitas al niño y contar con su apoyo. Permitir que André tuviera un padre. Pero no iba a contestarle. No se había creído ni una palabra de su discurso lacrimógeno. Disculpas, falsas promesas de amor, llantos mentirosos... Una vez más. No le creería hasta que le hablara serio y tranquilo, hasta que le hiciera propuestas concretas, dinero para mantener al niño, días de visita. Y no estaba segura de que eso fuese a ocurrir. Sabía que le faltaba la fuerza necesaria para librarse de toda aquella porquería que llevaba pegada encima, la violencia y el desprecio hacia las mujeres y el ansia de dominar para demostrar que era alguien. Tenía que mantenerse lejos de él y preservar por encima de todo la seguridad de André. Le envió un mensaje escrito breve y seco: «Estamos bien. No me llames más. No voy a volver contigo. Nunca. Te deseo lo mejor.»

Él estuvo casi tres meses sin dar señales de vida. Hasta que una mañana volvió a dejar un recado en el buzón de voz de São. Esta vez sonaba sereno:

—Hola, soy yo —le decía—. Me gustaría que hablásemos. No te preocupes, no pretendo convencerte de que vuelvas. Estoy con otra mujer, y me siento bien. Pero tenemos que hablar del niño. Quiero verlo y ocuparme de él. Llámame, por favor.

São se lo estuvo pensando durante varios días. Tenía miedo de que fuese una trampa, de que pretendiera engañarla y descubrir dónde se había escondido e ir a por ella, o tal vez atraerla a Lisboa con la excusa de ver a André y allí hacerle Dios sabía qué atrocidades. Pero también estaba el crío, y toda la responsabilidad que sentía hacia él. Su hijo no era el culpable de que ella se hubiera equivocado al enamorarse. Y tenía derecho a disfrutar de un padre, un hombre que lo llevase sobre sus hombros y jugara con él al fútbol y le hablara de las cosas de las que hablan los hombres cuando fuera mayor. Se había empeñado en creer que Bigador no cambiaría nunca, pero tal vez no fuese cierto. Quizás él había sido violento con ella por alguna razón que tuviera que ver con ella misma. Puede que lo pusiera nervioso. O acaso necesitaba una mujer que lo dominase, que no le permitiera ni la más mínima falta de respeto y levantara la voz más que él, y no alguien que se comportase como una cobarde apocada. ¿Cómo podía estar segura de que no era así? Era posible que su nueva novia supiera tratarlo de la manera que él quería y que se le hubiese apagado por dentro la violencia, la cólera contra el cuerpo femenino inabarcable y ajeno. Y en ese caso, ¿por qué no pensar que podía ser un buen padre?

No respondió a su mensaje, pero dejó el teléfono encendido por comprobar si insistía. Volvió a llamar al cabo de una semana. São le contestó con el corazón latiéndole en las sienes, casi sin voz. La voz de Bigador sonaba en cambio tranquila y segura, como si estuviera instalado en lo alto de un pedestal desde el que contemplara el mundo con benevolencia. Le explicó que se había enamorado de una compatriota, una buena mujer que cuidaba de él y le había hecho entender ciertas cosas que antes no comprendía. Había dejado de beber y ya no tenía aquellos arrebatos de furor que le cegaban. Ahora era consciente de lo mal que se había portado con ella. Le pedía sinceramente perdón por todo el daño que le había causado. Y le suplicaba que pensara en su propuesta: aunque antes no hubiera sabido demostrarlo, quería a André. Deseaba contribuir a mantenerlo. Podía mandarle todos los meses 200 euros para sus gastos. A cambio de eso, le rogaba que le permitiera verlo de vez en cuando, pasar con él las vacaciones, tal vez algún fin de semana si es que no estaban muy lejos de Lisboa... Si a ella le parecía bien, le enviaría unos billetes para que fueran los dos unos días y así pudiera comprobar por sí misma cuánto había cambiado. São apenas habló. No sabía qué debía responder. Seguía teniendo miedo de que todo fuese mentira y, a la vez, miedo de que fuera verdad y ella estuviera siendo injusta. Le prometió que tomaría pronto una decisión y que le llamaría.

A la mañana siguiente, el teléfono volvió a sonar. Era el número de Bigador, y São respondió asustada, pensando que quizás esta vez iba por fin a gritarle y a amenazarla de nuevo. Pero quien hablaba era una mujer:

—Hola. ¿São...?

—Sí, ¿quién es?

—Soy Lia, la novia de Bigador.

No sintió hostilidad ni rechazo. Por el contrario, notó de inmediato una rara complicidad con esa mujer que compartía con ella el viejo deslumbramiento, la adoración pasada. Deseó silenciosa e intensamente que no tuviera que soportar lo que ella había soportado, que su relación fuese apaciguada y razonable.

—Hola, Lia, ¿cómo estás?

—Perdona que te moleste. Si no quieres hablar conmigo lo entenderé, pero me gustaría que pudiésemos charlar.

—Adelante. Tú dirás.

—He aprovechado que Bigador ha salido y se ha olvidado el móvil para llamarte. No le diré nada de esto.

—Bien.

—Sé todo lo que te hizo. Él me lo ha contado.

—¿Estás segura...?

—Creo que sí. Me ha contado que te trató mal, que te despreció y te gritó muchas veces, y que llegó a pegarte. Ahora está muy arrepentido, tienes que creerme.

—...

—Te lo aseguro, São. Llevo dos meses con él, y nunca le he visto alzar la voz.

São recordó que también con ella había sido dulce como un cordero los primeros meses, pero no se atrevió a decir nada. Al otro lado del teléfono, la mujer seguía insistiendo:

—Permítele que vea a André. Dale una oportunidad. Ha dejado de beber. Era eso lo que le hacía estar tan enfadado. Ahora es otra persona, tendrías que verlo. Estoy convencida de que va a ser un gran padre.

Se imaginó al niño abrazado a Bigador, las manos enormes del hombre cubriendo su espalda diminuta, protegiéndole del mal y el dolor. A veces el crío le preguntaba por él. Parecía recordar vagamente la presencia de una figura masculina en algún momento de su vida, aunque quizá sólo se lo estuviera imaginando al ver a los padres de otros niños. Ella solía decirle que estaba de viaje y que volvería pronto. No tenía valor para negar su existencia. Tragó saliva:

—De acuerdo. Iremos a Lisboa un fin de semana. Quedaremos con él, pero no prometo nada.

—Gracias, muchas gracias. Bigador siempre me ha dicho que eres muy buena. Ya veo que es verdad.

Era la época en que São trabajaba cuidando a la anciana, así que disponía de algo de dinero. Decidió pagar ella misma los billetes: no quería deber aquel favor si las cosas no salían bien. Bigador mandó una autorización notarial a través del consulado para que pudiesen hacerle el pasaporte a André. Luego ella buscó un vuelo barato y, un viernes por la noche, madre e hijo volaron a Portugal. Se negó a que él fuese a buscarlos al aeropuerto para que no tuviera ninguna posibilidad de averiguar desde dónde viajaban. Incluso, por precaución, por si acaso él se presentaba allí por su cuenta y los esperaba, le dijo que no llegarían hasta el sábado por la mañana. Pasaron la noche en casa de Liliana y su novio, que estaban preocupados y no hacían más que darle consejos. No consiguió dormir ni una sola hora. A las ocho ya estaba duchada, arreglándose el pelo y maquillándose con las cosas de Liliana: deseaba estar muy guapa y que Bigador se diera cuenta de que, desde que lo había dejado, era más feliz. Se puso su mejor vestido, y luego arregló también a André como si fuera un príncipe, con ropa nueva, lo repeinó y le echó un gran chorro de colonia. Y se fueron en el autobús hacia el café del centro donde habían quedado a las once, ella angustiada y con las piernas temblorosas, pero sujetando firmemente la mano de su hijo.

Cuando llegaron, Bigador y Lia ya estaban allí. Le pareció menos alto y fuerte de lo que lo recordaba. La huella de su brutalidad había hecho que ella lo magnificase en su memoria, convirtiéndolo en una especie de gigante. Sin embargo, no era más que un hombre vulgar, grande y recio, pero vulgar. La besó en las mejillas. Se dio cuenta de que, por primera vez, no había percibido su olor. Tiempo atrás, en otra existencia, ese olor la perturbaba y la excitaba. Entonces lo olfateaba como un animal y trataba de impregnarse de él. Luego, cuando las cosas se estropearon, terminó por darle asco, por provocarle arcadas y un intenso deseo de alejarse. Ahora se había convertido en nada. Era dichosamente inexistente.

El hombre intentó abrazar al niño, que se escabulló lloriqueando. Entonces sacó de una bolsa un enorme paquete, que fue abriendo pacientemente ante él. Era un coche eléctrico, sin duda carísimo, que dejó a André deslumbrado. Después de enseñarle una y otra vez todas las cosas que tenía, las luces y el volante de colores y los grandes asientos con sus dibujos infantiles, le preguntó si quería salir a probarlo a la calle. El niño le cogió inmediatamente de la mano, lleno de emoción. Bigador se detuvo y miró a São:

—¿Puedo...?

Ella afirmó con la cabeza. Los vio salir, juntos y sonrientes, André tirando de su brazo y él haciéndose el remolón, y luego siguió mirándolos a través del ventanal mientras jugaban en la plaza. Corrían los dos detrás del coche, contentos, y entonces el crío tropezó y se cayó. Bigador lo levantó con cuidado, le limpió suavemente las rodillas y lo abrazó. Sus grandes manos cubrían la espalda sacudida por los sollozos, protegiéndolo del miedo y del dolor. Lo alzó en sus brazos y fue a sentarse con él en un banco y lo mantuvo sobre las rodillas, diciéndole cosas hasta que consiguió que se volviera a reír. Lia observaba la escena sentada a su lado, silenciosa. Ahora habló al fin:

—Parece que se entienden, ¿no?

—Sí, eso parece.

—¿Dejarás que nos lo llevemos hoy...? Te lo devolveremos mañana donde tú digas, a la hora que digas. Te juro que estaré pendiente todo el tiempo, como si fuera mi propio hijo. Yo tuve un hijo que se me murió, y sé lo que se siente. Te juro que si viese cualquier cosa rara, te llamaría. Pero no ocurrirá nada, puedes estar segura.

Supo que podía fiarse de aquella mujer grande y fea, cuyos ojos brillaban muy abiertos, como los de una niña a la que nadie ha dado todavía una paliza, a la que nadie le ha dicho que no puede estudiar porque no hay dinero, una niña que aún confía en la bondad del mundo. Y aceptó.

Cuando São decidió regresar a Lisboa, Bigador y Lia llevaban meses intentando convencerla de que eso era lo mejor para ella y para André. Un niño, y sobre todo un varón, necesita la presencia de su padre, le decían una y otra vez. Y ella no estaría tan sola para criarlo. Hasta ahora nunca había estado enfermo. Pero ¿había pensado en qué ocurriría cuando empezase a ir a la guardería o al colegio y cogiese anginas y resfriados como les sucedía a todos los críos? Ella no podría acudir al trabajo. Tendría que quedarse a cuidarlo. Y, a la segunda o la tercera vez, perdería su empleo. Y las vacaciones, ¿cómo se las arreglaría durante las largas vacaciones escolares? Y los días de diario, ¿iba a dejarlo todas las tardes con una mujer a la que tenía que pagar mientras ella trabajaba hasta las tantas? Y los fines de semana, ¿acaso no tenía derecho a salir de vez en cuando con sus amigas?

Todo eso en Lisboa sería fácil de organizar. Por suerte, Lia trabajaba para sí misma. Era propietaria de una peluquería en la que tenía dos empleadas, y podía ausentarse siempre que quería. Si el horario de São se prolongaba hasta tarde, ella se haría cargo del niño cuando saliese de la guardería o del colegio. Y también cada vez que no hubiese clase pero fuera día laborable. Los fines de semana alternos, André los pasaría con su padre, por supuesto. Y São dispondría así de una vida propia, de tiempo para sus amigas, para hacer compras, ir a bailar, acercarse a un gimnasio o, simplemente, quedarse tirada en el sofá viendo la televisión y descansando.

Sin embargo, ella no acababa de decidirse a aceptar la propuesta. Reconocía que era lo mejor para todos. Incluso que era lo que debía ser, un niño que se cría junto a una mujer y un hombre. Recordaba su infancia de hija de madre soltera, las infinitas veces que se había preguntado quién sería su padre y había deseado conocerlo, los muchos años que se había pasado mirando a cualquier hombre que le pareciera bondadoso y diciéndose a sí misma que tal vez fuera él, aquél que descargaba pescados en el puerto de Carvoeiros con su enorme sonrisa sobre los dientes impecables y las pequeñas arrugas a un lado de los ojos. O el maestro que iba siempre a la escuela con la camisa muy blanca y recién planchada y abrazaba a los críos cuando se caían en el patio y se ponían a llorar. Ella a veces se tiraba al suelo a propósito y fingía haberse hecho daño tan sólo para que el maestro la levantase. No quería que su hijo tuviera que vivir ansiando que un hombre le abrazara. Pero había algo que le impedía tomar la decisión. Era como si una lejana voz dentro de su cabeza estuviera intentando avisarla de que, si regresaba, ella y André correrían peligro. Se fiaba de Lia. Estaba segura de que no le había mentido nunca, y de que cuidaría del niño como si fuera su propio hijo, el que había perdido cuando era aún un bebé, por causa de unas fiebres que arrasaron su barrio de Luanda. Pero le parecía que detrás de las buenas palabras de Bigador, de su cariño por el crío, de su interés en ocuparse de él, latía algo oscuro y peligroso, algo que podía estallar en cualquier momento arrasando todo a su alrededor. Furia y fuego.

Después de que la anciana de la que cuidaba muriese, cuando el cerco de la arpía que la acompañaba se hubo extendido por todo Madrid y le cerró a cal y canto las puertas de las casas y las tiendas y los bares y los talleres y las fábricas, cuando comprobó al cabo de dos meses de ansiedad que no había manera de encontrar trabajo y el dinero se le estaba acabando, São supo que no le quedaba más remedio que regresar. Si hubiera estado sola, habría resistido. Habría comido trozos de pan, o nada, habría dormido en los portales o en los agujeros oscuros del metro, habría encendido velas y bailado por las noches en los parques, entre los castaños de Indias y los magnolios, para espantar la mala suerte. Hubiese esperado hasta verla alzar el vuelo y desaparecer en medio de las nubes, esfumándose como una sombra exhausta, rendida. Pero ahora era madre. Su propia vida era menos importante que la de su hijo, y debía resignarse a aceptar la realidad. Parecía como si todo la empujase inevitablemente hacia Lisboa. Tal vez alguien, algún poder misterioso y oculto, había dibujado su existencia antes de que ella naciera. Quizá Dios, o quienquiera que fuese que manejara los hilos del frágil destino humano, estaba divirtiéndose mientras jugaba con los suyos. En cualquier caso, resultaba evidente que debía volver a aquella ciudad alzada como una concha encima del río, a las cercanías de Bigador. Era mejor acallar la voz llena de presagios, taparse los oídos y dejar de prestarle atención. Y, simplemente, hacer la maleta con tranquilidad y empezar de nuevo.

No hubo manera de que Zenaida y yo la convenciéramos de que se quedase. Tampoco lo logró Liliana, que estuvo llamándola varios días seguidos y tratando de hacerle entender que tal vez no era una buena idea. Todas teníamos miedo de lo que pudiera sucederle. Ninguna de nosotras terminaba de creer por completo en la bondad recién nacida de Bigador. Pero São había tomado su decisión, y ya no estaba dispuesta a dar marcha atrás. Y, en el fondo, todas la comprendíamos y pensábamos que tal vez, de vernos en su situación, nosotras hubiéramos hecho lo mismo. Terminamos por apoyarla y animarla, esforzándonos en confiar en que aquel hombre hubiese cambiado de verdad. ¿Quién estaba totalmente seguro de que una mala persona no pudiera transformarse, arrojar lejos la crueldad, como la serpiente que muda de piel, y dejarla atrás, reseca y polvorienta? ¿No estábamos todos sometidos a la química tan variable de nuestro cerebro? ¿No vivíamos cada uno de nosotros épocas en las que nos sentíamos más nerviosos o más calmados, más alegres o más pesimistas? ¿Acaso no acababa yo misma de atravesar un periodo de postración y ahora sin embargo me sentía tranquila? Quizá Bigador hubiera encontrado, él también, la paz con el mundo y con sus afectos. Sí, sin duda lo que les esperaba a São y a André en Lisboa sería bueno.

Zenaida con sus niñas y yo fuimos a despedirlos a la estación de autobuses. Nos esforzamos por sonreír y disimular que estábamos tristes por su partida. Hicimos bromas, prometimos ir a verlos en cuanto pudiéramos y acogerlos en nuestras casas si ellos querían venir. Y agitamos las manos en el aire cuando el autobús se iba como si estuviéramos asistiendo a una fiesta, mientras André nos decía adiós con el entusiasmo y la alegría que sólo pueden sentir los niños y São pegaba su frente a la ventanilla y veíamos desde lejos cómo le caían unos lagrimones tristísimos y mudos.

La llamé al día siguiente. Me dijo que todo iba bien. Lia les había buscado una habitación cerca del piso de Bigador y de su propia peluquería. Era una casa tranquila y limpia, y eso le bastaba. Esa misma tarde tenía una entrevista para trabajar como camarera en una cafetería de un centro comercial del Chiado. Y en cuanto a André, parecía entusiasmado con su padre. La noche anterior, recién llegados de Madrid, se había empeñado en ir a dormir con él. Y había vuelto por la mañana contento y cariñoso. Eso era lo más importante.

Siguieron llegando las noticias lentamente, desgranándose como los eslabones de una cadena que parecía ir cerrándose con suavidad: el trabajo, la ayuda que Bigador y Lia le prestaban con el niño, su apoyo económico, la buena relación entre los cuatro, la alegría de comprobar que no se había equivocado al tomar la decisión de volver y que, por el contrario, las cosas eran mucho mejores de lo que había supuesto. Y también apareció el nuevo amor, Luis, un portugués al que conoció sirviéndole tés en la cafetería en la que trabajaba, profesor de matemáticas en un instituto, amable y tan apocado que tuvo que ser ella, después de fijarse durante mucho tiempo en cómo la miraba disimuladamente desde lejos, después de darse cuenta de que le gustaba su cara pálida y la manera que tenía de sonreír, frunciendo a la vez la nariz, y de que lo echaba de menos cuando no aparecía a la hora habitual, quien le preguntara una mañana en voz baja, mientras limpiaba la mesa, si era posible que se vieran alguna vez fuera de allí.

Al principio yo la llamaba todas las semanas. Luego,

como suele ocurrir, fui distanciando las llamadas. Hasta que llegó el mes de noviembre de 2006, casi un año y medio después de que São y André se hubieran ido. Una noche sonó tarde el teléfono en mi casa. Me levanté de la cama deprisa, angustiada, pensando que tal vez le había ocurrido algo a mi abuela o a mi madre. Era Zenaida. Acababa de colgarle a São y me llamaba para contármelo todo. La furia y el fuego habían estallado.

LA LUNA

Sí, todo sucedió en noviembre. Un mes triste y cruel como una hiena. El mes de los muertos y de los crepúsculos desconsolados, el mes en que la mitad de la tierra se dirige vencida hacia su ocaso, abrumada por el temblor y la incertidumbre. Lia se había ido a Angola. Hacía cinco años que no volvía a su país, así que decidió tomarse dos meses de vacaciones y esperar allí a Bigador, que iría a pasar las Navidades. Y entonces, en cuanto ella cogió el avión y desapareció en el horizonte, fue como si hubieran soltado una jauría de perros.

Ya el primer fin de semana, a pesar de que le tocaba pasarlo con el niño, Bigador llamó a São para decirle que no podía ir a buscarlo. Y se lo dijo de malos modos, como solía hacerlo en la época en que se creía su dueño, pronunciando las frases igual que si estuviera disparando balas, sin permitirle discutir o preguntar cuando menos por qué. Ni siquiera se molestó en dar excusas. No alegó que tenía que hacer horas extraordinarias, o que era el cumpleaños de un amigo e iban a celebrar una fiesta, o que se sentía griposo. Simplemente, dio por sentado que las cosas eran así y que ella tenía que aceptarlas. Y cuando São intentó abrir la boca para explicarle que podía llevársela el fin de semana siguiente si quería, él colgó el teléfono. Sin más.

El domingo se presentó inesperadamente en casa de São a las diez de la noche. Cuando lo saludó, le pareció que olía a alcohol y que tenía los ojos enrojecidos. Pasaron a la habitación. André dormía ya, pero él ni siquiera lo miró. Se sentó al borde de la cama y empezó a hablar con la voz destemplada de los viejos tiempos:

—¿Quién es Luis?

São le pidió con un gesto que suavizara el tono para no despertar al niño. Él sin embargo insistió:

—¿Quién es?

—Un amigo.

—¿Un amigo? ¿Y por qué André me dice que te da besos como yo a Lia y que te coge de la mano? ¿Eso es para ti un amigo?

Ella notó cómo la sangre le empezaba a arder. Le dieron ganas de ponerse a gritar y echarlo de allí, de abofetearle y darle patadas y pisotearle la cara. No sentía miedo. Sólo una cólera inmensa, una oleada de ira como nunca había sentido en su vida. Pero tuvo que dominarse por el crío. Se clavó con fuerza las uñas en las palmas de las manos y consiguió ponerse en pie pausadamente:

—No creo que éste sea el mejor momento para hablar de eso. Si quieres, me llamas mañana. Ahora vete.

Él se levantó furioso, descompuesto, la agarró por los hombros y comenzó a sacudirla:

—¡Eres una puta! ¡Siempre supe que eras una puta!

André se despertó y empezó a llorar. Bigador lo miró y salió a toda prisa de la habitación. Se oyó el golpe de la puerta de la calle mientras ella abrazaba al niño y trataba de convencerle de que todo era una pesadilla.

Al día siguiente, el hombre apareció poco antes de la hora de descanso de São en la cafetería y la invitó a tomar algo. Ella le vio llegar tranquila, liberada de la cólera del día anterior, pero dispuesta a defenderse con todas sus fuerzas si hacía falta. Él parecía sin embargo algo avergonzado. Caminaron en silencio y, en cuanto se sentaron en una cervecería cercana, le pidió disculpas por lo sucedido:

—Había bebido y me pasé de la raya. Lo siento.

—De acuerdo, pero te pido por favor que no vuelvas a armar un escándalo delante del niño. Si tienes que hablar conmigo, me llamas y quedamos.

—Pues tengo que hablar contigo de dos cosas importantes.

—Dime.

—¿Estás saliendo con ese tal Luis?

—Sí.

Bigador pareció encogerse, como si se preparase para saltar:

—¿Y qué planes tienes?

—¿Planes...?

—¿Piensas casarte? ¿Irte a vivir con él?

—No hemos hecho planes. Simplemente, estamos saliendo. Por el momento, eso es todo.

—Ya. Por el momento.

—Sí. No sé qué pasará en el futuro. Pero, de cualquier manera, no creo que eso sea asunto tuyo.

Se le torció la boca hacia un lado y comenzó a alzar la voz:

—¿Ah, no? ¿No es asunto mío que mi hijo se vaya a vivir con otro hombre? ¿Eso crees?

—No tengo ni idea de lo que va a ocurrir, Bigador. Pero te aseguro que si un día me voy a vivir con alguien, será porque estoy muy segura de él y de su relación con André. No pienso volver a meterme en el infierno. Y te recuerdo que tú también vives con Lia. Y a mí nunca me ha parecido mal.

—¡No es lo mismo una mujer que un hombre! Y entérate: si se te ocurre instalarte en casa de ese tipo con André, nos veremos en el juzgado. Te lo quitaré. ¡Puedes estar segura de que voy a quitártelo!

Se puso en pie para irse. Pero dio dos pasos y regresó.

—Se me olvidaba. La otra cosa que iba a decirte es que me lo voy a llevar a pasar las Navidades en Angola.

São se estremeció. Pensó en la malaria y la disentería, en el dengue y la tuberculosis, en todos los peligros que el niño correría en aquel país lejano y desprotegido. Su voz sonó por un momento suplicante:

—Todavía es muy pequeño... No tiene ni cuatro años. Espera hasta que tenga seis o siete...

—No. Quiero llevármelo ahora.

Ella volvió a encontrar la fuerza dentro de sí. Se levantó y se alzó sobre las puntas de los pies, para que sus ojos quedasen a la misma altura que los del hombre. Le habló con fiereza:

—No te lo permitiré. No voy a darte el pasaporte.

—Ya lo veremos.

Fueron las últimas palabras suyas que oyó en muchos días. No supo nada de él hasta que un par de semanas después, un jueves a la hora de cenar, se presentó de nuevo en su casa. Dijo que quería llevarse al niño a dormir con él. Hacía tiempo que no lo veía y lo echaba de menos. São intentó resistirse. No estaba del todo segura de que no hubiera un plan oscuro detrás. Pero el crío se había abalanzado a los brazos de su padre y gritaba sí, sí, con todas sus fuerzas. Se lo llevó a la habitación para vestirlo y abrió el cajón donde guardaba sus papeles. El pasaporte de André estaba allí, escondido debajo de su ropa interior. Por un momento, había pensado que tal vez Bigador hubiese podido entrar de alguna manera en la casa y robárselo. Pero todo parecía normal. Antes de despedirse, le recordó que debía llevarlo al día siguiente a la guardería.

Aquella noche durmió mal. Soñó que André iba corriendo por un prado inmenso, agitando los brazos en el aire, como si volase. Sólo se oían las risas del niño. El sol se deslizaba suavemente por el suelo y acariciaba el cuerpecillo que seguía avanzando entre las hierbas, ligero y feliz. De pronto, ella supo que algo terrible iba a suceder. Algo desolador. Intentó echar a correr detrás del crío para detenerlo, desesperada, pero sus piernas no se movían. Abrió la boca para gritarle, y no consiguió emitir ningún sonido. Luchó con todas sus fuerzas. Nada. Nada. La catástrofe iba a llegar, y ella no podía hacer nada.

Se despertó sudando, con el corazón latiendo enloquecido, ahogándose. Sobre la almohada estaba el muñeco al que André se dormía abrazado cada día. Lo apretó fuerte, tratando de recuperar a través de su tacto y de su olor el sentido de la realidad, tenía un hijo de casi cuatro años sano, a esa hora estaba durmiendo con su padre, y su padre lo quería mucho y no le haría ningún daño... Volvió a comprobar que el pasaporte seguía en su sitio. Todo estaba bien. Todo tenía que estar bien. Un hilo de luz grisácea, la polvorienta luz de un amanecer de noviembre, empezaba a entrar a través de la ventana. São cerró los ojos, respiró hondo e intentó encontrar de nuevo el sueño, aunque no lo logró.

Por la mañana llamó a Bigador, pero su móvil estaba apagado. Insistió varias veces, sin respuesta. Pidió en el trabajo que le permitiesen acortar un poco la jornada, y fue a buscar al niño a la guardería. Los críos estaban jugando en el patio. Muchos niños y muchas niñas. Negros y blancos. Mayores y pequeños. Niños risueños, sucios, agotados, hambrientos, nerviosos, sollozantes, gritones. Niños que se abrazaban a las madres que iban llegando a recogerlos y las besaban como si hiciera años que no las veían. Pero ninguno era André. São entró en el edificio y caminó hasta la clase de su hijo. Doña Teresa ordenaba juguetes y libros esparcidos por todas partes. Estaba sola. Le sonrió:

—Buenas tardes. ¿Quiere algo...?

—André...

La mujer la miró con sorpresa:

—Pero si André hoy no ha venido...

La reacción de São, su cara desencajada, la hizo correr a buscar la lista donde anotaba las ausencias de cada día:

—Aquí está, ¿ve? No ha venido... ¿Lo trajo usted misma?

São negó con la cabeza. Sacó el móvil de su bolso y volvió a marcar el número de Bigador. Seguía apagado. Entonces buscó el de Lia. También. Tuvo que sentarse. Doña Teresa insistía en preguntarle qué ocurría, pero ella no podía hablar. Al fin, la maestra decidió ir a buscarle un vaso de agua y avisar a la directora. Entre las dos consiguieron sacarle una explicación. Le preguntaron si tenía familia en Lisboa, alguien a quien avisar. Se acordó de Liliana. La propia directora la llamó y le contó lo que ocurría. Menos de una hora después estaba allí, aparentemente tranquila, firme, dispuesta a encontrar al niño como fuera. Abrazó a São e intentó animarla:

—Vamos, vamos, seguro que es un malentendido... Ahora mismo iremos a casa de Bigador, ¿de acuerdo?

Caminaron hasta el edificio, Liliana sosteniendo a su amiga que parecía sonámbula, como si sólo su cuerpo estuviera allí y su mente hubiera desaparecido, trasladada a algún lugar lejano desde el que no pudiera regresar. Llamaron al timbre un montón de veces. No contestó nadie. Preguntaron a varios vecinos, pero ninguno sabía nada. Entonces entraron en un bar y buscaron en la guía el número de la empresa donde Bigador trabajaba. Fue Liliana quien habló con ellos. Le dijeron que había pedido el finiquito y se había despedido la semana anterior. Ella decidió entonces que era el momento de ir a la policía.

Buscaron la comisaría vacilantes, tropezándose, igual que dos borrachas que fuesen enloquecidas por las calles, siguiendo el rastro inexistente de un espectro. Las hicieron esperar más de media hora. Al fin las recibió una mujer que preparó muy despacio su ordenador antes de permitirles que hablaran. Fue Liliana quien lo contó todo, metódicamente, tratando de dar sentido a los datos, mientras São se limitaba a asentir de vez en cuando, con la mirada desorbitada y reseca fija en un cartel en el que figuraban las fotografías de varios delincuentes. La agente escuchó con interés, pero luego les dijo que todavía no se podía hacer nada. El niño estaba con su padre. Había que esperar hasta que se cumplieran las cuarenta y ocho horas desde que habían salido de casa para denunciar su desaparición. De todas formas, estaba segura de que regresarían antes: era imposible que lo hubieran sacado del país sin pasaporte. Lo más seguro era que el padre se lo hubiese llevado a pasar el fin de semana a algún sitio y no hubiese avisado. O tal vez estaban simplemente visitando el Jardín Zoológico y volverían por la noche. Sonreía todo el tiempo mientras les hablaba, cómplice pero despreocupada, tratando de convencerlas de que ese tipo de situaciones era normal y que había muchos padres que se comportaban de esa manera.

Al salir de la comisaría, Liliana se llevó a São a su casa. Fueron primero a su piso a recoger algo de ropa y el cargador del móvil, desde el que seguían marcando una y otra vez inútilmente el número de Bigador. Luego se subieron a un taxi. Se había hecho de noche. La gente caminaba veloz, intentando abrigarse del frío húmedo que atravesaba la piel y penetraba en los huesos. Había gusanos de luz en las aceras cuando pasaban debajo de una farola o ante algún letrero luminoso. El resto era oscuridad y confusión. Ellas iban sentadas muy juntas, cogidas de la mano, en silencio. De vez en cuando, Liliana decía algunas palabras —Todo se va a arreglar, ya verás—, por no ponerse a gritar lo que de verdad quería decir, hijo de puta, Dios te maldiga y te dé una mala muerte.

No cenaron ni durmieron. Se quedaron los tres en el sofá, São, Liliana y su novio, fingiendo que veían en la televisión un programa que emitía una y otra vez las mismas noticias eternas, guerras y muertos y huracanes y corrupciones y grandes palabras de los políticos. Sobre la mesa, bajo el reflejo de las luces que irradiaba la pantalla, brillaba el móvil, como un ídolo del que se esperase la salvación.

A las seis de la mañana llegó un mensaje de texto. Se abalanzaron hacia el aparato. Era de Lia: «André está bien. Está en Angola. Tranquila.» A São le temblaban demasiado las manos para contestar. Le pidió a Liliana que le preguntara cuándo iba a volver. La respuesta tardó un tiempo eterno. Los minutos caían sobre ellos uno tras otro como golpes de martillo. Por fin las palabras terminaron de hacer su recorrido desde África, desde la mente compasiva y los dedos nerviosos de Lia, y estallaron en el corazón de aquel piso del barrio del Castelo en Lisboa: «No lo sé. Tal vez pase mucho tiempo. Lo siento.» Sólo entonces São rompió a llorar.

Cuando yo fui a verla quince días después, estaba en un estado lamentable. En todo ese tiempo, apenas había comido ni dormido, y había adelgazado varios kilos. Tenía la mirada vacía, como si no quedara nada vivo dentro de ella, y unas grandes ojeras se le marcaban azuladas, casi transparentes, sobre la piel oscura. El médico le había dado la baja y le había recetado unos tranquilizantes muy fuertes. Estaba atontada, sentada casi todo el día en el sofá de la casa de Liliana, que no había permitido que se fuera sola a su habitación realquilada. No lloraba, no se lamentaba, no se rebelaba contra el destino. Ni siquiera contra Bigador. Apenas hablaba. Pero yo supe que estaba pensando en morirse. Fue como si su mente se comunicara con la mía. Ellas dos se entendieron sin palabras, y su mente le dijo a la mía que estaba harta, que ya no podía cargar más con esa vida a trompicones, que esta vez no tenía fuerzas para volver a empezar, que no le quedaba ninguna razón por la cual volver a empezar, y que quería morirse, irse al silencio, convertirse en tierra, desvanecerse en la nada.

La abogada que Liliana le había buscado había acabado con la breve esperanza que ella conservó durante un par de días de que todo se resolviera por vía judicial. Después de que llegara el mensaje de Lia y pudieran poner la denuncia, la policía entró en casa de Bigador y confirmó que se había llevado todas sus cosas. En el piso no había ni una camisa, ni un solo papel olvidado en un rincón. Parecía evidente que el hombre no tenía pensado volver. Pero era un misterio cómo había conseguido sacar al crío del país. Investigaron los aviones que habían salido aquellos días hacia Luanda. En uno de ellos, viajaba en compañía de una mujer un niño de la edad de André, aunque su nombre era distinto. Era probable que se tratase de él, y que hubiera volado con un pasaporte falso. Bigador se había ido precisamente en el vuelo anterior. La policía definió el caso como secuestro de un menor. Por un instante, São creyó que eso significaba que los jueces harían que le devolviesen a su hijo. Pero la abogada la desengañó enseguida: el asunto era muy difícil, le dijo. Para empezar, el niño no tenía la nacionalidad portuguesa. Ni tampoco ellos. Eran extranjeros, y en ese tipo de situaciones, la justicia tendía a lavarse las manos. Habría una sentencia diciendo que Bigador debía entregárselo, pero nadie movería un dedo para que aquello sucediese. Y en cualquier caso, aún suponiendo que la resolución les fuera comunicada, las autoridades de Angola se negarían a cumplirla. En aquel país era habitual que, en los procesos de separación y divorcio, los hijos varones se quedasen con el padre. No merecía la pena ni siquiera que presentase una demanda ante los tribunales de Luanda: jamás le concederían la tutela de su propio hijo. Sí, resumió la abogada, las leyes podían aplastar a una persona con su terrible falta de compasión. Pero eso era lo que había. Y no se podía hacer nada.

Yo estaba allí, junto a ella, pensando en todo su sufrimiento e intentando comprenderla. Y no sabía qué decirle. Sólo se me ocurría abrazarla y arrullarla para que al fin se durmiese, como si se hubiera convertido en una niña pequeña, como si ahora ocupase ella ese espacio de vulnerabilidad que había dejado vacío la desaparición de André. ¿Pero qué se le dice a una mujer a la que le han arrebatado a su único hijo quizá para siempre? Pronuncié frases vulgares, tópicos, las cosas que se suelen afirmar estúpidamente en esas situaciones: tenía que ser fuerte, tenía que mantener la esperanza, era probable que Bigador terminase por cambiar de opinión en cuanto viera lo difícil que era criar a un hijo día a día, seguro que acabaría por devolvérselo en unos meses...

Decía todo eso pero, en el fondo de mí misma, estaba convencida de que nunca más veríamos a André. Bigador se ocuparía de mantenerlo alejado de São. Su forma de relacionarse con los demás era posesiva y cobarde. Establecía un cerco alrededor de aquéllos a los que quería y se colocaba dentro, guardián exclusivo de sus pertenencias. Necesitaba estar seguro de que era el único. Jamás permitiría que ningún otro hombre se acercase al entorno de su hijo, que pudiera quererlo y educarlo y jugar con él. Probablemente, durante mucho tiempo ni siquiera pensó que eso llegara a suceder. São se había ido, pero, incluso desde lejos, él debía de creer que aún era propiedad suya. A través de la inocencia de Lia, había logrado organizar su vida, convencerla para que volviese a Lisboa, buscarle un trabajo y una habitación, convertirse en alguien necesario para el cuidado del niño. La tenía atada con cuerdas suaves, revestidas de seda, pero que él podía manejar a su antojo cuando lo considerase adecuado. Lo que nunca debió de sospechar es que llegaría un día en el que ella, la madre de su hijo, se enamoraría. Que desearía otro cuerpo. Que tendría su propia existencia al margen de él, sus propios sueños y planes. Y que, de esa manera, se abriría una puerta en la fortaleza de la que él debía ser el señor exclusivo, el espacio en el que residían São y André, perteneciéndole.

Estaba segura de que Bigador nunca le devolvería el niño a su madre. Desaparecería con él en los barrios más podridos de Luanda. Lo ocultaría en la selva si era preciso, vigilado por las serpientes y las hienas. Aunque todos los que queríamos a São nos pusiéramos de acuerdo y fuéramos juntos a buscarlo, jamás lograríamos encontrarlo. Durante años, permanecería bajo el dominio paterno, sometido a sus normas y a su irracionalidad, condenado a olvidar a su madre. Puede que incluso a detestarla. Sin embargo, yo hablaba y hablaba, de confianza, de tiempo al tiempo, de jueces y nuevos tratados internacionales, de toda clase de estupideces. Luego me quedé al fin callada, sentada a su lado, hundida yo también en aquel terrible silencio en el que palpitaba un dolor insoportable. Al otro lado de las ventanas se oían los ruidos de la calle, motores de coches, voces de gentes que se saludaban, cantos de niños. Pero todo aquello pertenecía a otro mundo. El mundo de los que tienen una razón, al menos una, para seguir viviendo.

Volví a Madrid angustiada por el futuro de São. Liliana, Zenaida y yo nos telefoneábamos a menudo para hablar sobre ella, repitiéndonos una y otra vez las mismas cosas, nuestra preocupación, nuestra comprensión de su dolor, aunque también tratábamos de animarnos insistiendo en la falsa idea de que tal vez Bigador se decidiría a devolver al niño. Con lo que no contábamos era con la inaudita fuerza de nuestra amiga, con aquella asombrosa manera suya de estar en la tierra, enraizada hasta lo más hondo, aprovechando la gota de agua más escondida, la más remota de las esperanzas.

Apenas tres semanas después de mi visita a Lisboa, el día de Navidad, São recibió en su teléfono móvil una llamada desde un número desconocido. Lo cogió precipitadamente, pensando en décimas de segundo en infinidad de posibilidades diferentes. Al otro lado del aparato sonó la vocecilla dulce y añorada de André. Habló con él durante unos instantes, nerviosa, exultante, feliz, desesperada. El niño sólo lloraba, le pedía que fuese a buscarlo, le decía que quería estar con ella. Luego se puso Lia. Le contó que todo estaba bien, que no tenía que preocuparse por nada. Había aprovechado que Bigador había salido un rato para llamarla. Volvería a hacerlo en cuanto pudiese. Ahora tenía que colgar. Adiós, adiós. Por detrás de su voz, André seguía sollozando.

Esa llamada transformó por completo el estado de ánimo de São. Fue como si la hubiera hecho resucitar, como si hubiera encendido dentro de ella un fuego que desde ese instante ardería infatigable, sin un momento de desmayo. Un fuego que ella misma alimentó con su valentía, con su esplendor de mujer poderosa.

Al día siguiente, dejó de tomar los tranquilizantes y volvió a trabajar. Y a principios de enero se fue a vivir a casa de Luis. Él llevaba proponiéndoselo desde el mismo momento de la desaparición del niño. Pero ella no había querido hacerle cargar con su angustia. Ahora, en cambio, se sentía capaz de devolverle al menos una parte de sus cuidados y su cariño. Luis hablaba muy poco. Era un hombre taciturno y serio, alguien sin brillo, que no solía provocar demasiadas simpatías por su tosca manera de relacionarse. Pero era también profundamente bondadoso. Sin duda alguna, eso era lo que São, con su sabiduría, había descubierto debajo de su aspecto aburrido. Y a ella la quería muchísimo. Cada día, cuando terminaba sus clases, iba a verla al piso de Liliana. Como sabía que apenas comía nada, le llevaba cosas que pensaba que le podían apetecer, pasteles, bombones, frutas tropicales. Se sentaba junto a ella en el sofá, y se quedaba allí en silencio hasta la noche, corrigiendo ejercicios o leyendo un libro. De vez en cuando, le cogía la mano y se la apretaba fuerte, sin decir nada, tan sólo para que ella recordase que estaba a su lado y que nunca iba a dejarla sola.

Todos nos alegramos muchísimo de aquel cambio repentino en São. Pensamos que se debía simplemente al hecho de haber podido hablar con André, de confirmar que seguía vivo, que se acordaba de ella. A la esperanza de la próxima llamada que Lia le había prometido. La voz del niño había roto su pesadumbre, había agujereado la esfera de aislamiento y tristeza en la que vivía desde su secuestro. Como suelen hacer las personas cercanas cuando alguien atraviesa una mala época, Liliana, Zenaida y yo comenzamos a diseñar planes para ella a sus espaldas. Estábamos tan contentas de su relación con Luis, que nos atrevimos a decirnos las unas a las otras que tal vez se animara a tener un hijo con él. No es que eso fuera a hacerla olvidarse de André, por supuesto. Lo llevaría siempre presente en su memoria, recordaría inevitablemente cada día de su vida aquel cuerpo tan pequeño que iba a desarrollarse lejos de ella, que iría adquiriendo músculos y vello hasta convertirse en un joven lleno de energía, y que luego llegaría a ser un hombre adulto, marcado por la edad, sin que su madre dejase de imaginarlo como el montoncillo de piel suave y blanda carne del que un día la habían separado trágicamente. Pero nos parecía que sería bueno para São volver a ser madre, aprovecharse de la feroz alegría que los niños contagian sin proponérselo.

De cualquier manera, ella estaba bastante bien, mucho mejor de lo que hubiéramos esperado. Los meses iban pasando, y había vuelto a recuperar el peso que había perdido. Hubo un momento malo cuando se celebró el juicio. Ocurrió más o menos lo que la abogada había dicho, aunque fue incluso peor: el juez no consideró que aquello fuera un secuestro, sino una simple «sustracción». Y declaró que Bigador debía devolver al niño. Eso fue todo. São se sintió desprotegida y abandonada por la justicia, pero no se podía hacer nada.

Por lo demás, llevaba una vida normal, el trabajo, Luis, las salidas con Liliana y otras amigas... Hablaba a menudo de André, pero no lo hacía como si estuviera recordando a un hijo perdido. Contaba cosas suyas, frases y bromas, gestos y juegos, como si acabasen de ocurrir y fueran a suceder de nuevo al día siguiente. De vez en cuando, cada cuatro o cinco semanas, hablaba con él unos minutos, cuando Lia podía llamarla sin que Bigador se enterase. El niño seguía llorando y pidiéndole que fuera a buscarlo. A pesar de todo, nadie que no supiera su historia hubiera dicho que aquella mujer ocultaba ningún sufrimiento, aunque nosotros imaginábamos lo mucho que debía de costarle disimular su tristeza, fingir cada minuto del día que no vivía arrastrando tras de sí aquella ausencia afilada como un puñal que en cualquier momento podría desgarrarla. Lo que no llegamos a imaginar ninguno de nosotros, por mucho que creyéramos conocerla, eran sus planes. Se nos había olvidado que São, en medio del infortunio, era capaz de tomar decisiones extraordinarias. Y que cuando tomaba una decisión, siempre la llevaba a la práctica.

El 3 de octubre de 2007, casi un año después del secuestro de André, Luis se fue a dar sus clases a las siete y media de la mañana, como de costumbre. Cuando salió de casa, dejó a São arreglándose para ir a trabajar. Se despidieron tranquilamente, adiós, cariño, hasta luego, que tengas un buen día. Ella le dio un beso un poco extraño a aquellas horas de prisas, un beso muy largo, quizás algo triste, y le dijo te quiero mucho. Pero él no se dio cuenta de que aquel gesto era una señal. Al volver a las cuatro, se encontró un sobre a su nombre encima de la mesa de la entrada. Lo abrió, preocupado y nervioso. São le había escrito para decirle que se iba a Angola a buscar a André, y le pedía que no la siguiera, que la dejara enfrentarse sola a esa batalla. No quería que se pusiera en peligro. A esas horas estaría en el avión, sobrevolando el desierto de Argelia o las selvas de Camerún, cruzando África hacia aquel lugar al que parecía arrastrarla su fuerza de voluntad, y cada uno de los latidos apesadumbrados de su corazón, y su inquebrantable esperanza.

Durante nueve meses, desde la primera llamada de

Lia y de André, había estado preparando su plan en secreto. Sabía que, si nos lo contaba, no le permitiríamos intentarlo. Una semana después del secuestro, había llegado un mensaje rotundo de Bigador, el único mensaje suyo que había recibido: «Si se te ocurre venir a por el niño, te mataré. Te lo juro.» Y Lia no dejaba de repetírselo cada vez que hablaban, Bigador dice que te matará si vienes, no vengas, por favor, estoy segura de que lo hará...

Todos nos habíamos tomado en serio esa amenaza. También ella, que lo conocía mejor que nadie y había tenido que soportar su brutalidad, ella que sabía hasta dónde era capaz de llegar cuando la rabia y la furia lo dominaban. Sin embargo, después de hablar por primera vez con André, había decidido que debía intentarlo. Y no sólo porque se muriese de pena sin él, sino sobre todo porque era su madre, y lo quería más que a nadie en el mundo, y deseaba que tuviera una vida tranquila, lejos de la violencia de su padre y de la del país adonde él le había llevado, lejos de la miseria y las enfermedades que asolaban como plagas bíblicas los barrios de Luanda, una vida decente y en paz, estudiando, aprendiendo a creer en el poder de la razón y no en el de los puños, los machetes o los kaláshnikov, aprendiendo a responsabilizarse de las consecuencias de su paso sobre la tierra. Tal vez Bigador la matase, pero su obligación era intentar rescatar a su hijo de aquel mundo de escombros.

A lo largo de esos meses había ahorrado todo lo que había podido para pagarse el viaje. No había gastado en nada que no fuera imprescindible. Incluso iba caminando al trabajo, casi una hora de ida y otra de vuelta. A Luis le había dicho que lo hacía porque le sentaba bien andar, pero en realidad sólo se trataba de guardar el dinero que le hubieran costado los autobuses. Y ahora al fin estaba sola en Luanda, enfrentándose a lo que fuera que tuviese que suceder.

Se alojó en una pensión del centro, en un cuartucho lleno de cucarachas y mosquitos. Del techo colgaba una bombilla pálida y amarillenta que proyectaba sombras gigantescas, convirtiendo a los insectos en monstruos. En el camastro estaban puestas unas sábanas sucias, que tapó como pudo con la toalla que había llevado en su equipaje. En una esquina, sobre una mesa coja que alguna vez había estado pintada de azul, había una palangana llena de agua maloliente en la que flotaban decenas de cadáveres de bichos. La tiró por el ventanuco. Sintió un asco profundo, pero sabía que no le quedaba otro remedio que aguantar. No podía permitirse nada mejor. Quizá tuviera que estar mucho tiempo hospedada en ese lugar, mientras buscaba primero a André y después... No quería pensar en lo que sucedería después. Por suerte, conocía de memoria la dirección de la casa de doña Fernanda, que ella le había repetido cientos de veces, siempre que sentía nostalgia de Angola y se ponía a recitar, como en un canto monótono e interminable, el nombre de la calle y el de todos los vecinos, rúa Katyavala, número 16, en el barrio de Viana, Berau, Adolfo, Kuntaka... La anciana había muerto casi tres años atrás, poco después de regresar de Portugal. Pero tal vez Bigador, que era el dueño, vivía todavía allí. En cuanto se levantase por la mañana, sería lo primero que haría, buscar esa casa y llamar al timbre como si estuviese llamando a las puertas del cielo, y arreglárselas para apaciguar los golpes de su corazón mientras esperaba.

Se acostó vestida y se protegió con la mosquitera. Hacía un calor infernal, un calor viejo y apestoso, que había ido acumulándose durante años en aquel cuarto sin apenas ventilación. Desde la calle llegaban ruidos incesantes que parecían sonar allí dentro, bocinas, motores de camiones que circulaban lentamente reventando el aire, voces de borrachos, peleas, ladridos de perros, llantos de niños que tal vez pasaban la noche con sus madres miserables en algún callejón cercano, entre las basuras y las ratas. No durmió ni un segundo. Sentía el calor fluyendo igual que un metal incandescente por su cuerpo, y una opresión que no la dejaba respirar. A las cinco, en cuanto el sol entró de improviso en la habitación, llenándolo todo de diminutas motas de polvo que flotaban ligeras en la luz, se levantó, se duchó en el baño común y buscó un lugar en el que tomar un café.

Indagó cuál era la mejor manera de llegar a Viana y terminó por negociar con un taxista. Y se fue en aquel coche destartalado, atravesando primero las grandes avenidas flanqueadas de edificios nuevos que parecían haber empezado a disolverse ya bajo el peso insoportable del sol de cada día y del salitre que arrastraban los vientos, perdiendo trozos de pintura y de cemento, pedazos de mármoles y cristales que iban cayendo al suelo de donde nadie los movería. Cruzaron luego los barrios de la penuria, miles de chabolas hechas de cartones y láminas de metal oxidado, rodeadas de escombros, restos de automóviles, latas, bidones de plástico, hierros, detritus de todo tipo. Había niños que jugaban entre los neumáticos desperdigados, mujeres tristes como piedras negras, hombres que dormitaban a la sombra de cualquier montón de porquería, sin nada que hacer en toda la jornada. Pero São no los veía. Iba recogida dentro de sí misma, luchando contra el miedo y la ansiedad, batallando contra sus propias debilidades para poder presentarse en la calle Katyavala, número 16, como una reina de las amazonas recubierta por una resplandeciente coraza de oro, invencible y altiva.

La casa era fea, un edificio de dos pisos hecho de bloques de hormigón de color gris que nadie se había molestado nunca en pintar. Había un pequeño terreno delante, un espacio que hubiera debido ser un jardín pero que sólo era un pedazo de tierra reseca, con una acacia raquítica y polvorienta tratando de sobrevivir en un rincón. La puerta estaba abierta. Se veía una habitación de paredes verdes, recogida y limpia. Desde algún lugar llegaba el sonido de una televisión, voces chillonas que se entremezclaban y una musiquilla repetitiva empeñada en acompañarlas. São contuvo el temblor de sus manos y golpeó firmemente la puerta, una, dos, tres veces.

Se oyeron pasos, una voz femenina que gritaba voy, y enseguida apareció una mujer cubierta con una túnica de colores intensos, el pelo escondido bajo un turbante. Sonrió llena de amabilidad, con la boca grande y los ojos relucientes, como si estuviera dispuesta a concederle a su visitante todo lo que necesitase:

—Buenos días. ¿Puedo ayudarla en algo?

São no estaba segura de que le fuese a salir la voz:

—Buenos días. Soy São, la madre de André.

La mujer se quedó paralizada durante unos instantes, igual que si un hechizo la hubiera convertido repentinamente en estatua. Al fin reaccionó:

—Soy Joaquina, soy la mujer del hermano de Bigador.

—¿André está aquí...?

—No... Viven en Uíge, otra ciudad...

São sintió que algo denso comenzaba a moverse dentro de su cabeza. Las cosas se habían puesto a girar repentinamente. Tuvo que apoyarse en la pared para no caer. Joaquina la sostuvo y la hizo sentarse en uno de los escalones de la entrada. Luego desapareció durante unos instantes, y volvió con un vaso de leche de cabra. São fue bebiéndolo despacio, intentando encontrar dentro de su confusión el camino que conducía de nuevo a los pensamientos ordenados. Joaquina le acarició con suavidad la cabeza, como si comprendiese todo lo que le estaba ocurriendo y se compadeciera de ella:

—¿Bigador sabe que estás aquí?

—No. Dijo que me mataría si venía. Pero tengo que intentar recuperar a André...

—¿Tú no se lo diste...?

—¿Dárselo...?

—Él contó que no querías al niño, que se lo diste para que lo trajera aquí...

—¡Dios mío! ¡No! ¿Cómo iba a darle al niño...? ¿Cómo podría no querer a mi hijo...?

Joaquina la miró y supo que estaba diciendo la verdad. Ella había criado a seis. A pesar de los malos momentos, del cansancio, de las noches sin dormir, de las travesuras, de los disgustos, los había querido cada minuto de sus vidas. Incluso seguía queriendo a los dos que se le habían muerto. Se sentía orgullosa de ellos, de sus estudios y sus empleos, de las esposas que habían elegido los tres mayores y de la belleza de los nietos que iban llegando igual que estrellas caídas del cielo para iluminar la existencia de una mujer vieja. Estaba segura de que São era tan buena madre como ella. Había viajado desde el fin del mundo para encontrar a su hijo, sola, arriesgándose a que el salvaje de Bigador la matase. Ella tenía miedo de Bigador. Siempre la dejaba aturdida con sus gritos y sus puñetazos en las paredes. Había que ser muy valiente para enfrentarse así a él. Decidió ayudarla en todo lo que pudiera:

—Escucha. Mi marido está trabajando. ¿Por qué no vienes a las cuatro y hablas con él? Nelson no es como su hermano. Le gustan las palabras y está en paz con el mundo. Y respeta a las mujeres. Yo le diré que tenemos que apoyarte. Un hijo debe estar con su madre si ella es buena. Y tú eres buena.

São sonrió por primera vez desde que había salido de Lisboa. En ese momento, una nube de pájaros migratorios cruzaba el cielo. Volaban firmes e infatigables, seguros del lugar hacia el que querían dirigirse, algún rincón tranquilo del mundo donde hubiese alimento suficiente, árboles para hacer sus nidos y temperaturas suaves. Eran sabios y pacientes y fuertes, y su paso le pareció un presagio favorable.

Nelson tenía diez años más que Bigador. Era igual que él, la misma cara y el mismo cuerpo, aunque se le notaba el ligero desfondamiento de la edad, las arrugas atravesándole de lado a lado la frente, las canas que le salpicaban el pelo tan oscuro. Sin embargo, no poseía la arrogancia de su hermano, ni aquella crueldad repentina en la mirada y el gesto despectivo en los labios. La recibió de manera educada, estrechándole la mano fuertemente, pero a la vez manteniendo las distancias, serio, como si no terminase de creerse lo que su mujer sin duda ya le había contado. Se instalaron en una habitación agradable, llena de fotografías de sus hijos y sus nietos. También había una de doña Fernanda, un poquito asustada ante la cámara, aunque vestida con su mejor ropa. São sintió nostalgia al recordarla: si ella hubiera estado viva, no habría permitido que aquello sucediese. Le rogó en silencio que la ayudara. Joaquina sirvió café y se sentaron los tres en torno a la mesa.

El interrogatorio fue largo. Nelson necesitaba estar seguro de que todo lo que São decía era verdad, de que no había contradicciones ni dudas en sus palabras, de que era capaz de aguantar su mirada sin bajar los ojos. A ella le resultaba difícil explicarse. No quería que pareciese que le guardaba rencor a Bigador, que deseaba vengarse de él por alguna razón. Pero, al mismo tiempo, necesitaba que entendieran que siempre la había tratado mal, que solía imponer sus deseos y sus caprichos mediante el terror, pasando por encima de cualquier consideración, provocando el dolor ajeno y luego pisoteándolo. Necesitaba que se convencieran de que era capaz de secuestrar a su propio hijo sin importarle su sufrimiento.

Nelson sacudía la cabeza de vez en cuando mientras la escuchaba, hacía ruidos con la boca y lanzaba exclamaciones. Al cabo de más de una hora, cuando consideró que ya había oído lo suficiente, después de que São le hubiera enseñado el pasaporte de André y también el mensaje con la amenaza de muerte que guardaba en su móvil, se levantó y fue a sentarse bajo la acacia del jardín de tierra, en cuclillas, mirando al frente. São se quedó desconcertada, pero Joaquina sonreía animosa, como si todo fuera bien:

—Él es el jefe de la familia —le dijo—. Debe reflexionar. Su responsabilidad es muy grande. Todo el mundo hace lo que el jefe dice, pero sólo si sus decisiones son justas y buenas. Si no, las familias terminan por dividirse.

Sintió que su cuerpo se sacudía. Quería creer que ese hombre la había comprendido. Y que él podría devolverle a André. Pero aún tenía que esperar. Seguir esperando, agarrarse fuertemente a la paciencia para no caer pulverizada, convertida en un puñado de átomos sin sentido. Durante un rato, fingió contemplar junto a Joaquina las fotos de sus hijos, mientras escuchaba desde muy lejos su relato de la vida de cada uno de ellos. Luego vieron a través de la ventana cómo Nelson se levantaba y regresaba a la casa. Parecía preocupado. Permaneció en pie al otro lado de la mesa, con los ojos clavados en ella:

—Convocaré una reunión para el domingo. Si todo lo que has dicho es verdad, mi hermano no ha obrado bien. Pero quiero escucharle. Y también a los mayores de la familia. Puedes estar tranquila: no le diré nada hasta el domingo por la mañana, para que no le dé tiempo a buscarte. Ven después de comer.

São se pasó los dos días que la separaban del domingo sentada en la playa. No pensaba en nada. Sólo contemplaba las olas que rompían sobre la arena, una y otra vez, una y otra vez. Se acercaban amenazadoras y rugientes. Chocaban con la costa. Se deshacían en espuma sucia. Y regresaban al mar vencidas, suplicantes, arrastrándose como animales heridos. Una y otra vez, una y otra vez. Las gaviotas chillaban al abalanzarse contra los peces. El sol perforaba la tierra sin piedad. En el paseo marítimo, sonaban incesantemente las bocinas. El tiempo era un túnel que no termina nunca. Faltaba una eternidad. Cincuenta y seis horas hasta la comida del domingo. Tres mil trescientos sesenta minutos. Doscientos un mil seiscientos segundos, uno tras otro, cada uno de ellos con su propio peso sobrehumano, con su divina lentitud. El espantoso tiempo de los dioses.

De vez en cuando, se le acercaba un hombre y le hablaba. Ella no contestaba. Seguía mirando fijamente al frente. Debían de tomarla por loca. Algunos se arrimaban a ella y la sacudían. O se echaban a reír. O le tiraban arena. Pero ella seguía allí impasible, quieta y silenciosa, viendo romper las olas y abalanzarse al mar las gaviotas. Luego se iban, hablando solos en voz alta. Hay una loca sentada en la playa. Espera algo. Algo muy importante. Como la vida o la muerte.

A las once de la mañana del domingo, se subió a un taxi. Cuando llegó a la casa, vio a través de la ventana a Joaquina, que servía la mesa. Había varias personas comiendo. Ella la miró, pero no dijo nada. São fue a sentarse debajo de la acacia. Quizá estuvo allí mucho rato, hasta que Joaquina salió a buscarla y la hizo pasar. Bigador aún no había llegado. Estaban su hermano Gil y su esposa, y también su hermana Azea y su marido. Los hombres permanecían serios. Ellas en cambio la miraban y le sonreían, como si estuviesen de su parte, como si creyeran firmemente que ser madre era un mandamiento sagrado que hermanaba a todas las mujeres del mundo. La invitaron a sentarse. Le sirvieron un café que no consiguió tomar. Luego se quedaron callados, esperando. De vez en cuando, alguien preguntaba por uno de los sobrinos. La madre o el padre respondían, y contaban sus últimas anécdotas. Todos se reían. Después volvía el silencio, los sorbos de café, el cacareo de las gallinas en el patio de atrás.

Pasó más de una hora hasta que Bigador apareció. Venía con Lia. São apenas le miró. Sólo se fijó en ella. Había envejecido y adelgazado. Parecía más pequeña y débil, igual que una anciana prematura. Tenía los ojos fijos, desorbitados, como si no pudiera cerrar los párpados, como si viviera contemplando permanentemente la imagen de una pesadilla. Se saludaron entre ellos. Bigador no se le acercó. Tampoco Lia, aunque la miró por un instante, desvalida. Luego agachó la cabeza. En cuanto se sentaron, Nelson tomó la palabra y se dirigió a su hermano:

—La madre de André dice que te trajiste al niño sin su permiso.

—No es cierto. Ella me lo entregó.

São alzó la voz:

—¡Yo nunca entregaría a mi hijo!

Nelson la interrumpió con un gesto:

—Ella tiene el pasaporte. Y tu mensaje de muerte. Debes decir la verdad.

Le interrogaron durante casi dos horas. Él mintió todo lo que pudo, pero luego, acorralado por las preguntas, terminó por echarse atrás. Entonces reconoció lo ocurrido, se justificó, trató de convencerlos, y al fin, desprovisto ya de cualquier argumento, expuesto a la vergüenza de sus mentiras, la insultó, gritó, escupió sobre ella, la puta que se iba con cualquier hombre, la miserable que nunca podría mantener a su hijo... Las mujeres, que habían permanecido silenciosas hasta entonces, la defendieron: incluso las madres más pobres se las arreglaban para sacar adelante a sus criaturas, como había hecho doña Fernanda. Y ella allí, con la cabeza muy alta, fingiendo que no estaba a punto de morirse, orgullosa y altiva como una amazona que llevase la coraza de oro, disimulando que sabía que el resto de su vida dependía de una sola palabra, y que eso era muy cruel. Dos vidas enteras, la suya y la de su hijo, colgando de un hilo finísimo y tan frágil como la frontera que separa el respirar del no respirar. El corazón le resonaba en la cabeza.

Cuando terminaron de preguntarle, los hombres mandaron a Bigador a otra habitación. Ellos salieron y se sentaron debajo de la acacia. São se quedó junto a las mujeres, callada, metida dentro de una enorme burbuja de angustia y esperanza. Ellas no decían nada, pero le sonreían y le hacían señales con la cabeza, como indicándole que todo iba bien. Sólo Lia permanecía cabizbaja y seria, hundida en algún pozo muy hondo. A través de la ventana se veía a los hombres discutir, alzar los brazos, tocarse los unos a los otros con grandes gestos. Sus palabras en kimbundu resonaban a través del aire como latigazos.

De pronto, un silencio enorme pareció cubrir toda la casa. Se habían callado. Se pusieron en pie y se estrecharon las manos los unos a los otros. Al fin entraron, serios, rígidos, como un tribunal de dioses de lo justo y lo injusto. Llamaron a Bigador. Todos se sentaron, menos Nelson, que permaneció en pie y se dirigió a su hermano:

—Lo que has hecho está mal. No se le puede robar un hijo a su madre. Ahora tienes que pagar por ello. Hemos decidido que debes devolverle el niño.

São sintió como si la hubiese sacudido un relámpago. Como si acabara de nacer y estuviera en el paraíso, con todos los placeres imaginables a su alcance. Las mujeres lanzaron un suspiro de alivio y observaron a Bigador. Él intentó decir algo. Abrió la boca y estiró todo el cuerpo. Quería gritarles que aquello era un error, que su hijo tenía que ser un verdadero kimbundu, un hombre auténtico, y no un niñato educado por una madre inútil y un padrastro blanco y débil, y que no pensaba entregarlo. Pero de pronto se detuvo: el miedo a verse desterrado, aislado del grupo, separado definitivamente de sus raíces, era más poderoso que su deseo de mantener el combate. Entonces la miró lleno de odio. Ella supo ver sin embargo que detrás de ese odio se escondía la renuncia, el propósito de olvidarse desde aquel momento de que alguna vez había tenido un hijo que ahora iba a crecer en Europa, lejos de él para siempre, inexistente. Supo que sucedería lo que nunca había querido que sucediese y no había sido capaz de evitar: André se criaría sin su padre. Y entendió que en el cruel mecanismo de la vida, ése era el alto precio que debía pagar por su victoria.

Bigador salió de la casa dando un portazo, un golpe que resonó en el edificio y fue borrando con su eco todo el pasado. Entonces mandaron a Lia en busca de André, que estaba con unos vecinos. São se puso en pie mientras lo esperaba y miró por la ventana. Había caído la noche.

La luna salía en ese momento por encima de los tejados próximos, anaranjada, inmensa, con su cara inocente contemplando la tierra. Una hermosa esfera de luz en medio de la oscuridad del firmamento. Impávida.

AGRADECIMIENTOS

Quiero dar las gracias a mis amigas caboverdianas, cuyos recuerdos me han permitido escribir esta novela. A Aunolia Neves Delgado, Benvinda da Cruz Gomes, Natercia Lopes Miranda y Zenaida Duarte Soares. Y sobre todo, gracias a Maria da Conceição Monteiro Soares, São, por haberme prestado buena parte de su vida. Que todas estas palabras sirvan para conjurar el dolor, y que ella, André y la pequeña Beatriz prosigan su camino por el mundo en paz.